LE MASQUE
Collection de romans d'aventures
créée par
ALBERT PIGASSE

N. OU M.?

Agatha Christie

N. OU M. ?

Traduit de l'anglais par Michel Le Houbie

Librairie des Champs-Élysées

Cet ouvrage a paru sous le titre original :

N. OR M. ?

CHAPITRE PREMIER

I

Dans le vestibule, Tommy Beresford retira son pardessus. Sans hâte, avec un soin inaccoutumé, il l'accrocha au portemanteau. Il plaça ensuite son chapeau sur le piton voisin. Il prenait son temps.

Puis, bombant le torse, un large sourire de commande aux lèvres, il entra dans le petit salon où sa femme tricotait un passe-montagne de laine kaki.

On était au printemps de 1940.

Mrs Beresford jeta à son mari un coup d'œil furtif, puis se remit furieusement à son ouvrage. Les aiguilles marchaient à toute vitesse.

Au bout d'une minute ou deux, elle dit :

— Rien de neuf dans les journaux du soir ?

Tommy répondit :

— La guerre-éclair approche. Des choses vont mal en France.

— Oui, fit Tuppence. La vie n'est pas gaie.

Il y eut un silence, que Tommy rompit soudain.

— Alors ? dit-il. Pourquoi ne me demandes-tu rien ? Tu n'as pas besoin de faire preuve de tant de tact !

— Je sais. Il y a dans le tact quelque chose d'irritant. Mais, si je t'interroge, ça t'irritera encore plus. Et puis, à quoi bon ? Je suis au courant. C'est écrit sur ta figure !

— J'ai l'air si lugubre ?

— Non, mais ton sourire forcé est à vous briser le cœur !

Tommy fit la grimace.

— Il est si laid que ça ?

— Il est pire !... Allons, vas-y ! Ça ne colle pas ?

— Ça ne colle pas !... Ils ne veulent de moi nulle part ! Avoir quarante-six ans et être considéré comme un vieux grand-père qui dodeline du chef, c'est dur à encaisser ! Armée de terre, Marine, Aviation, Affaires étrangères, partout c'est la même réponse ! Je suis trop vieux ! *Peut-être* me fera-t-on signe plus tard...

— En somme, dit Tuppence, c'est comme pour moi ! Ils ne veulent pas de femmes de mon âge, ni comme infirmières, ni comme n'importe quoi ! Des poupées aux joues roses, qui n'ont jamais vu une blessure et qui ne savent même pas stériliser un pansement, voilà ce qu'ils me préfèrent ! De 1915 à 1918, j'ai pourtant trouvé le moyen de me rendre utile ! Trois ans dans les salles d'opération, dans des services chirurgicaux, au volant d'un camion ou de la voiture d'un général, tout ça, j'ose le dire, avec un certain succès ! Ça devrait compter ! Eh bien, non ! Pour eux, qu'est-ce que je suis ? Une femme d'un certain âge, embêtante et crampon, parce qu'elle ne veut pas rester chez elle à faire du tricot comme elle le devrait !

— Saleté de guerre ! proclama Tommy placidement.

— C'est déjà assez empoisonnant d'avoir une guerre, ajouta Tuppence. Si, en plus, on vous refuse le droit d'y faire quelque chose, c'est la fin de tout !

Tommy dit, pour la consoler :

— Heureusement, ils ont réussi à employer Deborah.

— Oui, admit la maman de Deborah, et je suis persuadée qu'elle ne se débrouille pas mal. Mais je crois, Tommy, que je lui en remontrerais encore !

— Ce ne serait sans doute pas son avis, à elle!

Tuppence soupira.

— Les enfants sont quelquefois bien agaçants. Particulièrement quand ils vous accablent de gentillesses....

— Tu as raison, murmura Tommy. Le jeune Derek a une façon de rendre hommage à mes mérites qui est plutôt dure à avaler. On sent si bien qu'il pense : « Pauvre vieux papa! »

— En fait, conclut Tuppence, nous avons des enfants adorables, mais exaspérants.

La tendresse de son regard, tandis qu'elle parlait des jumeaux, donnait un éclatant démenti à la seconde partie de cette affirmation.

— Je crois, dit Tommy d'un air pensif, que les gens ont de la peine à admettre qu'ils sont d'âge rassis et que leur heure est passée...

Tuppence secoua la tête et fit un mouvement d'impatience qui envoya rouler sur le parquet l'écheveau de laine qui reposait dans son giron.

Elle protesta.

— Est-ce que notre heure est passée ou n'est-ce pas plutôt qu'on voudrait nous le faire croire? J'en arrive quelquefois à me demander si nous avons jamais rendu des services!

— Moi, je réponds « oui », fit Tommy.

— Je le crois, poursuivit-elle. Je suis même sûre qu'une fois j'ai eu l'impression que nous avions fait quelque chose de très bien. Mais maintenant, avec toutes leurs histoires, je commence à me demander si je ne l'ai pas rêvé, si c'est arrivé, oui ou non!... Enfin, Tommy, est-il vrai que tu as été assommé et enlevé par des espions allemands?

— Est-il vrai que nous avons, tous seuls, démasqué et suivi à la trace un dangereux criminel que nous avons fini par arrêter ? Est-il vrai que nous avons, d'un même coup, sauvé la vie d'une jeune fille et récupéré des documents secrets d'une importance considérable, ce qui nous valut les remerciements et la reconnaissance de la nation tout entière ? Tout ça, c'est nous ! Toi et moi ! Ce Monsieur et cette Madame Beresford qu'on méprise et dont on ne veut nulle part !

— Ne t'énerve pas, mon chéri ! Ça n'entre pas en ligne de compte, il faut croire...

Elle essuya une larme sans en avoir l'air.

— Quelqu'un qui m'a bien déçue, dans tout ça, reprit-elle, c'est notre ami Mr Carter.

— Il nous a écrit une lettre très gentille.

— Oui, mais *il n'a rien fait*. Il ne nous a même donné aucun espoir.

— Que veux-tu ?... Maintenant, il est loin de tout ça ! Comme nous... Il est très vieux. Il vit en Écosse, il pêche...

Elle ne se laissait pas convaincre.

— On pouvait tout de même nous donner *quelque chose* à faire dans l'Intelligence Service.

— Mais, ce « quelque chose » sommes-nous certains de posséder encore toutes les qualités requises pour l'accomplir ? Serions-nous aptes à de telles tâches, si délicates et souvent si dangereuses ?

— Evidemment on ne se sent ni changé, ni diminué, mais peut-être que mis en face...

Elle soupira et ajouta énergiquement :

— Pourtant je voudrais bien trouver une occupation, n'importe laquelle ! Il me resterait moins de temps pour penser...

Ses yeux s'attardèrent pendant quelques secondes sur la photographie d'un tout jeune homme en uniforme d'aviateur, dont le sourire était une réplique fidèle de celui de Tommy.

— C'est encore plus ennuyeux pour un homme, fit Tommy. Après tout, vous autres, femmes, vous pouvez tricoter, faire des colis, servir dans les cantines militaires...

La riposte vint, immédiate :

— Je pourrai encore faire tout cela dans vingt ans d'ici! Je ne suis pas encore assez vieille pour me contenter de ça, et il faudra bien...

La sonnerie de l'entrée interrompit la phrase commencée. Tuppence se leva et alla ouvrir.

Le visiteur était un homme de carrure imposante, dont le visage, rougeaud mais sympathique, s'ornait d'une moustache blonde de belle dimension.

Il examina Tuppence d'un coup d'œil rapide et dit, d'une voix aimable :

— Vous êtes madame Beresford?

— Elle-même.

— Je m'appelle Grant. Je suis un ami de lord Easthampton et c'est lui qui m'a conseillé de venir vous voir, vous et votre mari.

— Entrez donc, je vous en prie!

Elle le précéda dans le petit salon et fit les présentations.

— Mon mari... Le capitaine...

— Non : « Monsieur ».

— Monsieur Grant... Un ami de Mr Car... de lord Easthampton.

Elle s'était repris. Le nom de guerre de l'ancien chef de l'Intelligence Service, Mr Carter, lui venait toujours plus facilement aux lèvres que le titre véritable de son vieil ami.

Ils bavardèrent tous les trois pendant quelques minutes. Grant était un causeur agréable et un homme qui ne faisait pas de manières. Puis, Tuppence s'absenta pour revenir bientôt avec une bouteille de xérès et des verres. La conversation continua.

— Je me suis laissé dire, Beresford, fit Grant au bout d'un instant, que vous cherchiez un emploi.

Une lueur s'alluma dans les prunelles de Tommy.

— C'est exact. Est-ce que ça signifierait que...

Grant sourit et fit « non » de la tête.

— Oh! non, il ne s'agit pas de ça! Ce travail-là, il faut le laisser aux jeunes et à ceux qui le font depuis des années! Les seules choses que je puisse vous proposer sont, je le crains, bien terre à terre. Du travail de bureau. Des états, des papiers, des fiches, du classement. Vous voyez le genre...

Tommy semblait désenchanté.

— Je vois.

— Vous savez, reprit Grant d'une voix encourageante, c'est mieux que rien. De toute façon, passez me voir un de ces jours au bureau. Ministère du Ravitaillement, chambre 22. Nous trouverons quelque chose.

Le téléphone sonna. Tuppence prit le récepteur.

— Allô!... Oui... *Quoi!*

On entendait le nasillement d'une voix haut perchée qui, à l'autre bout du fil, parlait à une cadence précipitée. Tuppence changeait de visage.

— Mais quand?... Bien entendu!... J'arrive...

Remettant l'appareil en place, elle dit à Tommy :

— C'était Maureen.

— Je m'en doutais. J'ai reconnu sa voix d'ici.

Tuppence se tournait vers Mr Grant.

— Je suis navrée, lui expliquait-elle, mais il faut absolument que je coure chez cette amie. Elle a fait une chute et s'est foulé la cheville. Elle n'a chez elle que sa fille, qui est toute petite. Je vais aller voir qui peut s'occuper d'elle et faire le nécessaire. Vous voudrez bien me pardonner...

Elle avait dit tout cela d'une haleine.

— Mais, bien sûr, madame Beresford, répondit Mr Grant. Ne vous excusez pas! Je comprends fort bien...

Tuppence lui adressa un sourire de remerciement, ramassa une veste qui traînait sur le canapé, l'enfila en hâte et disparut. Dix secondes plus tard, la porte de l'appartement claquait bruyamment.

Tommy remplit les verres.

— Dans un certain sens, Beresford, dit Grant, après avoir savouré une gorgée de xérès, je suis assez content qu'un heureux hasard ait appelé votre femme au-dehors. Cela va nous gagner du temps.

Tommy ouvrit de grands yeux.

— Je ne comprends pas.

Grant le rassura.

— Ça va venir!... En fait, Beresford, si vous étiez venu me voir au ministère, et vous l'auriez certainement fait, j'aurais été en mesure de vous faire une certaine proposition.

Tommy sentait le sang affluer à ses joues.

— Vous ne voulez pas dire que...

Un signe de Grant le dispensa d'achever sa phrase.

— C'est Easthampton qui nous a dit de nous adresser à vous. Il estime que vous êtes l'homme dont nous avons besoin.

Tommy poussa un profond soupir.

— De quoi s'agit-il?

Grant le regarda longuement avant de répondre.

— Je vous parle, dit-il enfin, sous le sceau du secret. Personne ne doit être mis au courant. Pas même votre femme. Nous sommes bien d'accord?

Tommy affichait une mine contrariée.

— Oui, dit-il à regret. Oui, puisque vous me le

demandez... Mais vous savez que, ma femme et moi, nous avons souvent travaillé ensemble?

— Je sais. Seulement, cette proposition, c'est à vous seul que nous la faisons.

— Dans ces conditions, je vous le répète, c'est d'accord.

— Pour tout le monde, reprit Grant, nous vous offrons un emploi de bureau, comme je vous le disais tout à l'heure, dans un service du ministère qui fonctionne en Écosse, dans une zone interdite, où votre femme ne peut pas vous accompagner.

Tommy attendait. Il était sur des charbons ardents.

— J'imagine, poursuivit Grant, que vous avez entendu parler de la « cinquième colonne ». Vous savez ce qu'on désigne par cette expression?

— L'ennemi de l'intérieur?

— C'est cela même. Cette guerre, Beresford, nous l'avons commencée dans l'optimisme. Pas les gens qui savaient, bien entendu. Ceux-là ne se faisaient pas d'illusions sur la puissance de l'ennemi. Ils n'ignoraient ni la force de son aviation, ni la parfaite mise en place de sa formidable machine de guerre, ni sa froide résolution de nous anéantir. Non, je parle du peuple en général. Du peuple, qui croit volontiers ce qu'il souhaite et qui s'imaginait que l'Allemagne s'effondrerait dès les premiers coups, qu'elle était à deux doigts de la révolution, que ses tanks étaient en carton-pâte et ses soldats si mal nourris qu'ils tomberaient le long du chemin quand on leur donnerait l'ordre d'avancer...

« La guerre a tourné tout autrement que l'homme de la rue ne le prévoyait. Elle a mal commencé et elle a continué plus mal encore. Nos troupes se sont magnifiquement comportées, aussi bien sur mer que sur terre ou dans les airs, mais des fautes ont été commises et nous n'étions pas prêts. Les défauts de nos qualités... Nous n'aimons pas la guerre, nous ne la souhaitons pas et nous ne nous décidons à la prendre au sérieux que lorsqu'elle est sur nous !

« Maintenant, le plus dur est passé. Les erreurs du début sont corrigées, chacun se trouve à sa place et nous conduisons aujourd'hui la guerre comme elle doit l'être. Notre victoire est certaine, à condition que nous sachions nous défendre contre notre pire ennemi : l'ennemi de l'intérieur. L'Allemagne peut envoyer sur nos villes ses innombrables bombardiers, elle peut envahir des pays neutres pour y créer de nouvelles bases de départ, tout cela ne représente pas pour nous un réel danger. Le danger, le seul, c'est l'ennemi qui est dans nos murs, c'est la « cinquième colonne ». Elle existe et elle est puissante. Qui la compose ? Des hommes, des femmes, certains occupant des postes en vue, d'autres qui sont obscurs, mais qui, tous et toutes, croient à la grandeur et à la noblesse de l'idéal nazi et se figurent que le moment est venu de substituer à notre crasseuse démocratie l'admirable régime national-socialiste.

Grant se pencha légèrement en avant et ajouta, de la même voix calme :

— *Le terrible, c'est que nous ne savons pas qui sont ces gens !*

Tommy protesta :

— Mais pourtant...

Grant l'apaisa d'un geste de la main et reprit :

— Le menu fretin, nous le situons facilement et il n'est pas très compliqué de le mettre hors d'état de nuire. Il n'en va pas de même des chefs. Nous avons des preuves de leur existence et de leur activité. Nous savons que deux d'entre eux au moins occupent des postes importants à l'Amirauté, qu'un troisième fait partie de l'état-major d'un certain général, qu'il y en a plusieurs dans les organismes dirigeants de la Royal Air Force et deux certainement à l'Intelligence Service. Certains événements ne s'expliquent que par la présence de ces agents, par des « fuites » qui se produisent dans les sphères supérieures.

Tommy était perplexe.

— Mais comment pourrais-je vous être utile ? Je ne les connais pas !

Grant sourit.

— Justement. Vous ne les connaissez pas et *ils ne vous connaissent pas*.

Après avoir laissé à Tommy le temps de réfléchir sur la phrase qu'il venait de prononcer, il poursuivit :

— Par les fonctions mêmes qu'ils occupent, ces agents, tous haut placés, connaissent la plupart de nos hommes. Nous ne pouvons leur refuser aucune information et c'est pourquoi, ne sachant plus à quel saint me vouer, je suis allé trouver Easthampton. Il vit très retiré, il est malade, mais son cerveau reste remarquable. Il a pensé à vous. Il y a plus de vingt ans que vous n'avez travaillé pour l'Intelligence Service. Votre nom est inconnu, votre visage également. Qu'en dites-vous et est-ce que ça vous intéresse ?

Tommy avait l'air d'un homme à qui l'on vient d'ouvrir les portes du Paradis.

— Si ça m'intéresse ! s'écria-t-il. La question ne se pose pas ! Seulement, je ne vois pas bien les services que je pourrai vous rendre. Je ne suis guère qu'un amateur...

— Mon cher Beresford, en l'occurrence, c'est d'un amateur que nous avons besoin, beaucoup plus que d'un professionnel ! Vous allez prendre la suite du meilleur homme que nous ayons eu ou que nous soyons susceptibles d'avoir.

Le regard de Tommy interrogeait.

— Il est mort mardi à l'hôpital de Saint-Brigdet. Renversé par un camion, il n'a survécu que quelques heures. Un accident, qui n'était pas un accident.

— Je vois...

— Et c'est parce que cet accident n'est pas un accident que nous avons quelque raison de croire que Farquhar avait découvert quelque chose et que nous sommes enfin sur la bonne voie.

Répondant à la question muette de Tommy, il ajouta :

— Malheureusement, nous ne savons à peu près rien de ce qu'il avait trouvé. Farquhar avait suivi systématiquement les différentes pistes les unes après les autres. Il n'a repris connaissance que quelques minutes avant de mourir et il a alors essayé de parler. Il n'a pu dire que quelques mots. Ceux-ci : « *N. ou M. Song Susie.* »

— Ça ne me paraît pas d'une clarté aveuglante.

— C'est bien moins obscur que vous ne pourriez croire, parce que ces initiales nous disent quelque chose. Elles désignent deux des plus importants agents de l'Allemagne, deux agents dont nous savons très peu de chose et dont l'activité s'est manifestée non pas seulement en Angleterre, mais aussi dans d'autres pays. Leur mission semble être d'organiser la « cinquième colonne » et d'assurer la liaison avec l'Allemagne. N. est un homme, M. une femme. Tout ce que nous savons d'eux, c'est que ce sont deux des meilleurs espions de Hitler. Dans un message en code que nous avons déchiffré peu après l'ouverture des hostilités, nous avons trouvé la phrase suivante : « *Je propose N. ou M. pour l'Angleterre. Pleins pouvoirs.* »

— Et Farquhar...

— Farquhar, à mon avis, était sur la trace de l'un

d'eux. Lequel? Par malheur, nous ne le savons pas... Quant à « Song Susie », ces deux mots paraissent moins hermétiques quand on sait que le pauvre Farquhar parlait le français avec un très mauvais accent. Il avait dans sa poche un billet de retour pour Leahampton, une petite ville de la côte méridionale qui promet de devenir un nouveau Bournemouth. On y trouve quantité de villas et de pensions de famille, dont une qui s'appelle « Sans-Souci ».

— Laquelle serait le « Song Susie » de Farquhar?

— Je le crois.

Il y eut un silence.

— Mon travail consisterait donc, dit Tommy en conclusion de ses réflexions, à aller m'installer là-bas et à tâcher de savoir ce qu'il en est?

— Exactement.

Une ombre passa sur le visage de Tommy.

— Le chiendent, fit-il, c'est que je ne sais même pas ce que je vais aller chercher!

— Et ce n'est pas moi qui vous le dirai, car je ne le sais pas non plus! C'est à vous de le trouver!

Tommy soupira.

— Je peux toujours essayer!... Seulement, je vous préviens, je ne suis pas un type formidable...

— Je me suis laissé dire que, dans le temps, vous vous défendiez très gentiment.

— J'avais de la chance.

— C'est justement ce dont nous aurions besoin!

Tommy réfléchissait.

— De cette pension « Sans-Souci », demanda-t-il, vous ne savez rien?

— Rien, répondit Grant. Et il est très possible qu'il n'y ait rien à découvrir. Farquhar pensait peut-être à tout autre chose...

— Et Leahampton, vous connaissez?

— C'est la petite ville du bord de mer. Il y en a des quantités d'exemplaires. On y rencontre des dames âgées, des colonels en retraite, les inévitables vieilles filles, des gens douteux et d'autres qui ne le sont même pas. Quelques étrangers aussi. Au total, un choix assez varié.

— Dans lequel je dois trouver N. ou M. ?

— Pas nécessairement. Il peut s'agir seulement de quelqu'un qui est en relation avec eux, bien que, pour ma part, je pense qu'il s'agit bien de N. ou de M. Une modeste pension de famille dans une petite plage, n'est-ce pas la plus innocente et la plus sûre des cachettes ?

— Et vous ne savez pas si c'est une femme ou un homme que je cherche ?

Grant secoua la tête avec énergie.

— Aucune idée, dit-il. Maintenant, passons à d'autres détails...

II

Lorsque Tuppence revint, une demi-heure plus tard, pantelante de curiosité, Tommy était seul.

Assis dans un fauteuil, l'air indifférent, il sifflotait.

— Alors ? demanda Tuppence.

La question était brève, mais le ton disait qu'elle en résumait vingt autres.

— Eh bien, fit Tommy sans enthousiasme, en fin de compte j'ai un emploi.

— Quel genre ?

Tommy fit la grimace convenable.

— Le genre rond-de-cuir. Pas très excitant !... Et ça se passe au fin fond de l'Écosse.

— Pour toi seul ou pour nous deux ?

— Pour moi seul, malheureusement.

— Tant mieux pour toi, sale veinard ! Mais pourquoi notre ami Carter ne se montre-t-il pas plus chic avec nous ?

— Je crois qu'il s'agit d'un travail où l'on tient à ce que les hommes soient d'un côté, les femmes de l'autre. Comme ça, on n'est pas distrait...

— Il s'agit de décryptage, sans doute ?... Alors, Tommy, méfie-toi. Les gens qui font ce travail-là finissent tous par devenir drôles. Ils perdent le sommeil et se promènent la nuit en répétant des chiffres : 978345256... 978345256... Finalement, ils font de la dépression nerveuse et ils sont bons pour la clinique !

— Ça ne m'arrivera pas !

— On verra bien !

Elle se tut quelques secondes, puis reprit :

— Est-ce que je vais avec toi ?... Pas pour travailler, mais en qualité d'épouse... Pour que, ta journée faite, tu trouves en rentrant à la maison un dîner prêt et tes pantoufles au coin du feu ?

Tommy semblait assez mal à l'aise.

— J'en suis navré, ma chérie, car j'ai horreur de t'abandonner...

— Je connais la suite, dit Tuppence, l'interrompant. Tu ne peux pas faire autrement...

Timidement, il hasarda :

— Tu tricoteras...

— Tricoter ? s'exclama-t-elle. *Tricoter ?* J'ai horreur du tricot ! Je ne veux plus voir de laine kaki ! Ni de laine bleue ! Ni aucune espèce de laine !

Elle jeta à terre le passe-montagne, les écheveaux et les aiguilles.

Tommy ramassa le tout. Il se sentait très malheureux.

Tuppence, cependant, se montra courageuse. Elle admit qu'il ne pouvait raisonnablement refuser cet emploi, qu'il avait eu raison de l'accepter, et bien fait, en la circonstance, de ne pas s'occuper d'elle. Elle ajouta qu'elle avait entendu dire qu'on cherchait quelqu'un pour faire les parquets d'un poste de secours. Peut-être que, pour ça, on voudrait bien d'elle...

Tommy partit pour Aberdeen trois jours plus tard. Tuppence l'accompagna à la gare. Les yeux lui piquaient un peu, mais elle resta ferme et souriante jusqu'au bout.

Pour Tommy, c'est seulement lorsque le train fut en marche, lorsqu'il vit la petite silhouette de Tuppence s'amenuiser peu à peu sur le quai qu'il se rendit compte de sa propre émotion. Il sentait une boule monter dans sa gorge. Guerre ou pas guerre, il eut l'impression d'abandonner Tuppence.

Il se ressaisit. Les ordres sont les ordres.

Il ne fit que toucher Aberdeen, d'où il partit pour Manchester, et le jour suivant il gagnait Leahampton. Il descendit dans le meilleur hôtel de la ville. Dès le lendemain, il faisait le tour des pensions de famille, visitant des chambres et se renseignant sur les conditions qu'on pouvait lui consentir pour un séjour de longue durée.

La villa « Sans-Souci » était une maison de brique rouge, très banale, datant des premières années du règne de la reine Victoria. Bâtie au flanc d'une colline, du second étage, on avait une jolie vue sur la mer. Le hall sentait la poussière et la cuisine. La carpette avait fait un long service. Mais la plupart des autres pensions visitées par Tommy étaient pires encore...

Tommy fut reçu par Mrs Perenna, la propriétaire, dans son bureau, une petite pièce sombre dont le centre était occupé par une table immense, couverte de paperasses. Mrs Perenna était une femme entre deux âges, peu soignée, maquillée à la diable, mais fière des belles boucles de son opulente chevelure noire et d'un sourire qui découvrait une double rangée de dents d'une blancheur éblouissante.

Tommy fit mention d'une vieille cousine à lui, miss Meadowes, qui, deux ans plus tôt, avait fait un séjour à la villa. Mrs Perenna se souvenait parfaitement d'elle.

— Une si charmante vieille dame!... Vieille, d'ailleurs, n'est pas le mot... Elle est tellement active!... Et elle a un tel sens de l'humour!

Tommy approuvait avec prudence. Miss Meadowes existait, il le savait. Le Service, qui l'avait pourvu de cette cousine, avait pris ses renseignements.

— Et comment se porte cette chère miss Meadowes?

Tommy prit un air de circonstance pour répondre qu'elle n'était plus.

Mrs Perenna se composa le visage de rigueur, prononça les paroles de circonstance, puis déclara qu'elle avait une chambre répondant à tout ce que Mr Meadowes pouvait désirer, avec vue admirable sur la mer. Elle considérait raisonnable que l'on veuille quitter Londres, dont l'atmosphère devenait de plus en plus déprimante, surtout depuis cette épidémie de grippe.

Tout en parlant, elle avait conduit Tommy à la chambre qu'elle lui destinait. Il demanda ce qu'elle lui coûterait. Elle donna un chiffre. Il feignit d'être épouvanté. Elle expliqua que les prix avaient monté dans des proportions fantastiques. Il répliqua que ses revenus n'avaient pas suivi le mouvement et que, les impôts aidant, il lui était impossible..

Mrs Perenna grogna et dit :

— Cette guerre est terrible...

Tommy déclara que l'adjectif était faible et que Hitler était un fou qui méritait d'être pendu.

Elle en convint et, revenant à l'essentiel du débat, par la des difficultés du ravitaillement, particulièrement en ce qui concernait la viande de boucherie, difficultés qui compliquaient encore la tâche, en tout temps malaisée, des propriétaires de pensions de famille. Pourtant, comme Mr Meadowes était un parent de la chère miss Meadowes, elle lui consentirait un rabais d'une demi-guinée par semaine.

Tommy battit en retraite, déclarant qu'il réfléchirait. Mrs Perenna le reconduisit jusqu'à la grille du jardin, plus volubile que jamais et visiblement anxieuse de compter Mr Meadowes au nombre de ses pensionnaires. Il se demandait quelle pouvait bien être sa nationalité ? Anglaise, certainement pas. Son nom était espagnol ou portugais, mais il ne donnait d'indication que sur la nationalité de son mari. Pour elle, elle aurait bien pu être Irlandaise. Elle n'avait pas l'accent, mais l'exubérance des Irlandais et leur allant.

Finalement, on décida que Mr Meadowes s'installerait à « Sans-Souci » le lendemain.

Timmy s'arrangea pour arriver vers six heures du soir. Mrs Perenna vint le recevoir elle-même dans le vestibule. Elle lança une foule d'instructions concernant les bagages de son nouveau pensionnaire à une malheureuse servante à l'air stupide qui dévisageait Tommy avec des yeux ronds de parfaite idiote, puis elle l'entraîna vers ce qu'elle appelait le « studio ».

Il y avait là cinq personnes, qui tournèrent vers le nouveau venu des regards soupçonneux.

— Je tiens, déclara Mrs Perenna, à vous présenter notre nouveau pensionnaire. Monsieur Meadowes... Madame O'Rourke.

Tommy s'inclina devant une femme énorme qui lui sourit fort aimablement.. Elle avait les yeux hors de la tête et portait moustaches.

— Le major Bletchley...

L'officier toisa Tommy de pied en cap et salua d'un petit mouvement de tête un peu sec.

— Monsieur von Deinim...

Homme jeune, assez raide d'allure, avec des cheveux très blonds et des yeux bleus. Il se leva pour saluer d'une profonde inclination du buste.

— Miss Minton...

C'était une personne âgée. Elle délaissa son tricot pour sourire et émettre un curieux petit gloussement.

— Et, enfin, madame Blenkensop...

Encore une tricoteuse? Celle-là avait de beaux cheveux noirs. Elles confectionnait un passe-montagne kaki...

Et Tommy eut soudain l'impression que tout tournait autour de lui!

Mrs Blenkensop, c'était Tuppence!

Tuppence, qui tricotait tranquillement dans le hall de la villa « Sans-Souci »!

Leurs regards se rencontrèrent.

Polis, indifférents.

Deux étrangers qui se voient pour la première fois.

Cependant, Tommy sentait monter en lui comme un sentiment d'admiration.

Tuppence était à « Sans-Souci »!

CHAPITRE II

Comment Tommy, qui n'osait pas regarder trop souvent dans la direction de Mrs Blenkensop, réussit à se tirer sans encombre de cette première soirée, il ne le sut jamais!

Au dîner, trois nouveaux pensionnaires firent leur apparition : un couple d'âge moyen, Mr et Mrs Cayley, et une jeune femme, Mrs Sprot, venue de Londres avec sa fille, un bébé, et manifestement excédée de son séjour forcé à Leahampton. Placée à table à côté de Tommy, elle tourna vers lui des yeux immenses et, d'une voix un peu rauque, lui demanda s'il croyait que « Londres était toujours menacé ».

— Il me semble, en effet, ajouta-t-elle, que tous les Londoniens qui étaient partis rentrent chez eux. N'est-ce pas?

Question sans artifice, à laquelle Tommy n'eut pas le loisir de répondre. Miss Minton, qui se trouvait de l'autre côté de la table, donnait son avis.

— Pour moi, fit-elle, un retour à Londres, c'est une chose qu'on ne peut pas risquer avec des enfants. Pensez à votre chère petite Betty! S'il lui arrivait quelque chose, vous ne vous le pardonneriez jamais! Et rappelez-vous que Hitler a annoncé que la guerre-éclair sur l'Angleterre allait commencer bientôt! Et je crois bien que, cette fois, les Allemands vont se servir d'un nouveau gaz!

Le major Bletchley intervint avec vivacité.

— On dit un tas de bêtises à propos des gaz! Ils ne perdront pas leur temps avec ça! Ils utiliseront des explosifs extrêmement puissants et des bombes incendiaires. Comme en Espagne...

Bientôt, la table tout entière discutait avec animation. Tommy distingua la petite voix flûtée de Tuppence, qui disait : « Mon fils Douglas prétend que... » Il se demanda pourquoi Derek était devenu Douglas.

Après le dîner — prétentieux et maigre : beaucoup de services, mais des plats peu abondants et tous également dépourvus de saveur — on passa dans le studio. Tandis que les tricoteuses reprenaient leurs aiguilles, Tommy se voyait contraint de subir une longue et ennuyeuse relation des exploits du major Bletchley à la frontière nord-est de l'Inde.

Au bout d'un instant, le blond jeune homme aux yeux bleus se dirigea vers la porte. Avant de la franchir, il s'arrêta net et salua à la ronde.

Le major interrompit son récit pour dire à Tommy, avec à l'appui un solide coup de poing dans les reins :

— Vous avez vu le garçon qui vient de sortir? C'est un réfugié. Il a quitté l'Allemagne un mois avant la guerre.

— C'est un Allemand?

— Oui, mais il n'est pas Juif. Son père a eu des ennuis pour avoir critiqué le régime. Ses deux frères sont dans des camps de concentration. Lui, il a eu la chance de pouvoir se sauver à temps!

Mr Cayley, à ce moment, s'empara de Tommy pour l'entretenir de sa santé, un sujet inépuisable qui le passionnait à un tel point qu'il était presque l'heure d'aller se coucher quand il rendit sa liberté à son malheureux auditeur.

Tommy, le lendemain matin, se leva tôt pour aller se promener sur la digue. Il marcha jusqu'à la jetée et il était sur le chemin du retour quand il aperçut, venant à sa rencontre, une silhouette menue qu'il eût reconnue entre cent mille : celle de Tuppence. Quand ils se croisèrent, il leva son chapeau et s'arrêta.

— Bonjour, madame, dit-il avec bonne humeur. Madame Blenkensop, si je ne m'abuse ?

Il n'y avait pas un passant en vue.

— Non, répondit-elle. Pour vous, je suis le docteur Livingstone !

Tommy sourit à peine.

— Enfin, Tuppence, me diras-tu comme il se fait que tu te trouves ici ?... C'est un vrai miracle !

— Si tu appelles miracle une manifestation d'intelligence, oui !

— Une manifestation de ton intelligence, j'imagine ?

— Tu ne te trompes pas. Toi et ton chef, le remarquable Mr Grant, vous aviez besoin d'une leçon !

— Nous l'avons !... Mais dis-moi comme tu t'y es prise ! Je suis dévoré de curiosité...

— C'est tout simple. Quand Mr Grant s'est mis à parler de notre ami Carter, j'ai deviné de quoi il retournait. J'avais compris qu'il ne s'agissait pas d'un misérable emploi de bureau... et aussi qu'on ne voulait pas me mettre dans la confidence. Alors, j'ai pris mes petites dispositions. En allant chercher le xérès, je suis descendue chez les Brown et, de là, j'ai passé un coup de fil à Maureen, lui demandant de m'appeler en lui disant ce qu'elle devrait me raconter. Elle a très honnêtement joué son rôle, avec une voix pointue qui s'entendait dans toute la pièce. J'ai fait ma petite comédienne, moi aussi, et, avec tout l'empressement désirable, j'ai volé au secours de mon amie en détresse. Seulement, je ne suis pas sortie. J'ai claqué la porte d'entrée, je me suis glissée dans la chambre à coucher et j'ai entrouvert la porte de communication, cachée derrière le paravent. Voilà...

— Et tu as tout entendu ?

— Tout.

Le regard de Tommy se chargea de reproches.

— Pourquoi ne m'en as-tu rien dit ?

— Pour t'apprendre ! Il te fallait une leçon, à toi et à ton Mr Grant !

— Je te ferai remarquer que ce Mr Grant n'est pas *mon* Mr Grant.

— Mr Carter ne m'aurait pas, lui, traitée de façon si indigne. J'ai idée que l'Intelligence Service n'est plus ce qu'il était de notre temps !

Tommy répondit sans rire.

— Il va reprendre son lustre d'autrefois, maintenant que nous voici revenus. Mais pourquoi t'appelles-tu Blenkensop ?

— Pourquoi m'appellerais-je autrement ?

— C'est un nom bizarre !

— C'est le premier auquel j'ai songé. Et, pour le linge, il est pratique...

— Comment ça ?

— Le B colle pour Blenkensop comme pour Beresford. Il est brodé sur tout mon linge avec le P de Prudence, qui est devenu le P de Patricia... Patricia Blenkensop... Le nom idiot, c'est celui dont tu es affublé ! Meadowes !

— Pour commencer, répliqua Tommy, tu voudras bien te rappeler que mon linge, à moi, ne porte pas d'initiales brodées. Ensuite, je te ferai remarquer que, ce nom, je ne l'ai pas choisi. On m'a dit que je me nommerais Meadowes, j'obéis. Mr Meadowes est un honorable gentleman qui a un passé sans tache, que je pourrais te réciter par cœur.

— Tu es marié ou célibataire ?

Tommy prit un air digne.

— Je suis veuf. Ma femme est morte il y a dix ans, à Singapour.

— Pourquoi Singapour ?

— Il faut bien mourir quelque part ! Singapour ne te plaît pas ?

— Si, si... C'est probablement une ville très convenable pour mourir. Je te signale que, de mon côté, je suis veuve.

— Où ton mari est-il mort ?

— Est-ce que ça a une importance ?... Dans une maison de fous, probablement... Ou plutôt à l'hôpital, avec une cirrhose du foie...

— Je vois. C'est un sujet pénible. Et qu'est-ce que ce fils dont tu es nantie, ce Douglas ?

— Mon fils Douglas est dans la Marine.

— C'est ce que je t'ai entendue dire hier soir.

— Il a deux frères : Raymond, qui est aviateur, et Cyril, le benjamin, qui est dans l'Infanterie.

— Et si quelqu'un se donnait la peine de rechercher ces Blenkensop imaginaires ?

— Ce ne sont pas des Blenkensop. Ce sont des enfants d'un premier lit. Mon premier époux s'appelait Hill. Il y a trois pages de Hill dans l'annuaire des téléphones. On peut essayer de faire des vérifications avec les Hill, on se lassera avant d'aller au bout...

Tommy soupira.

— Tu commets toujours les mêmes erreurs,

Tuppence. Il faut toujours que tu en mettes trop! Deux époux et trois fils! Tu te couperas, c'est inévitable! Tu tomberas sur un petit détail...

Elle s'indigna.

— Jamais de la vie, et je suis persuadée que mes fils pourront m'être utiles. D'ailleurs, moi, je ne reçois pas d'ordres! Je suis un franc-tireur. Je fais ça pour m'amuser et je te promets que je vais m'amuser!

— Ça en prend le chemin!

Il ajouta, avec une grimace significative.

— Ce qui m'ennuie, si tu veux mon opinion, c'est que nous sommes en train de perdre notre temps!

— Qui te fait croire ça?

— Tu es à « Sans-Souci » depuis plus longtemps que moi. En toute sincérité, penses-tu qu'un des pensionnaires qui étaient à table hier soir puisse être un dangereux agent de l'ennemi?

Tuppence s'accorda quelques secondes de réflexion.

— Evidemment, dit-elle ensuite, à première vue, ça semble un peu incroyable! Pourtant, il y a ce jeune homme...

— Carl von Deinim?... La police se renseigne sur les réfugiés, non?

— Sans doute. Mais on peut la tromper. Il a un certain charme...

— Ce qui laisse entendre que les demoiselles lui feront des confidences? Tu t'imagines qu'il y a beaucoup de filles de généraux ou d'amiraux qui croisent dans le secteur?

— Ne plaisante pas, Tommy! Il s'agit d'affaires sérieuses.

— Et je les prends sérieusement. Seulement, j'ai l'impression que nous ferons chou blanc...

Elle protesta :

— Il est un peu tôt pour l'affirmer. C'est un métier où, au départ, il n'y a jamais rien d'évident! Que penses-tu de Mrs Perenna?

— Je reconnais, admit Tommy, qu'il y a Mrs Perenna. Celle-là, est à examiner d'un peu près...

Tuppence approuva et, sur un autre ton, très « femme d'affaires », demanda :

— Pour nous, comment nous arrangeons-nous? Comment allons-nous collaborer?

— Il ne faut pas, répondit Tommy, qu'on nous voie trop souvent ensemble...

— Evidemment, je sais bien qu'il serait malsain de laisser deviner que nous nous connaissons un peu plus que les gens ne l'imaginent. Ce que je voudrais savoir, c'est comment nous pourrions nous comporter pour communiquer sans éveiller de soupçons. Je crois que je pourrais te courir après...

— Me courir après?

— Pourquoi pas? Tu fais de ton mieux pour m'échapper, mais tu es chevaleresque... Alors, tu ne réussis pas toujours!... J'ai eu deux époux, j'en cherche un troisième. Tu joues le personnage du veuf pourchassé. De temps en temps, je te tombe dessus... Je te relance dans un café, je te rejoins sur la digue. Tout le monde s'amuse et trouve ça très drôle...

— Ça me paraît faisable...

— C'est une bonne idée. La femme qui court après un homme, c'est une source de plaisanteries inépuisable. Notre position sera excellente. Toutes les fois que les gens vous verront ensemble, ils se pousseront du coude et diront : « Regardez donc le pauvre Mr Meadowes! »

Tommy, soudain, prit le bras de Tuppence.

— Attention! Regarde devant toi!

A quelque distance, près d'une cabine, Carl von Deinim parlait avec une jeune fille. Ils étaient, l'un et l'autre, très absorbés par leur conversation.

— Qui est la fille? Je me le demande! fit Tuppence.

— En tout cas, remarqua Tommy, elle n'est pas vilaine.

Tuppence acquiesça. Le visage de la jeune fille, très brune de peau, était grave et passionné. Son chandail moulait strictement des formes agréables.

— Je crois, murmura Tuppence, qu'il serait temps qu'on se quitte.

— D'accord, fit Tommy.

Il la salua, tourna sur les talons et s'en fut, tandis qu'elle partait dans la direction opposée.

Au bout de la digue, il rencontra le major Bletchley, qui, après l'avoir longuement regardé, se décida à venir à lui.

— Bonjour, lui dit-il. Je vois que, comme moi, vous êtes un lève-tôt!

— Une vieille habitude, répondit Tommy. Et à laquelle je tiens!

— Vous avez bien raison, fit le major. Pour moi, c'est bien simple, les jeunes gens d'aujourd'hui me rendent malade! Il leur faut des bains chauds, et c'est sur le coup de dix heures qu'ils descendent prendre leur petit déjeuner, quand ce n'est pas plus tard!... Pas étonnant que les Allemands se soient figuré qu'ils nous ficheraient la raclée! Ces jeunots n'ont aucun tempérament. Des fantoches et des mollassons, voilà ce qu'ils sont!... Ah! l'armée n'est plus ce qu'elle était! On dorlote les recrues et c'est tout juste si on ne va pas les border le soir en leur portant une bouillote pour réchauffer leur lit!

Je vous le répète, ces jeunes me rendent malade!

Tommy secoua la tête d'un air mélancolique. Encouragé, le major poursuivit :

— La discipline, voilà ce qui nous manque, la discipline! Sans discipline, comment voulez-vous gagner la guerre? Croiriez-vous que j'ai vu des hommes se présenter à une revue en bleus de travail? Ce n'est pas comme ça qu'on remporte des victoires! En bleus de travail!

Mr Meadowes se risqua à faire observer que les choses n'étaient plus tout à fait ce qu'elles étaient.

— Tout ça, monsieur, reprit Bletchley, c'est la faute de la démocratie! L'excès en tout est un défaut et il y a danger à pousser à l'extrême les sentiments démocratiques! On mélange les officiers et les hommes et on va jusqu'à les faire manger à la même table!... C'est insensé!... Les hommes eux-mêmes n'aiment pas ça! Ils se rendent compte, les hommes, ils se rendent compte!

— Cela ne fait pas de doute, dit Meadowes. Je n'ai pas personnellement une grande expérience des choses militaires, mais...

Bletchley lui coupa la parole et lui jeta un regard de biais.

— Vous étiez dans le coup, à la dernière guerre?

— Je pense bien!

— Je m'en doutais! J'ai vu tout de suite qu'on vous avait dressé. Rien qu'à votre façon de dégager les épaules!... Quel régiment?

— 5e Corfeshires.

Tommy se souvenait heureusement des états de services de Meadowes.

— Vous avez fait Salonique?

— C'est exact.

— Moi, j'étais en Mésopotamie...

Poliment écouté par Tommy, Bletchley plongea dans ses souvenirs. Il finit sur une explosion indignée.

— Et croyez-vous que, cette fois-ci, ils veulent de moi ? Non, monsieur ! Je suis trop vieux ! Trop vieux ! C'est à pleurer ! Il y a quelques-uns de ces jeunes serins à qui je pourrais, en fait de guerre, apprendre pas mal de choses !

— Quand ce ne serait que ce qu'il ne faut pas faire ! ajouta Tommy avec un sourire.

Le major fronça le sourcil.

— Comment ça ?

Tommy, comprenant que le sens de l'humour était peu développé chez le vieil officier, s'empressa de changer de sujet de conversation.

— Est-ce que vous connaissez cette madame... Blenkensop, je crois ?

— Blenkensop, c'est ça !... C'est une femme qui n'est pas désagréable, mais qui a la langue un peu trop bien pendue. Elle parle trop. Sympathique, mais un peu folle, j'imagine. Non, je ne la connais pas. Elle n'est à « Sans-Souci » que depuis deux jours. Pourquoi me demandez-vous ça ?

— Parce que je viens de la rencontrer. Est-ce qu'elle est toujours debout aussi tôt ?

— J'avoue que je n'en sais rien. Les femmes sont rares qui circulent avant le petit déjeuner. Ayant dit, Bletchley ajouta :

— Heureusement !

— C'est bien mon avis ! fit Tommy. Je ne me sens pas très enclin à faire la conversation aux dames avant le petit déjeuner. J'espère ne pas avoir été impoli, mais je n'allais pas pour elle renoncer à ma promenade matinale !

Bletchley accueillit cette déclaration de principe avec sympathie.

— Je suis tout à fait d'accord avec vous, Meadowes, tout à fait! Les femmes, c'est très gentil... Mais pas avant le petit déjeuner!

Il eut un rire.

— Et, poursuivit-il, méfiez-vous! C'est une veuve!

— Ah! oui?

Le major envoya à son compagnon un magistral coup de poing dans les reins.

— Parfaitement! Et nous sommes payés pour savoir ce que valent les veuves! Elle a enterré deux époux, elle ne demande qu'à s'occuper d'un troisième! Méfiez-vous, mon cher Meadowes, et restez sur l'œil! Conseil d'ami!

Sur quoi, mis en belle humeur, le major donna le signal du départ et se mit en route d'un pas alerte vers son petit déjeuner.

Tuppence, cependant, continuant son chemin, était passée non loin de la cabine près de laquelle les deux jeunes gens bavardaient. Au passage, elle entendit quelques mots. C'était la jeune fille qui parlait :

— Il faut faire attention, Carl! Le moindre soupçon...

La suite fut perdue pour Tuppence. Curieuses paroles? Oui. Mais susceptibles de tant d'interprétations innocentes. Elle rebroussa chemin. D'autres mots lui vinrent aux oreilles.

— Ces horribles Anglais...

Mrs Blenkensop fut à la fois choquée et surprise. Carl von Deinim, fuyant les persécutions nazies, avait trouvé asile en Angleterre. Il n'était de sa part ni bien, ni prudent d'écouter de tels propos.

De nouveau, elle fit demi-tour. Mais, cette fois, avant qu'elle n'arrivât à sa hauteur, le couple s'était séparé. La jeune fille prenait une route qui s'éloignait de la digue, cependant que Carl von Deinim venait dans la direction de Tuppence.

Sans doute ne l'eût-il pas reconnue si elle n'avait marqué en approchant de lui une certaine hésitation. La remettant soudain, il claqua les talons et salua d'un grand coup de chapeau.

— Bonjour, monsieur von Deinim, dit-elle. Jolie matinée, n'est-ce pas ?

— Oui. Le temps est magnifique.

— C'est ce qui m'a tentée ! Je sors rarement avant mon petit déjeuner, mais ce matin, ayant mal dormi, je n'ai pas pu résister. Je trouve qu'on dort toujours mal quand on n'est pas chez soi. Au moins, les premières nuits... Il faut s'habituer...

— C'est parfaitement exact.

— Et cette petite promenade m'a mise en appétit...

— Vous rentrez à « Sans-Souci » ?... Je vous accompagne, si vous le permettez.

Ils marchèrent côte à côte.

— C'est également pour vous ouvrir l'appétit que vous êtes sorti ? demanda Tuppence après quelques pas.

Il secoua la tête et répondit d'une voix grave :

— Oh ! non. J'ai déjà pris mon petit déjeuner. Je me rends à mon travail.

— Votre travail ?

— Je suis chimiste et je fais des recherches. J'ai quitté mon pays pour fuir les nazis. J'avais peu d'argent et peu d'amis. Accueilli en Angleterre, je me rends utile comme je puis...

Il regardait droit devant lui. Tuppence le guettait du coin de l'œil. Elle le devinait intérieurement agité par toutes sortes de sentiments puissants dont il s'appliquait à ne rien laisser paraître.

— Je comprends, dit-elle. C'est très bien de votre part !

Il reprenait :

— Mes deux frères sont dans des camps de concentration. Mon père est mort dans un autre. Le chagrin et la peur ont tué ma mère.

« Il récite ça, songeait Tuppence, comme une leçon apprise. »

Elle continuait de le regarder à la dérobée. Il se tenait très droit et son visage demeurait impassible.

Deux hommes les croisèrent, deux ouvriers. A mi-voix, l'un d'eux dit à l'autre :

— Je te parie ce que tu veux que, ce gars-là, c'est un Fritz !

Les joues de Carl von Deinim s'empourprèrent. Une seconde son flegme l'abandonna.

— Vous avez entendu ?... Voilà ce qu'on murmure sur mon passage...

Sa voix trahissait une vive et profonde émotion. Tuppence, oubliant son personnage, redevint elle-même.

— Mon cher monsieur, fit-elle, pourquoi dites-vous des bêtises ?... On ne peut pas tout avoir !

— Ce qui signifie ?

— Que vous êtes un réfugié et qu'il vous faut prendre le bon avec le mauvais ! Vous êtes vivant, c'est l'essentiel. Vivant et libre ! C'est quelque chose. Pour le reste, acceptez l'inévitable. Nous sommes en guerre et vous êtes Allemand. Vous ne pouvez pas demander au premier passant venu, à celui que nous appelons « l'homme de la rue », de faire la différence entre les bons Allemands et les mauvais !

Elle souriait. Il la regardait, surpris. Son visage tendu criait qu'il avait envie de dire quelque chose, de libérer des sentiments qu'il lui fallait taire.

Il se ressaisit et, souriant lui aussi, répondit :

— Parlant des Peaux-Rouges, on disait : « Le bon Peau-Rouge, c'est le Peau-Rouge mort! »

Il s'arrêta.

— Pour être un bon Allemand, je dois être à l'heure à mon travail. Vous me pardonnerez de vous quitter ici...

Une fois encore, il la gratifia d'un grand salut un peu raide.

Elle regarda sa haute silhouette s'éloigner.

« Ma petite, se dit-elle, reprenant sa route, tu as fait un faux pas! Il faut rester dans la peau de Mrs Blenkensop!... Tout le temps! »

Dans le hall de « Sans-Souci », Mrs Perenna donnait des instructions à une jeune fille en qui Tuppence reconnut celle qu'elle avait aperçue en grande conversation avec von Deinim.

— Surtout, disait Mrs Perenna, ne lui cache pas ce que je pense de sa margarine! Le jambon fumé, tu le prendras chez Quiller, il est moins cher! Mais pour les choux...

Découvrant la présence de Tuppence, elle s'interrompit :

— Oh! bonjour, madame Blenkensop!... Vous êtes matinale! Vous n'avez pas pris votre petit déjeuner, n'est-ce pas?... Il est servi dans la salle à manger... Je vous présente ma fille Sheila, que vous ne connaissez pas encore. Elle n'était pas à Leahampton ces jours derniers. Elle nous est revenue hier!

Tuppence examina avec intérêt le visage de la jeune fille. Elle n'y retrouvait pas cette expression passionnée, tragique, qu'elle y avait vue tout à l'heure. Sheila, qui était jolie, avait simplement l'air ennuyé et de mauvaise humeur.

Tuppence lui adressa quelques mots aimables et passa dans la salle à manger. Trois personnes étaient à table : l'imposante Mrs O'Rourke, Mrs Sprot et son bébé. Les bonjours échangés, Tuppence s'assit.

La grosse dame la considérait avec envie.

— C'est magnifique, remarqua-t-elle finalement, d'être assez courageuse pour aller faire un tour avant le petit déjeuner! On rentre avec un appétit superbe!

Mrs Sprot raisonnait sa progéniture.

— Voyons, mon chéri, c'est du bon pain-pain, trempé dans du bon lait!

Elle s'efforçait de glisser la cuiller entre les lèvres de l'enfant, mais la jeune Betty esquivait par des mouvements de tête pleins d'adresse. Ses yeux, cependant, restaient fixés sur Tuppence, qu'elle finit par montrer du doigt. En même temps, elle lui dédiait son plus aimable sourire et émettait en son honneur une suite de sons incompréhensibles.

Ravie, Mrs Sprot se tourna vers Tuppence.

— Ma fille a l'air de bien vous aimer! fit-elle. Elle qui est parfois si sauvage avec les étrangers!

Betty Sprot continuait :

— Poche! Ah! poche! Ah! bag!

— Et qu'est-ce que ça voudrait dire? demanda aimablement Mrs O'Rourke.

Mrs Sprot reconnut que ce que sa fille racontait manquait souvent de clarté.

— Mais, ajouta-t-elle, elle a à peine deux ans! Je crois bien que « Poche » est la seule chose qu'elle sache dire!... Avec « Maman », bien entendu... N'est-pas, mon amour?

Betty dévisagea sa mère avec un petit visage pensif et dit d'un ton décidé :

— Kugel bique!

— Ces adorables petits anges ont leur langage à eux, observa Mrs O'Rourke. Maintenant, ma chérie, dites « Maman »!

Betty posa sur la grosse dame un regard courroucé, fronça ses sourcils minuscules, plissa le nez et lâcha sa réplique avec autorité :

— Nazère!

Mrs Sprot se hâta de dire que l'enfant avait fait de son mieux, mais Mrs O'Rourke était déjà debout. Horriblement vexée, elle décocha à Betty un sourire furieux, puis, après un petit salut un peu sec, elle gagna la porte de sa démarche lourde et dandinante.

Betty traduisit sa satisfaction par de triomphants « ga-ga-ga », qu'elle lançait d'une voix joyeuse, tout en martelant la table avec sa petite cuiller.

Tuppence sourit et dit :

— Et qu'est-ce que « nazère » signifie au juste?

Mrs Sprot rougit légèrement.

— J'ai bien peur que ce soit le mot que Betty emploie chaque fois qu'elle n'aime pas quelqu'un ou quelque chose.

— C'est bien ce que j'avais pensé!

Les deux femmes éclatèrent de rire.

— Mrs O'Rourke, reprit la jeune mère, cherche à être aimable avec Betty, mais elle lui fait peur. Avec sa grosse voix et ses moustaches...

La tête penchée sur le côté, Betty gazouillait des gentillesses à l'intention de Tuppence.

— Décidément, ajouta Mrs Sprot, vous avez fait la conquête de Betty!

Il y avait dans la voix un rien de jalousie. Tuppence s'empressa de mettre les choses au point.

— Les enfants aiment toujours les figures nouvelles...

La porte s'ouvrait, livrant passage au major Bletchley. Tommy venait dans son sillage.

Tuppence se mit à jouer les coquettes.

— Ah! monsieur Meadowes, je vous ai battu! J'ai passé le poteau la première! ...Mais je vous ai gardé un peu de confitures...

D'un geste discret, elle désignait la place libre à côté d'elle.

Tommy, ignorant l'invite, grommela un « merci » à peine distinct et alla s'asseoir à l'autre bout de la table.

Betty Sprot contemplait le major. Elle dit : « Poche » et le visage de Bletchley prit un ait extasié.

— Comment va ce matin mademoiselle Coucou? s'enquit-il.

Sans attendre la réponse, il se cacha derrière son journal et cria, déguisant sa voix :

— Coucou!

Betty gloussait de plaisir.

Tuppence hocha la tête.

« Sûrement, songeait-elle, nous faisons fausse route. *Il n'y a pas d'espions ici !* Ce n'est pas possible! »

Pour considérer la villa « Sans-Souci » comme un quartier général de la « cinquième colonne », il eût fallu avoir l'imagination déréglée de la Blanche Reine d'*Alice au pays des merveilles.*

CHAPITRE III

I

Sur la terrasse couverte de la villa, miss Minton faisait du tricot.

Miss Minton était maigre et anguleuse et son cou découvrait des cordes qu'elle croyait cacher avec d'énormes colliers de perles fausses. Elle portait un chandail bleu, qui dissimulait mal ses omoplates en saillie, et une jupe de tweed.

— Bonjour, madame Blenkensop, dit-elle aimablement à l'arrivée de Tuppence sur la terrasse. J'espère que vous avez bien dormi.

Mrs Blenkensop confessa que les premières nuits qu'elle passait dans un lit inconnu n'étaient jamais bonnes. Miss Minton déclara qu'il en allait de même pour elle, ce qui ne laissait pas d'être curieux.

Mrs Blenkensop reconnut que c'était là, en effet, une coïncidence remarquable.

— Quel joli point vous faites là! ajouta-t-elle.

Miss Minton, flattée, rougit de plaisir. Oui, c'était un point assez original. Facile, d'ailleurs. Elle se ferait une joie de l'apprendre à Mrs Blenkensop, si Mrs Blenkensop le désirait. Mrs Blenkensop remercia. Malheureusement, elle était si maladroite qu'elle était sûre que miss Minton perdrait son temps

Mrs Blenkensop tricotait fort mal, et elle le savait. Tout ce qu'elle pouvait faire, c'était ces passe-montagnes! Et encore! Il lui semblait bien qu'elle s'était trompée quelque part. Il y avait évidemment là dedans quelque chose qui clochait...

Miss Minton jeta sur le travail un coup d'œil d'expert et décela l'erreur. Mrs Blenkensop se confondit en remerciements. Miss Minton était ravie.

— Il n'y a pas de mérite, dit-elle. Il y a tant d'années que je tricote!

— Pour moi, fit Tuppence, j'ai commencé à la déclaration de guerre. On sent tellement le besoin de faire quelque chose d'utile!

— C'est bien vrai!... Il me semble vous avoir entendue dire, hier soir, que vous aviez un fils dans la Marine?

— Oui, mon aîné!... Un bien beau garçon... Évidemment, je ne devrais pas le dire... Mais, enfin, c'est la vérité... Mon second est aviateur et le troisième, le dernier, est en France.

— Comme vous devez être inquiète!

Tuppence pensait à son cher Derek, qui se trouvait en pleine bataille, tandis qu'elle feignait, à propos d'enfants nés de son imagination, des angoisses qu'elle éprouvait réellement pour lui!

— Il faut bien que nous soyons courageuses, reprit-elle. Espérons seulement que ce sera bientôt fini! On m'a assuré, l'autre jour, quelqu'un de bien placé pour savoir, que les Allemands ne peuvent tenir plus de deux mois!

Miss Minton approuva du chef avec une telle énergie que ses colliers se mirent à cliqueter.

— Je le crois, fit-elle.

Et, baissant la voix, elle ajouta mystérieusement :

— Je puis vous dire que Hitler souffre d'une

maladie incurable. Il sera fou avant le mois d'août!

— Cette guerre-éclair, dit Tuppence, c'est la dernière carte des Allemands. Le manque de matières premières leur fait comprendre le danger. Dans leurs usines, le mécontentement gronde. Tout s'effondrera d'un coup!

— Qu'est-ce que vous racontez là?

Cette question, c'était Mr Cayley qui la lançait. Il arrivait sur la terrasse et s'installait dans un fauteuil. Sa femme disposait soigneusement une couverture autour de ses jambes.

— Nous disions, répondit miss Minton, que la guerre sera finie à l'automne.

— Ça ne tient pas debout! s'écria Mr Cayley. Cette guerre est partie pour durer six ans au moins!

Tuppence protesta :

— Oh! monsieur Cayley! Vous ne parlez pas sérieusement?

Mr Cayley jetait autour de lui des regards soupçonneux.

— On dirait qu'il y a un courant d'air, ici!... Peut-être vaudrait-il mieux que je me transporte là-bas dans le coin...

Mr Cayley déménagea, avec l'assistance de Mrs Cayley, une petite femme au visage anxieux qui semblait n'avoir d'autre raison d'être que de prévenir les désirs de son mari, veiller à son confort, manipuler ses coussins et ses couvertures.

Elle s'inquiétait :

— Tu es bien, Alfred? Tu ne crois pas que tu aurais besoin de tes verres bleus? La lumière est forte, ce matin...

Mr Cayley la rabrouait :

— Non, non! Ne fais donc pas toujours des histoires! Tu as mon foulard?... Non, pas celui-là!

Mon foulard de soie... Enfin, donne celui-là! Il fera l'affaire, pour une fois... Je dis « pour une fois », parce que je ne veux pas avoir trop chaud à la gorge et que de la laine, avec ce soleil... Peut-être que, tout de même, il vaudrait mieux que tu ailles me chercher l'autre...

Ayant dit, il revint au sujet d'importance générale.

— Oui, répéta-t-il, je crois à six ans de guerre.

Les protestations des deux femmes parurent lui faire plaisir.

— Mes chères dames, expliqua-t-il, vous êtes tout simplement en train de prendre vos désirs pour des réalités. Moi je connais l'Allemagne. Je prétends même que je la connais bien. Quand j'étais encore dans les affaires, je faisais la navette entre l'Angleterre et l'Allemagne, Berlin, Hambourg, Munich, je connais tout ça! Et c'est ce qui me permet de vous dire que l'Allemagne peut tenir indéfiniment. Si vous admettez...

Mr Cayley développa longuement sa pensée, en phrases qu'il débitait d'une voix mélancolique et chantonnante. Il s'interrompit pour recevoir des mains de sa femme son foulard de soie, qu'il enroula autour de sa gorge.

Mrs Sprot arriva au même moment, avec Betty qu'elle installa dans un coin avec un petit chien de peluche, amputé d'une oreille, et une veste de poupée.

— Voilà, Betty, dit-elle. Tu vas être bien sage pendant que Maman s'habille. Et tu mettras sa veste à Bonzo pour qu'il puisse venir se promener avec nous...

Mr Cayley reprit son exposé. Il se gargarisait de statistiques et de chiffres, tous peu réconfortants. Betty gazouillait, s'entretenant avec Bonzo dans son mystérieux langage personnel.

— Truc... Truqui... Pah! Bah!

Un oiseau se posa non loin d'elle. Elle tendit ses menottes vers lui, puis, comme il reprenait son vol, regarda tout le monde et dit très nettement :

— Zoizeau!

Ensuite elle sourit, contente d'elle-même.

— Cette enfant parlera très vite, remarqua miss Minton. Dites « Tata », Betty! Tata!

Betty dévisagea la vieille fille avec hauteur et dit :

— Gluck!

Puis, ayant fourré le bras de Bonzo dans une des manches de la veste de poupée, elle prit le chien de peluche et trottina jusqu'à un fauteuil sous le coussin duquel elle le cacha. Après quoi, avec de petits cris joyeux, elle s'éloigna, disant :

— Coucou!... Bah!... Coucou!

— C'est un plaisir dont elle ne se lasse pas, observa miss Minton. Elle adore cacher les choses!

Entrant elle-même dans le jeu, elle dit, feignant une vive surprise :

— Mais, où est Bonzo?... Où est donc Bonzo?... Où diable Bonzo a-t-il bien pu passer?

Betty, ravie, s'était laissé tomber sur son derrière et riait à pleine gorge.

Estimant qu'on n'accordait pas une attention suffisante à son exposé sur le développement des matières de remplacement en Allemagne, Mr Cayley s'était tu. Il toussotait pour signifier à tous son mécontentement.

Mrs Sprot revint. Elle avait mis son chapeau.

Betty partie avec sa maman, Mr Cayley retrouva son auditoire.

— Vous disiez, monsieur Cayley? fit Tuppence.

Vexé, Mr Cayley se contenta de faire remarquer avec quelque froideur que Mrs Sprot avait la fâcheuse habitude d'abandonner sa fille à tout instant en s'en remettant à tout le monde du soin de la garder.

— Elizabeth, ma chérie, ajouta-t-il, je crois qu'en définitive je devrais mettre mon foulard de laine. Le soleil se cache...

Cependant, miss Minton insistait :

— Ce que vous nous disiez, monsieur Cayley, était tellement intéressant! Continuez, je vous en prie!

Mr Cayley se laissa fléchir. Il s'enveloppa le cou dans son foulard de laine et reprit son pesant discours.

— Ainsi que je le notais tout à l'heure, l'Allemagne a si parfaitement mis au point son système industriel...

Un peu plus tard, Tuppence se tourna vers Mrs Cayley.

— Et vous, madame Cayley, demanda-t-elle, que pensez-vous de la guerre?

Mrs Cayley sursauta.

— Ce que je pense de la guerre?... Comment ça?

— Croyez-vous, vous aussi, qu'elle durera au moins six ans?

Mrs Cayley hésitait.

— J'espère que non, dit-elle, enfin. Six ans, c'est beaucoup, vous ne trouvez pas?

— Enfin, c'est votre avis?

L'idée d'avoir à exprimer une opinion semblait affoler Mrs Cayley.

— Je... Je ne sais pas, balbutia-t-elle. C'est celui d'Alfred...

— Mais est-ce le vôtre?

— Je ne sais pas. C'est difficile à dire...

Tuppence, au fond d'elle-même, était furieuse. Était-il possible que tous ses compatriotes fussent comme ces gens-là, comme ce Mr Cayley, tyrannique et égoïste, comme cette miss Minton qui jacassait à longueur de journée sans jamais rien dire, comme cette Mrs Cayley, pusillanime et sotte ? Et Mrs Sprot valait-elle mieux, avec ses grands yeux et son visage sans expression ? Que pouvait-elle, elle, Tuppence, espérer trouver ici ? Personne ici, certainement...

Elle s'avisa qu'il y avait quelqu'un derrière elle, qui lui interceptait « son » soleil. Elle tourna la tête.

Mrs Perenna, debout, considérait ses pensionnaires. Il y avait dans ses yeux comme du dédain. Une sorte de mépris qui les écrasait.

« Il faudra, se dit Tuppence, que je m'occupe de Mrs Perenna ! »

II

Les relations devenaient excellentes entre Tommy et le major Bletchley.

— Dites donc, Meadowes, demanda Bletchley est-ce que vous n'auriez pas apporté avec vous quelques clubs de golf ?

Tommy plaida coupable.

Le major triompha.

— C'est que j'ai l'œil ! fit-il. Il faudra que nous jouions ensemble ! Vous connaissez les links d'ici ?

— Pas encore.

— Ils ne sont pas mal... Pas mal du tout, même !... Un peu justes comme dimensions peut-être, mais avec une vue ravissante sur le large... Et puis, il n'y a jamais beaucoup de monde !... Au fait, si nous allions y faire un tour ce matin ?

— Pourquoi pas ?

Quelques instants plus tard, ils suivaient doucement le petit chemin qui montait au terrain.

— Je puis dire, déclara Bletchley, que je suis

heureux de votre arrivée. Dans cette pension, il y a trop de femmes! Ça finit par vous taper sur les nerfs! Je suis content qu'il y ait un autre homme dans la maison. Il y a bien Cayley, mais il ne compte pas! Ce n'est pas un homme, c'est une pharmacie ambulante! Il ne parle que de sa santé, des traitements qu'il a essayés et des drogues qu'il avale! S'il balançait toutes ses petites boîtes de pilules et décidait de faire une quinzaine de kilomètres à pied tous les jours, il deviendrait un autre homme! Un homme... Il y a bien aussi von Deinim, mais, à vous dire le vrai, Meadowes, celui-là, je ne sais pas trop que penser de lui!

— Vraiment?

— Vraiment. C'est très gentil d'accueillir les réfugiés politiques, mais c'est dangereux! Si l'on m'écoutait, on les internerait tous! Sécurité, d'abord!

— Un peu radical, peut-être?

— Pas du tout! La guerre, c'est la guerre!... Et, en ce qui concerne l'honorable Carl, j'ai mes petits soupçons. Premier point, il n'est certainement pas Juif. Deuxièmement, il est arrivé en Angleterre un mois seulement avant la guerre. Un mois seulement... Si vous ne trouvez pas ça bizarre...

— Alors, vous croyez...

Bletchley mordit à l'appât.

— *Qu'il fait de l'espionnage ?...* Parfaitement!

— Cependant, objecta Tommy, il n'y a pas par ici d'installations maritimes ou d'établissements militaires qui justifieraient...

Le major se récria :

— Justement, c'est là qu'est l'astuce! S'il était quelque part près de Plymouth ou de Portsmouth, on aurait l'œil sur lui! Mais, dans un petit trou comme celui-ci, on lui fiche la paix! Pourtant, c'est sur la côte, non ? La vérité, c'est que le gouvernement se montre beaucoup trop libéral envers ces gens-là ! On débarque, on fait une figure d'enterrement, on dit qu'on a toute sa famille dans les camps de concentration et le tour est joué ! Conclusion ?... Regardez notre Carl ! C'est l'arrogance personnifiée ! Pourquoi ?... C'est un nazi... Oui, monsieur, un nazi !

— Ce qu'il nous faudrait, dans ce pays, dit Tommy, avec un demi-sourire, c'est deux ou trois sorciers !

— Pour quoi faire ?

— Pour subodorer les espions, répondit Tommy avec le plus grand sérieux.

Bletchley rit et proclama que « ce ne serait pas si bête ».

Ils arrivaient au pavillon du club.

Inscrit comme membre temporaire, Tommy, sa cotisation payée, fut présenté au secrétaire de l'association, un homme d'âge, au visage banal et distingué, puis les deux hommes partirent sur les links. Joueur médiocre, Tommy fut heureux de constater qu'il était à peu près de la force de son nouvel ami. Bletchley gagna de peu. Exactement comme Tommy le souhaitait.

— Meadowes, conclut le major, nous avons fait une excellente partie, mais je reconnais que vous n'avez pas eu de chance sur la fin... Nous recommencerons souvent, j'espère !... Maintenant, venez, je vais vous présenter à quelques membres du club. Dans l'ensemble, vous verrez, ils sont très bien. Sans doute, il y en a deux ou trois qui sont un peu ra-pla-pla, mais ce sont des exceptions !... Ah ! voici Haydock ! Celui-là vous plaira... Officier de marine en retraite. Il a une maison sur la falaise, tout près de la villa.

Le commandant Haydock était un marin aux yeux bleus, un solide gaillard à la face tannée par le vent de mer. Il avait l'habitude de crier ce qu'il avait à dire.

Il accueillit Tommy avec cordialité.

— Ainsi, lui dit-il, vous allez aider Bletchley à ne pas perdre la face! Ce n'est pas tellement facile à « Sans-Souci », où l'on est littéralement submergé par la gent féminine. N'est-ce pas, Bletchley?

— D'autant plus, ajouta le major, que je ne suis pas un homme à femmes!

Haydock rectifia :

— Disons que celles qui sont là-bas ne sont pas votre genre!... De vieilles souris de pension de famille, qui ne savent rien faire, sinon cancaner et tricoter!

— Vous oubliez miss Perenna, dit Bletchley.

— C'est juste! Sheila est une fille qui a du charme. C'est même, à mon sens, une véritable beauté.

— Elle m'inquiète un peu...

— Comment ça?... Qu'est-ce que vous prenez, Meadowes? Et vous, major?

Les boissons commandées, ils s'installèrent sous la véranda et Haydock répéta sa question : en quoi Sheila inquiétait-elle Bletchley?

Le major répondit avec humeur :

— C'est cet Allemand!... Elle le voit beaucoup trop!

Haydock fit la grimace.

— Voulez-vous dire qu'elle serait amoureuse de lui?... Dommage!... Dans son genre, notez bien, il n'est pas mal. Seulement, c'est inadmissible! On ne peut pas tolérer ça!... Ce n'est pas du commerce avec l'ennemi, mais c'est tout comme!... Enfin, où les jeunes filles ont-t-elles la tête? Ce ne sont pourtant pas les beaux garçons qui manquent en Angleterre!

— Sheila, remarqua Bletchley, est une créature bizarre. Elle a des crises de neurasthénie pendant lesquelles elle ne parle pour ainsi dire à personne.

— Le sang espagnol, fit le commandant. Son père était Espagnol ou à moitié Espagnol, n'est-ce pas ?

— Je ne sais pas. Son nom, en tout cas, est probablement espagnol...

Haydock consulta sa montre.

— Il va être l'heure du communiqué. Voulez-vous que nous rentrions pour écouter la radio ?

Les nouvelles, fort maigres ce jour-là, n'apportaient pas grand-chose qu'on n'eût déjà lu dans les journaux du matin. Après avoir commenté les derniers exploits des pilotes de la Royal Air Force — des gars de premier ordre, braves comme des lions — le commandant se mit à développer sa théorie favorite, selon laquelle tôt ou tard les Allemands tenteraient de débarquer à Leahampton, justement parce que l'endroit était tenu pour sans importance.

— Pensez qu'il n'y a même pas ici une batterie de défense antiaérienne !

La conversation prit fin brusquement, le major s'étant aperçu que Tommy et lui n'avaient pas une minute à perdre s'ils voulaient arriver à l'heure pour le déjeuner. Haydock invita Mr Meadowes à lui rendre visite chez lui. Sa villa s'appelait « Le Repos du Contrebandier ».

— Elle n'est pas très grande, ajouta-t-il, mais la vue sur la mer est magnifique, j'ai ma petite plage privée... et la maison présente quelques attraits, vous verrez !... Il faut me l'amener, Bletchley, j'y tiens !

On convint finalement que Tommy et Bletchley iraient le lendemain soir demander à boire à leur charmant ami.

III

Après le déjeuner, tandis que Mr Cayley, escorté de son épouse, toujours attentive et dévouée, se retirait pour se « reposer », miss Minton emmenait Mrs Blenkensop dans un « centre » où l'on confectionnait des colis pour le front.

Cependant, Mr Meadowes allait se promener sur la digue. Il acheta des cigarettes, s'arrêta chez Smith pour prendre le dernier numéro de *Punch*, puis, après avoir paru hésiter quelques minutes, monta dans un autobus qui s'en allait à la Vieille-Jetée.

La Vieille-Jetée était située tout au bout de la digue, dans cette partie de Leahampton que les marchands de biens et les agents de location considéraient comme à peu près dépourvue d'intérêt. Arrivé à destination, Tommy s'engagea d'un pas nonchalant sur la jetée, une construction vénérable et délabrée, jalonnée par intervalles d'appareils à sous, morts ou moribonds. L'endroit était désert, exception faite de quelques gosses qui couraient en tous sens, poussant des cris perçants que l'on pouvait confondre avec ceux des mouettes, tant ils leur ressemblaient. Tout au bout, il y avait un pêcheur solitaire.

Tommy alla jusqu'à la pointe extrême de la jetée. Il s'arrêta près du pêcheur, contempla l'eau un bon moment, puis, gentiment, posa la question rituelle :

— Ça mord ?

De la tête, le pêcheur fit « non ».

— Ce n'est pas souvent qu'on a une touche ! constata-t-il.

Mr Grant lâcha un peu de fil et ajouta, sans se retourner :

— Et de votre côté, Meadowes ?

— Pas grand-chose à signaler, monsieur, répondit Tommy. Je fais mon trou...

— Très bien. Je vous écoute.

Tommy s'assit sur le parapet, de façon à surveiller toute la jetée, puis il commença :

— Je suis arrivé ici sans attirer l'attention de qui que ce soit, du moins je le crois. Je suppose que vous avez la liste des pensionnaires ?

Grant répondit d'un hochement de tête.

— Jusqu'ici, poursuivit Tommy, il ne s'est rien passé qui me paraisse digne d'être noté. J'ai fait amitié avec le major Bletchley, avec qui j'ai joué au golf ce matin. Il m'a l'air d'être l'officier en retraite du modèle ordinaire. Un peu trop classique, peut-être, mais c'est à voir. Cayley me fait l'effet d'un authentique malade, atteint d'hypocondrie. C'est un personnage facile à jouer. Il a, de son propre aveu, été souvent en Allemagne au cours de ces dernières années.

— Un point à retenir.

— Ensuite, il y a von Deinim.

— Je n'ai pas besoin de vous dire, Meadowes, que celui-ci m'intéresse tout particulièrement.

— Vous croyez que N., ce serait lui ?

— Non. A mon avis, N. ne peut pas se permettre d'être un Allemand.

— Même pas un Allemand qui aurait fui les persécutions nazies ?

— Même pas ! Nous surveillons, et ils le savent, tous les ressortissants ennemis qui se trouvent en Angleterre. De plus, je vous le dis en confidence, tous les Allemands entre seize et soixante ans seront internés avant qu'il ne soit longtemps. L'ennemi le sait ou ne le sait pas, mais il est certain que c'est une éventualité qu'il pouvait prévoir et qu'il a prévue. Le chef de l'organisation, j'en suis convaincu, ne devait pas courir ce risque, et c'est pourquoi je suis sûr que N. est un neutre ou, ce qui est plus probable, un Anglais. Le même raisonnement vaut pour M., bien entendu. Pour von Deinim, il m'intéresse parce qu'il peut être un des maillons de la chaîne. N. et M. peuvent fort bien ne pas être à « Sans-Souci », mais quelque part où Carl von Deinim nous conduira. Cela me semble tout à fait possible. D'autant plus que je n'ai guère l'impression qu'aucun autre des pensionnaires de la villa soit susceptible d'être la personne que nous cherchons...

— Naturellement, monsieur, vous vous êtes renseigné sur tous ces gens-là ?

Grant eut un petit ricanement amer.

— Non, répondit-il. C'est justement ce qu'il m'est impossible de faire ! Je n'aurais eu qu'un mot à dire pour que le Service fasse les recherches nécessaires, mais, Beresford, *c'est un risque que je ne peux pas prendre !* Il y a des agents ennemis dans l'Intelligence Service. Qu'ils flairent que j'ai l'œil sur les hôtes de « Sans-Souci », pour une raison quelconque, et l'organisation que nous pourchassons a toute chance d'être prévenue. C'est pour cela que je me suis adressé à vous, *l'homme de l'extérieur*, et c'est pourquoi je suis obligé de vous laisser travailler dans le noir et sans notre aide. C'est le seul jeu que nous puissions jouer si nous ne voulons pas alerter l'adversaire. Je n'ai pu me documenter que sur un seul des pensionnaires de « Sans-Souci ».

— Lequel, monsieur ?

— Carl von Deinim. Pure routine et travail facile. Je pouvais demander des renseignements sur son compte, non pas parce qu'il réside au « Sans-Souci », mais parce qu'il est ressortissant allemand.

— Vous avez appris quelque chose ?

Un sourire étrange passa sur le visage de Grant.

— Le citoyen Carl est exactement ce qu'il prétend être. Ayant dit ce qu'il ne fallait pas dire, son père est mort dans un camp de concentration. Ses deux frères aînés sont dans des camps. Sa mère est morte de chagrin, il y a un an. Pour lui, il a pu passer en Angleterre un mois avant le début des hostilités. Il s'est montré très anxieux de se rendre utile et il fait de l'excellent travail dans un laboratoire de recherches chimiques, où il s'occupe de l'immunisation contre certains gaz et de « décontamination ».

— Alors, on peut le tenir pour « régulier » ?

— Pas nécessairement. Nos amis allemands sont réputés pour leur sérieux. Si von Deinim est un de leurs agents, ils ont certainement fait en sorte que les renseignements que nous pouvons recueillir sur lui concordent avec ce qu'il nous raconte lui-même. Il y a deux hypothèses possibles. Ou bien toute la famille von Deinim est dans le coup, ce qui n'est pas invraisemblable avec le régime nazi, ou bien l'homme de la villa « Sans-Souci » n'est pas le vrai Carl von Deinim, mais un *nazi qui joue le rôle de Carl von Deinim.*

— Compris, fit Tommy.

Sans réfléchir, il ajouta :

— En tout cas, il a l'air d'un charmant garçon.

Grant soupira.

— Évidemment. Les agents secrets sont presque toujours de charmants garçons. C'est un drôle de métier que le nôtre. On respecte l'adversaire et il vous respecte. Et il arrive souvent qu'on ait de la sympathie pour l'homme d'en face, alors même qu'on essaie de le descendre !

Il y eut un silence. Tommy pensait que la guerre est une chose bien curieuse. Grant interrompit ses réflexions.

— Seulement, reprenait-il, il y a aussi ceux pour

qui nous ne pouvons avoir ni respect ni sympathie, ceux qui sont dans nos rangs et qui trahissent ou ne demandent qu'à trahir, ceux qui sont prêts à accepter honneurs et argent de l'étranger qui veut nous conquérir!

— Des ordures! dit Tommy avec simplicité.

— Dont il faut débarrasser le pays, ajouta Grant.

— Mais, demanda Tommy un peu sceptique, vous croyez qu'il y en a beaucoup, de ces salauds-là?

— Ils sont partout, répondit Grant. Il y en a dans l'Intelligence Service, comme je vous le disais tout à l'heure. Il y en a dans les unités combattantes, sur les bancs du Parlement, dans les postes directeurs des ministères, partout! Il *faut* les liquider et il n'y a pas de besogne plus urgente. On n'aboutirait pas en commençant par en bas. Le propagandiste qui prêche dans les squares, celui qui vend de petits journaux défaitistes, ce menu fretin ne connaît pas ceux qui mènent le bal, et ce sont ceux-là, les chefs, que nous voulons!... Ils peuvent faire à l'Angleterre un mal énorme... et ils le lui feront si nous n'intervenons pas à temps.

Tommy dit, avec une belle confiance :

— Nous interviendrons à temps.

— Qu'est-ce qui vous fait dire ça? demanda Grant.

Tommy sourit.

— C'est vous qui venez de le dire, monsieur!... N'avez-vous pas dit qu'*il fallait* les liquider?

Grant se retourna et en silence considéra son subordonné pendant une bonne minute. Il remarqua la ligne résolue du menton. Il découvrait dans ce visage volontaire des choses qu'il n'y avait pas encore vues et qui lui plaisaient

En conclusion, il dit d'une voix calme :

— Vous êtes un homme, Beresford.

Puis, relançant sa ligne, il demanda :

— Et les femmes ? En ce qui les concerne, rien de louche ?

— Celle qui tient la pension me semble assez bizarre.

— Mrs Perenna ?

— Oui. Vous n'avez aucun tuyau sur elle ?

Grant dit lentement :

— Je peux faire prendre des renseignements, mais, comme je vous l'ai expliqué, c'est risqué !

— Alors, fit Tommy, n'en parlons plus ! Elle est la seule jusqu'à présent qui m'ait paru plus ou moins suspecte. Autant qu'il me semble, les autres sont parfaitement inoffensives. Il y a une jeune maman, une vieille fille chichiteuse, une dame plutôt bornée qui est l'épouse du sieur Cayley et, enfin, une vieille Irlandaise, laide à faire peur.

— C'est tout ?

— Non. Il y a aussi une certaine Mrs Blenkensop, qui est arrivée il y a trois jours.

— *Quid* de Mrs Blenkensop ?

Tommy avala sa salive et dit :

— Mrs Blenkensop, monsieur, c'est ma femme.

— Hein ?

Sous le coup de la surprise, Grant avait élevé la voix. Il se retourna vivement, une lueur de colère dans les yeux.

— Je croyais vous avoir dit, Beresford, de ne pas souffler un mot de votre mission à votre femme ?

— C'est exact, monsieur, et je n'ai rien dit. Si vous voulez me permettre de vous expliquer...

En peu de phrases, Tommy conta ce qui s'était passé. Il évitait de regarder son chef et s'appliquait à ce que rien ne transparût dans sa voix de l'orgueil qu'il éprouvait.

Un long silence suivit la fin de l'histoire. Puis, tout d'un coup, Grant se mit à rire.

— Je tire mon chapeau à la dame, dit-il quand il eut bien ri. Elle est unique au monde!

— Ça c'est vrai! fit Tommy presque malgré lui.

— Easthampton s'offrira une pinte de bon sang quand je le mettrai au courant, poursuivit Grant. Il m'avait recommandé de ne pas laisser votre femme de côté, ajoutant qu'elle me posséderait si je ne suivais pas son conseil. Je n'ai pas voulu l'écouter... Le résultat est probant. L'aventure nous rappelle, en outre, qu'on n'est jamais assez prudent. Je croyais avoir pris toutes les précautions possibles pour que notre conversation ne fût pas surprise, je m'étais assuré avant de venir que, votre femme et vous, vous étiez seuls dans l'appartement, j'avais clairement entendu la voix de l'amie de votre femme la priant d'accourir auprès d'elle... et je me suis gentiment laissé avoir par le vieux truc de la porte qu'on claque!... Oui, Beresford, votre femme est très forte!

Après un court silence, il ajouta :

— Vous lui direz que je ne lui en veux pas.

— Et qu'elle est dans le coup avec moi?

Grant ricana.

— Il me semble qu'elle ne nous laisse pas le choix! Dites-lui que l'Intelligence Service considérerait comme un grand honneur qu'elle consentît à travailler sur cette affaire.

— La commission sera faite.

— J'imagine que vous ne pourriez pas la convaincre de rentrer chez elle et d'y rester?

Grant ne plaisantait plus. Sa voix était grave!

Tommy hocha lentement la tête.

— Vous ne connaissez pas Tuppence!

— Non, admit Grant. Mais je commence à me faire une idée de ce qu'elle peut être. Je disais ça parce que... Il faut bien reconnaître, Beresford, que cette affaire peut devenir dangereuse. Si vous êtes deviné, vous ou votre femme...

Il laissa la phrase inachevée.

— Je comprends fort bien, dit Tommy.

— Mais personne, je pense, ne peut persuader votre femme de se tenir loin du danger. Pas même vous !

— A vrai dire, monsieur, fit Tommy, je ne sais pas si j'essaierais. Une démarche de ce genre-là, voyez-vous, ça n'est pas dans nos conversations. Tuppence et moi, vous comprenez, nous faisons équipe... Toujours...

Dans sa tête revenait une phrase, murmurée bien des années auparavant, au lendemain d'une autre guerre : *une belle aventure à deux...*

Sa vie avec Tuppence, c'est ce qu'elle avait été et ce qu'elle serait toujours. Une belle aventure à deux...

Risques compris et partagés.

CHAPITRE IV

I

Quand Tuppence entra dans le studio, peu avant l'heure du dîner, il n'y avait qu'une personne dans la pièce, la monumentale Mrs O'Rourke, assise près de la fenêtre, assez semblable à quelque massive statue de Bouddha.

Elle gratifia Tuppence d'un bonsoir tout ensemble cordial et condescendant.

— Je vois, dit-elle, que, comme moi, vous préférez descendre un peu en avance de façon à vous reposer un instant avant de passer dans la salle à manger. Cette pièce est, d'ailleurs, bien agréable quand il fait beau. A condition, bien entendu, d'ouvrir la fenêtre. Sinon, on baigne dans l'odeur de la cuisine. Oignons ou choux, la plupart du temps!... Asseyez-vous, madame Blenkensop et dites-moi comment vous avez employé cette belle journée et comment vous trouvez Leahampton?

Mrs O'Rourke évoquait pour Tuppence les horribles sorcières des contes de fées de son enfance, et plus spécialement l'ogresse. Énorme, portant sans honte barbe et moustaches, Mrs O'Rourke, avec sa voix de basse et ses yeux clignotants, avait évidemment moins l'air d'une femme que d'un personnage de fantaisie, créé pour amuser les tout-petits.

Tuppence déclara que Leahampton lui plaisait

beaucoup et qu'elle pensait y être très heureuse.

Elle ajouta sur le ton convenable :

— Aussi heureuse que je pourrais l'être n'importe où, avec cette anxiété qui ne me quitte pas!

O'Rourke était optimiste de nature.

— Il ne faut pas vous tracasser, ma chère. Vos grands garçons vous reviendront sains et saufs, ça ne fait pas l'ombre d'un doute. L'un d'eux est aviateur, je crois ?

— Raymond, oui.

— Il est en France ou en Angleterre ?

— Pour le moment, il est en Égypte, d'après ce qu'il me disait dans sa dernière lettre. En fait il ne m'a pas exactement *dit*, mais il me l'a fait comprendre. Nous avons un petit code à nous. Certaines phrases veulent dire certaines choses. C'est défendu, mais il me semble que, tout de même, c'est bien naturel! Vous ne trouvez pas ?

— Je suis absolument de votre avis!

— J'en étais sûre!

Mrs O'Rourke agita sa tête de Bouddha.

— Ce sont des choses, déclara-t-elle, dont on ne discute pas. Si j'avais un fils, je tromperais les censeurs exactement comme vous le faites. Votre second fils est dans la marine ?

Tuppence entreprit le récit détaillé des exploits de Douglas.

— Privée de mes trois fils, conclut-elle, je me sens comme perdue. Jamais ils n'étaient partis tous les trois ensemble auparavant. Ils sont si gentils avec moi! Ils me considèrent moins comme une mère que comme *une amie*, et je dois me gendarmer pour les obliger à sortir sans moi!

A part elle, Tuppence se disait qu'elle mentait décidément très bien.

— Et vraiment, poursuivit-elle, eux partis, je ne savais plus *que faire* ni *où aller*. A Londres, mon bail arrivait à expiration. Je ne l'ai pas renouvelé et j'ai cherché un endroit tranquille, avec des trains commodes...

Le Bouddha approuva de nouveau.

— Vous avez très bien fait. Londres n'est pas une ville à habiter actuellement. Tout y est si triste maintenant! J'y ai vécu pendant des années. Je m'occupais d'une affaire d'antiquités, et peut-être avez-vous connu mon magasin... J'étais installée à Chelsea, dans Cornaby Street, à l'enseigne de « Kate Kelley ». J'avais là des choses adorables... Des verreries, surtout... De Waterford, de Cork... Des chandeliers, des lustres, des bols à punch, tout ce qu'on peut imaginer!... Des verreries étrangères aussi, bien entendu... Et puis quelques meubles... Rien de volumineux, mais des pièces rares. Noyer et chêne, surtout. J'avais de bons, de très bons clients. Avec la guerre, tout ça s'est envolé... et j'ai eu la chance de m'en tirer sans trop de pertes.

Tuppence revoyait vaguement le magasin : une petite boutique, bourrée de verreries, dans laquelle il était difficile de se mouvoir et où l'on rencontrait une dame imposante à la voix persuasive. Certainement, elle était entrée chez Kate Kelley.

Mrs O'Rourke parlait toujours.

— Je ne suis pas de ces gens qui passent leur temps à se plaindre. Heureusement! Il y en a déjà assez dans cette maison! Mr Cayley, par exemple, qui, quand il ne grogne pas à propos de ses châles et de ses foulards, se lamente parce que ses affaires sont arrêtées. Ou comme Mrs Sprot, qui voudrait nous apitoyer sur son sort et sur celui de son pauvre mari!

— Il est sur le front?

— Lui?... Pensez-vous! C'est un petit employé de

quatre sous qui travaille dans une compagnie d'assurances et qui a tellement peur des bombardements qu'il a envoyé sa femme ici dès le commencement de la guerre. Remarquez qu'en ce qui concerne l'enfant, qui est un amour, je trouve ça très bien. Ce qui me déplaît, ce sont les jérémiades de Mrs Sprot, qui nous raconte que son mari vient ici toutes les fois qu'il en a la possibilité, qu'elle lui manque terriblement, etc., etc. Entre nous, je suis bien sûre qu'il se passe fort bien d'elle, et je crois que le seigneur Arthur a d'autres chats à fouetter...

— Les mamans sont dans une situation difficile, fit observer Tuppence. Si elles éloignent leurs enfants sans les accompagner, c'est pour elles un souci de tous les instants, et si elles partent avec eux, il leur faut abandonner leur époux...

— Sans compter qu'un ménage coupé en deux, ça coûte cher !

— Les prix ici, paraissent assez raisonnables.

— Oui, on en a pour son argent. Mrs Perenna connaît son affaire. Ce qui ne l'empêche pas d'être une femme bien bizarre.

— Bizarre ? Dans quel sens ?

Mrs O'Rourke cligna de l'œil.

— Vous allez me dire, fit-elle, que je suis terriblement bavarde... et c'est d'ailleurs vrai. Je m'intéresse à ce qu'il se passe autour de moi, et c'est pourquoi je m'installe volontiers dans cette pièce : on voit qui entre et qui sort, et on surveille à la fois la véranda et le jardin... Qu'est-ce que je disais ?... Ah, oui ! Il s'agissait de Mrs Perenna... Eh bien ! ou je me trompe fort, ou il y a eu un drame dans la vie de cette femme !

— Vous croyez ?

— J'en suis convaincue. Comment expliqueriez-vous autrement tout ce mystère dont elle s'entoure ?

Un jour, je lui ai demandé de quelle partie de l'Irlande elle était originaire. Croiriez-vous qu'elle a eu le toupet de me dire qu'elle n'était pas Irlandaise du tout ?

— Ce qui est faux ?

— Ça ne se demande pas ! Elle est Irlandaise. Je sais reconnaître mes compatriotes et je pourrais vous dire dans quel comté elle a été élevée. Mais elle a prétendu qu'elle était Anglaise. Elle a ajouté qu'elle avait épousé un Espagnol, et...

La grosse dame se tut brusquement, Mrs Sprot entrait, suivie de Tommy, que Tuppence interpella d'un ton enjoué.

— Bonsoir, monsieur Meadowes ! Vous avez l'air en grande forme, ce soir !

— Je prends de l'exercice, voilà mon secret ! Une partie de golf ce matin, une longue promenade cet après-midi...

— J'ai conduit ma fille à la plage, dit Millicent Sprot. Elle voulait barboter, mais j'ai trouvé qu'il faisait trop froid, et nous nous sommes contentées de construire un château de sable. L'ennui, c'est que, tandis que je l'aidais, un chien s'est pris la patte dans mon tricot et m'en a défait je ne sais combien de mailles ! Une catastrophe, pour quelqu'un qui n'est pas plus adroite que je ne suis !

Mrs O'Rourke se tournait vers Tuppence.

— J'ai remarqué, fit-elle, que votre passe-montagne avance rapidement. Miss Minton m'avait dit que vous étiez une tricoteuse inexpérimentée...

Tuppence rougit. Mrs O'Rourke avait de bons yeux.

— La vérité, répondit Mrs Blenkensop, c'est que j'ai beaucoup tricoté autrefois. Je l'ai dit à miss Minton, mais je crois qu'elle aime assez jouer les professeurs...

On rit. Les autres pensionnaires arrivaient. Bientôt le gong sonna et on passa à table.

Pendant le repas, la conversation tomba sur un sujet entre tous passionnant : l'espionnage et les espions. On rappela les histoires classiques — la religieuse dénoncée par ses biceps vigoureux, le clergyman « parachuté », trahi à l'atterrissage par un juron par trop païen, le cuisinier autrichien qui cachait un émetteur de radio dans la cheminée de sa chambre — et on en conta d'autres, nouvelles, les aventures qui étaient arrivées, ou avaient failli arriver, aux oncles, tantes, neveux et cousins des uns et des autres. On devait tout naturellement en venir à parler de la « cinquième colonne ». On n'y manqua pas. Les fascistes anglais, les pacifistes à tout prix, les objecteurs de conscience furent qualifiés selon leurs mérites. Carl von Deinim était absent et l'on pouvait s'exprimer sans contrainte. Ces propos étaient analogues à ceux qui se tenaient un peu partout, mais Tuppence n'en surveillait pas moins les visages, espérant surprendre sur l'un d'eux une expression révélatrice. Son attente fut déçue.

Sheila ne prenait pas part à la conversation, mais ce silence était dans l'ordre. D'un naturel sombre et taciturne, la jeune fille assistait souvent à tout un repas sans dire un mot.

Elle ne parla que vers la fin du dîner, comme apparaissait le dessert, composé de quelques bananes pas mûres et de quelques oranges un peu molles.

Mrs Sprot venait, de sa petite voix flûtée, de dire qu'elle ne comprenait pas comment les Allemands avaient pu, au cours de la première guerre mondiale, commettre l'erreur monumentale de fusiller miss Cavell, ce qui avait eu pour effet de dresser contre eux l'opinion internationale.

Sheila rejeta la tête en arrière et dit, d'un air de défi :

— Et pourquoi ne l'auraient-ils pas exécutée? C'était une espionne, n'est-ce pas?

— Non, ce n'était pas une espionne!

— Elle avait aidé des Anglais à fuir d'un pays ennemi, ça revient au même! Il n'y avait pas de raisons de ne pas la fusiller!

— Si. C'était une femme. Mieux, une infirmière.

Sheila se leva.

— Moi, j'estime que les Allemands ont bien fait!

Sur ces mots, elle se dirigea vers la porte-fenêtre et gagna le jardin.

Peu après, on quittait la table pour aller prendre le café au studio. Tommy, sans attirer l'attention, passait au jardin.

Sheila, accoudée au mur de la terrasse, contemplait la mer. Il la rejoignit. La respiration oppressée de la jeune fille révélait qu'elle était encore sous le coup d'une forte émotion. Il lui offrit une cigarette, qu'elle accepta.

— Belle nuit, dit-il.

— C'est-à-dire, corrigea-t-elle, qu'elle pourrait l'être...

Elle avait parlé très bas.

Tommy la dévisagea. Elle avait beaucoup de charme et on la sentait débordante de vie. Elle était évidemment de ces femmes pour lesquelles un homme à quelque excuse de perdre la tête.

— Voulez-vous dire, demanda-t-il, qu'elle serait belle s'il n'y avait pas la guerre?

— Non. Mais je hais la guerre.

— Nous la haïssons tous!

— Pas de la même façon que moi! Je la hais pour elle-même, mais aussi pour toute l'hypocrisie qu'elle engendre! Ce que je hais, c'est ce que vous appelez le patriotisme!

Tommy, un peu surpris de cette sortie, ouvrait de grands yeux. Elle poursuivit :

— Oui, le patriotisme!... *Mon pays, mon pays, mon pays!* Ils n'ont que ce mot à la bouche! Trahir son pays, servir son pays, mourir pour son pays... Est-ce que ça signifie quelque chose, ça, *mon pays!*

— Pour moi, oui!

— Pour vous, bien sûr! Vous êtes de ces gens qui vont faire du commerce aux quatre coins de l'Empire et qui reviennent tout bronzés, la bouche pleine de clichés et d'histoires sur les indigènes et les bons Anglais!

Tommy protesta doucement.

— Je vaux peut-être mieux que ça tout de même...

— J'exagère, admit-elle, mais vous voyez ce que je veux dire. Vous croyez à la grandeur de l'Empire britannique et l'idée de mourir pour votre pays ne vous apparaît pas comme une stupidité.

— Mon pays, dit Tommy avec un soupçon d'amertume dans la voix, n'a d'ailleurs pas l'air tellement anxieux de me permettre de mourir pour lui!

— Non, mais *vous ne demanderiez que ça!*... Et *c'est tellement bête!* Il n'y a rien pour quoi il vaille de mourir!... Tout ça, c'est bobards, boniments et compagnie! Le mot patrie, pour moi, n'a pas de sens!

— Vous verrez qu'il en prendra un, un jour.

— Jamais! J'ai souffert, j'ai compris...

Elle se tourna vivement vers lui.

— Savez-vous qui était mon père?

— Non.

La conversation prenait pour Tommy un tour passionnant.

— Il s'appelait Patrick Maguire, et il fut, lors de

l'autre guerre, un des premiers compagnons de Roger Casement. On l'a fusillé comme traître. Tout ça, pour rien! Il s'était monté la tête pour une idée, avec quelques autres Irlandais! Ça l'a conduit au poteau! Pourquoi n'est-il pas resté tranquillement chez lui à s'occuper de ses affaires! Les uns le tiennent pour un traître, les autres pour un martyr. Moi, je considère qu'*il a tout simplement été bête!*

Tommy comprenait maintenant cette révolte intérieure qui expliquait le caractère de la jeune fille.

— Ainsi, fit-il, c'est dans l'ombre de ce souvenir que vous avez été élevée?

— Dans son ombre, c'est le mot. Maman a changé de nom, nous nous sommes réfugiées en Espagne. Elle dit que mon père est à moitié Espagnol... et partout où nous allons, nous mentons. Nous avons vécu sur le continent et, finalement, nous sommes revenues ici et maman a ouvert cette pension. La pire chose qu'on pouvait imaginer!

— Est-ce que votre mère voit les choses comme vous?

— A propos de la mort de papa?

Elle réfléchit quelques secondes.

— Je n'en sais rien, répondit-elle ensuite. C'est un sujet dont elle ne parle jamais et il est très difficile de savoir ce qu'elle pense ou ce qu'elle ressent.

Tommy approuvait sans mot dire.

— Je ne sais pas pourquoi je vous raconte tout ça, dit-elle soudain. Comment est-ce venu?

— Une discussion à propos de miss Cavell.

— Ah! oui. Le patriotisme!... J'ai dit que je l'avais en horreur...

— Est-ce que vous n'oubliez pas les paroles mêmes de miss Cavell?

— Quelles paroles?

— Celles qu'elle a prononcées avant de mourir. Vous ne les connaissez pas ?... Elle a dit : « *Le patriotisme ne suffit pas : je ne dois pas avoir de haine dans le cœur.* »

Les mots parurent la frapper.

Elle resta un moment interdite.

Puis, faisant demi-tour brusquement, elle disparut dans l'ombre du jardin.

II

— Tu le vois, Tuppence, tout ça collerait !

Tuppence approuva d'un mouvement de tête. Autour d'eux, la plage était déserte. Elle était accoudée à un brise-lames sur lequel Tommy était assis, position élevée qui lui permettait de surveiller les alentours. Leur rendez-vous, soigneusement arrangé, avait toutes les apparences d'une rencontre fortuite, agréable à la dame et pour lui à peine ennuyeuse.

— Alors tu crois que Mrs Perenna...

— Pourrait être M. ? Oui. Elle répond aux conditions...

— C'est assez vrai, dit Tuppence. Comme l'a deviné Mrs O'Rourke, elle est Irlandaise, encore qu'elle n'en veuille pas convenir. Elle a circulé beaucoup sur le continent. Elle a pris ce nom de Perenna pour venir ouvrir une pension de famille, excellent moyen de se camoufler au milieu d'êtres falots et inoffensifs. Son mari a été exécuté comme traître. Elle a les meilleures raisons de se trouver à la tête d'une « cinquième colonne ». Oui, ça semble coller. La fille serait dans le coup également ?

— Certainement non, répondit Tommy avec décision. Elle ne m'aurait pas parlé comme elle l'a fait.

Il ajouta :

— Tu sais que je ne me sens pas très fier de moi?

— Ça ne m'étonne pas. Dans un certain sens, c'est un sale métier...

— Il faut pourtant bien le faire!

— Bien sûr!

— Vois-tu, reprit Tommy, je suis comme toi : je n'aime pas mentir, mais...

Elle lui coupa la parole.

— Il m'est complètement égal de mentir et je dirai même que le mensonge me procure des joies d'ordre artistique. Seulement, il y a des moments où l'on est vraiment soi. On obtient alors des résultats qu'on n'aurait pas eus autrement. C'est ça qui me gêne. Ça t'est arrivé hier soir. Tu étais vraiment *toi* quand Sheila s'est confiée à toi, et c'est ce qui t'ennuie...

— Tu pourrais bien avoir raison.

— J'en parle savamment. J'ai eu la même aventure avec ce petit Allemand...

— Qu'est-ce que tu penses de lui?

— A mon avis, il n'est pas dans l'affaire.

— Grant est persuadé du contraire.

Elle haussa les épaules.

— Ton Mr Grant!... J'aurais aimé voir sa figure quand tu lui as parlé de moi!

— En tout cas, il a fait amende honorable. Tu es chargée de mission. Officiellement...

Tuppence avait l'air songeur.

— Te souviens-tu, demanda-t-elle, de l'époque où nous donnions la chasse à Mr Brown, au lendemain de l'autre guerre? Tu te rappelles le plaisir que ça nous donnait, l'enthousiasme qui nous portait?

— Un peu! s'écria-t-il.

Son visage avait pris une expression joyeuse.

— Pourquoi, aujourd'hui, n'est-ce pas pareil?

Il réfléchit un bon moment.

— C'est probablement, dit-il avec un peu d'hésitation, une question d'âge...

— On serait trop vieux?

— Non, certainement pas. Seulement, cette fois, *ça ne nous amuse plus!*... C'est la seconde fois que nous faisons la guerre et, celle-ci, nous la voyons avec d'autres yeux que la première!

— Oui, nous en saisissons toute la tristesse et toute l'horreur. Des choses dont nous ne nous rendions pas compte à l'autre, parce que nous étions trop jeunes...

— Je crois que c'est ça. A la dernière guerre, j'ai eu peur de temps en temps, je l'ai échappé belle plusieurs fois et j'ai eu quelques minutes terribles. Mais il y avait de bons moments...

— J'espère qu'il en va comme ça pour Derek, fit Tuppence.

Tommy lui donna de petites tapes sur le dos de la main.

— Ne pense pas à lui, ma vieille. Ça vaudra mieux!

Elle lui sourit.

— Tu as raison. Nous avons notre truc, occupons-nous de lui! Mrs Perenna est-elle vraiment la personne que nous cherchons?

— Nous pouvons toujours dire que c'est très possible... Vois-tu d'autres suspects?

Après quelques secondes de réflexion, Tuppence répondit :

— Franchement, non. La première chose que j'ai faite, en arrivant ici, c'est de passer en revue les pensionnaires de la villa et de déterminer ceux qui pourraient être tenus pour suspects. Certains sont tout à fait impossibles.

— Comme ?

— Miss Minton, par exemple. C'est la vieille fille anglaise, modèle standard. Impossible également, Mrs Sprot, à cause de sa fille. Impossible, Mrs Cayley, trop niaise.

— On peut feindre la bêtise.

— D'accord. On peut aussi jouer le personnage de la vieille fille futile ou celui de la jeune maman, mais ces gens-là ne jouent pas la comédie. D'ailleurs pour Mrs Sprot, il y a l'enfant...

— Une espionne peut avoir un enfant.

— Oui, mais elle n'e l'emmène pas avec elle quand elle travaille. Il y a des métiers dans lesquels on laisse les enfants à la maison. *Je parle en connaissance de cause,* Tommy.

— Je retire ce que j'ai dit. Je t'accorde miss Minton et Mrs Sprot, mais pour Mrs Cayley, je ne suis pas tellement convaincu.

— On peut, si tu veux, la laisser sur la liste des suspects. Il y a des moments, en effet, où l'on a l'impression qu'elle en met trop. Elle est plus bête qu'il n'est vraisemblable...

— J'ai souvent observé que les femmes trop dévouées à leur mari deviennent idiotes...

— Et où as-tu remarqué ça ? demanda Tuppence d'un petit ton pointu.

— Pas à la maison, rassure-toi ! Ton dévouement n'a jamais pris des proportions inquiétantes...

— Je reconnais que, pour un homme, tu n'es pas trop insupportable quand tu es malade...

— Revenons aux choses sérieuses, dit Tommy. Cayley ?... Tu conviens que celui-là n'est pas très catholique ?

— C'est certain, Mrs O'Rourke ?

— Ton avis ?

— Je ne sais pas très bien. Elle est un peu déconcertante. Terriblement bavarde... Et très observatrice...

Elle venait de se rappeler la remarque de la grosse Irlandaise à propos de son tricot.

— Enfin, fit Tommy, il y a Bletchley.

— Je lui ai à peine parlé. Celui-là, il t'appartient.

— Je *crois* que c'est tout simplement un officier de l'ancienne école, une vieille culotte de peau...

— C'est assez l'impression qu'il donne. Le fâcheux, quand on passe comme ça des gens en revue, c'est qu'on considère des individus tout à fait ordinaires et qu'on les déforme... parce qu'on a l'imagination morbide.

— Avec Bletchley, dit Tommy, j'ai fait quelques petites expériences.

— Explique !... Ça peut me servir.

— Il s'agit d'expériences toutes simples, de petits pièges portant sur des dates, des endroits...

— Si tu daignais passer du général au particulier ?

— Bon !... Supposons que nous parlons de tir aux pigeons. Il me dit que tel mois de telle année, il a participé au tournoi du Caire. Une autre fois, à propos de tout autre chose, j'amène l'Égypte dans la conversation et je lui demande s'il a vu des momies, s'il a visité le tombeau de Tout-Ank-Amon. Je tâche de savoir quand et je compare les réponses. Autre exemple. On parle de paquebots. J'en nomme deux ou trois, je dis qu'ils sont plus ou moins confortables, il me donne avis et, une autre fois, quand il me racontera ses traversées, je ferai quelques petits recoupements, quelques rapprochements. Comme tu vois, c'est peu de chose...

— Et, jusqu'à présent, il ne s'est pas coupé ?

— Pas une fois. Et, permets-moi de te le dire, Tuppence, ce sont de petites expériences auxquelles on peut se fier.

— Oui, mais je suppose que s'il était N. il aurait son histoire toute prête.

— Dans les grandes lignes, c'est certain. Mais il n'est pas si facile de mettre au point tous les petits détails, justement parce qu'ils n'ont pas d'importance. D'autre part, il ne faut pas oublier qu'une personne de bonne foi ne se rappelle pas tout. Si les souvenirs de ton client sont trop précis, il convient de te méfier...

— Quoi qu'il en soit, jusqu'à présent, tu n'as pas pris Bletchley en défaut.

— Toutes ses réponses m'ont paru parfaitement normales.

— Donc, résultat négatif.

— Rigoureusement.

— Bon, fit Tuppence. Alors, laisse-moi t'exposer deux ou trois petites idées à moi...

III

Sur le chemin du retour, Mrs Blenkensop s'arrêta d'abord dans une mercerie où elle se procura de la laine à tricoter, puis au bureau de poste pour acheter quelques timbres. Avant de le quitter, elle entra dans une cabine téléphonique. Elle composa un numéro sur le cadran, demanda à parler à « Mr Faraday » et obtint Grant au bout du fil. Elle était toute souriante quand, la conversation terminée, elle se remit en route.

L'après-midi était belle, avec une légère brise. Tuppence, qui trottait généralement d'un pas assez vif, s'imposa de marcher doucement comme l'exigeait sa composition du personnage de Mrs Blenkensop, laquelle n'avait au monde rien à faire, hormis tricoter — pas trop bien — et écrire à ses fils des lettres qu'elle n'achevait pas toujours.

Tuppence monta sans hâte la côte qui menait à « Sans-Souci ». La rue finissant en impasse — elle aboutissait au « Repos du Contrebandier », la maison du commandant Haydock —, le trafic y était inexistant. Il cessait pratiquement à la fin de la matinée, lorsque était passée la dernière voiture de livraison, Tuppence s'amusait à lire les noms des villas : « Bella Vista », la mal nommée, puisque aucune de ses fenêtres n'ouvrait sur la mer, « Karachi », « Shirley Tower », « Sea View » — l'enseigne, pour celle-là, ne mentait pas, — « Clare Castle » — un peu emphatique, ce prétendu château n'étant qu'une toute petite construction, — « Trelawny », une pension rivale de celle de Mrs Perenna, et enfin « Sans-Souci ».

Tuppence approchait de la villa quand elle s'avisa qu'une femme se tenait devant la grille, essayant de voir ce qui se passait à l'intérieur de la maison. Tuppence étouffa le bruit de ses pas et avança sur la pointe des pieds. Elle était tout près de l'inconnue quand celle-ci, l'entendant venir, se retourna brusquement.

C'était une femme assez grande, blonde, encore en dessous de la quarantaine. Elle était bien mise mais assez pauvrement, et il y avait comme un « décalage » entre sa physionomie et la façon dont elle était vêtue. Son visage, aux pommettes très larges, avait dû être d'une beauté remarquable et elle était encore jolie, avec des traits plus intéressants que réguliers. Tuppence la classa tout de suite parmi les gens qu'on n'oublie pas quand on les a vus une fois.

Elle avait d'ailleurs l'impression que cette figure lui était familière.

L'arrivée inopinée de Tuppence avait visiblement surpris l'indiscrète promeneuse. Une lueur inquiète avait passé dans ses prunelles.

— Vous cherchez quelqu'un, madame? demanda Tuppence.

La femme fit oui de la tête et répondit :

— C'est bien ici la villa « Sans-Soucis ».

Elle parlait lentement, avec un fort accent étranger, et articulait avec soin, un peu comme si elle avait répété des paroles apprises par cœur.

— C'est ici, fit Tuppence, et j'y habite. Que désirez-vous voir?

La femme hésita un peu.

— Il y a bien là, dit-elle, un M. Rosenstein?

— Rosenstein? J'ai bien peur que non. Peut-être a-t-il résidé ici autrefois... Voulez-vous que je demande?

L'inconnue eut un geste de refus.

— Non, merci!... Je me serai trompée. Excusez-moi!

Sans plus attendre, elle tourna les talons et se mit à descendre rapidement vers Leahampton.

Tuppence la regardait s'éloigner. Des soupçons s'éveillaient en elle. Les manières de cette femme, qui parlait avec un accent étranger, manquaient de naturel. Il était certain que ce M. Rosenstein n'existait pas et qu'elle avait donné le premier nom qui lui était passé par la tête.

Tuppence balança un instant, puis elle se mit en route à son tour. Son instinct lui disait qu'il fallait suivre cette femme.

Pourtant elle ne fit que quelques pas. Puisqu'elle s'apprêtait à rentrer à « Sans-Souci », repartir vers la ville derrière l'inconnue, ne serait-ce pas une erreur capable d'attirer l'attention sur elle ? Si cette femme faisait partie du complot, elle aviserait les intéressés que quelqu'un de la pension l'avait suivie.

Non, Mrs Blenkensop devait rester ce qu'elle prétendait être.

Tuppence rebroussa chemin, rentra à « Sans-Souci » et s'arrêta dans le hall. La maison paraissait déserte, comme il arrivait souvent au début de l'après-midi. Betty dormait. Les grandes personnes étaient dehors ou faisaient la sieste.

Tuppence, debout dans la pénombre du hall, réfléchissait à la singulière rencontre qu'elle venait de faire quand elle entendit un bruit léger, un tintement discret sur la nature duquel elle ne pouvait se tromper.

Le téléphone, à « Sans-Souci », était dans le hall. Le bruit que Tuppence venait d'entendre, c'était celui que faisait l'appareil lorsqu'on décrochait le récepteur du poste secondaire, installé dans la chambre de Mrs Perenna.

Tommy aurait peut-être hésité. Tuppence n'avait pas de scrupules : délicatement, elle prit le récepteur et le porta à son oreille. Quelqu'un parlait. Une voix d'homme, qui disait :

— Tout va bien. Le quatrième, comme convenu.

Une voix de femme répondit :

— Bien. Continuez !

Puis, il y eut un déclic. On avait raccroché.

Le front de Tuppence se plissa de rides soucieuses. Cette voix de femme, était-ce celle de Mrs Perenna ? Difficile d'en juger sur deux mots ! Si seulement on avait parlé un peu plus longtemps ! Certes, il ne s'agissait peut-être que d'une conversation banale. Mais rien n'était moins sûr...

Tuppence venait de replacer le récepteur sur son

crochet quand Mrs Perenna fit son apparition dans le hall.

— Quel magnifique après-midi ! s'écria-t-elle. Vous sortez, madame Blenkensop, ou bien est-ce que vous rentrez ?

Ainsi, c'était Mrs Perenna qui avait parlé sur le poste secondaire...

Tuppence répondit qu'elle venait de faire une petite promenade, très agréable d'ailleurs, et se dirigea vers l'escalier. Mrs Perenna fit quelques pas dans le hall. Inconsciemment, Tuppence l'observa et elle lui parut une sorte d'athlète. Elle n'avait pas encore remarqué combien cette femme était grande et forte.

— Je monte changer de vêtements ! dit-elle, s'engageant sur les premières marches.

Grimpant à bonne allure, elle aborda rapidement le virage du palier, se cognant presque dans Mrs O'Rourke dont la massive silhouette se dressait devant elle.

— Mon Dieu ! Mon Dieu ! fit Mrs O'Rourke. Comme vous êtes pressée, madame Blenkensop !

Elle souriait à Tuppence.

Et soudain, sans raison aucune, Tuppence eut peur !

Au-dessus d'elle, lui barrant le passage, l'énorme Irlandaise, avec sa grosse voix et son sourire inquiétant. En bas, lui coupant la retraite, Mrs Perenna...

Elle jeta un coup d'œil par-dessus son épaule. Est-ce qu'elle rêvait ou bien y avait il vraiment une menace dans le regard de Mrs Perenna ?... Elle essayait de se raisonner. C'était absurde, simplement. On ne tue pas les gens en plein jour dans une pension de famille !... Non, bien sûr. Mais cette maison était si calme, si tranquille... Et elle se sentait, comme prise au piège ! Le sourire de Mrs O'Rourke *n'était pas* son sourire ordinaire. Il semblait féroce. Tuppence songea au chat qui joue avec la souris...

Et puis, d'un seul coup, tout redevint normal. Une petite silhouette venait de jaillir du couloir, derrière Mrs O'Rourke. C'était Betty, en costume de plage, Betty, qui, passant en trombe près de la grosse Irlandaise, venait avec des cris de joie se jeter dans les bras de Tuppence.

L'atmosphère changea. Le visage de Mrs O'Rourke était maintenant celui d'un monstre débonnaire et sa voix n'avait plus rien de redoutable tandis qu'elle s'écriait :

— Quel amour, cette enfant! Elle sera bientôt une grande fille!

Mrs Perenna repartait vers la cuisine...

Tuppence, prenant Betty par la main, la reconduisit jusqu'à la chambre de sa maman, où elle entra derrière elle.

Dès le seuil, elle se sentit comme délivrée d'un poids. Les vêtements d'enfant qu'on apercevait un peu partout, les animaux en peluche, le petit lit rose, le visage — pourtant sans attraits — de Mr Sprot, dans le cadre posé sur la table, tout cela réconfortait et c'est sans impatience qu'elle écouta les doléances de Mrs Sprot qui trouvait excessifs les prix de la blanchisserie et déplorait que Mrs Perenna refusât à ses pensionnaires l'autorisation de se servir de fers électriques.

Tout était normal, rassurant, quotidien.

Et, pourtant, tout à l'heure, dans l'escalier...

Tuppence, regagnant sa chambre, cherchait à se persuader qu'elle était victime de ses nerfs.

Cependant, cette communication, elle l'avait entendue! Quelqu'un avait bel et bien téléphoné de la chambre de Mrs Perenna. Qui? Mrs O'Rourke?... Ce serait quand même curieux! Évidemment, c'était pour elle la certitude de ne pas être entendue par quelqu'un de la maison. Mais à quels risques!

La conversation, il est vrai, fut très courte. Deux ou trois répliques, pas plus.

Tout va bien. Le quatrième, comme convenu.

Ça ne voulait rien dire... Ou ça signifiait des tas de choses!

Le quatrième!... Le quatrième quoi?... Le quatrième siège, le quatrième bec de gaz, le quatrième brise-lames? Comment savoir?

Peut-être même le quatrième jour du mois. Pourquoi non?

A moins que tout ça ne fût beaucoup moins mystérieux que Tuppence ne l'imaginait. Ce pouvait être la simple confirmation du plus banal des rendez-vous et peut-être Mrs Perenna avait-elle autorisé O'Rourke à se servir de son téléphone...

Si cela était, tout le reste, Tuppence l'avait rêvé et ses nerfs commençaient à lui jouer des tours...

Elle haussa les épaules.

— Tenons-nous-en aux faits, ma fille, conclut-elle, et ne nous affolons pas! La partie continue...

CHAPITRE V

I

Le commandant Haydock devait se révéler un amphytrion infiniment sympathique. Il accueillit Mrs Meadowes et le major Bletchley avec les marques extérieures de la joie la plus sincère et il informa tout de suite Mr Meadowes qu'il ne s'en irait pas sans avoir fait le « tour du propriétaire ».

A l'origine, expliqua-t-il, il y avait sur l'emplacement occupé par la villa deux maisonnettes habitées par des gardes-côtes. Dominant la mer, elles s'établissaient sur la falaise, au-dessus d'une petite crique dont l'accès n'était permis qu'aux gamins épris d'acrobatie.

Les deux maisonnettes avaient été achetées par un commerçant de Londres qui les réunit en une seule villa. Puis, sans trop d'enthousiasme, il entoura d'un jardin cette maison où il venait de temps en temps, l'été, passer quelques jours.

Plus tard, la villa resta inoccupée pendant plusieurs années. Ensuite, on l'avait garnie d'un mobilier sommaire pour la louer à la belle saison.

— Et puis, un jour, poursuivit Haydock, on la vendit à un certain Hahn qui, j'en ai la conviction, n'était ni plus ni moins qu'un espion.

Tommy, sans en avoir l'air, écoutait avec avidité.

— Intéressant, dit-il, posant son porto à portée de sa main.

— Ces gars-là sont rudement forts, reprit Haydock, et je suis convaincu que la danse à laquelle ils nous ont conviés, ils la préparaient déjà à cette époque-là ! L'endroit devait les attirer... Comme emplacement, vous ne trouverez pas mieux ! Pour faire des signaux en mer, c'est un coin idéal. En bas, la petite baie paraît faite tout exprès pour accueillir des canots automobiles. Isolement absolu, grâce au dessin même de la falaise. Non, non, qu'on ne vienne pas me dire que Hahn n'était pas un agent allemand !

— Pour moi, déclara Bletchley, la question ne se pose pas !

— Qu'est-il devenu ? demanda Tommy.

— Là-dessus, répondit Haydock, on ne sait rien de précis. Hahn a dépensé beaucoup d'argent autour de cette villa. Il a commencé par faire un escalier descendant à la mer. Des marches de ciment, un travail énorme, qui lui a coûté un argent fou. Puis il a fait refaire toute la maison, installant des salles de bains et les plus extravagants placards qu'on puisse imaginer. Et, tout ça, par qui l'a-t-il fait faire ? Par un entrepreneur du pays ? Jamais de la vie ! Par une firme de Londres... ou *dite* de Londres. Car la plupart des ouvriers étaient des étrangers, *dont certains ne parlaient pas un traître mot d'anglais !* Vous m'accorderez que c'est au moins curieux.

— Il faut reconnaître, dit Tommy, que c'est plutôt original.

— J'habitais déjà dans la région, reprit Haydock. J'avais un petit bungalow pas très loin d'ici et le manège du bonhomme m'intéressait. Je venais traîner autour de la villa et vous me croirez sans peine si j'ajoute que j'étais plutôt mal vu. Ma curiosité gênait.

A tel point qu'une ou deux fois on est allé jusqu'à me menacer, ce qui prouve qu'il y avait anguille sous roche...

— Vous auriez dû, fit remarquer Bletchley, signaler le fait aux autorités.

— Mais je l'ai fait, mon cher ami! Jamais personne n'a embêté la police autant que moi à cette époque!

Les verres étaient vides. Il les remplit.

— Seulement, continua-t-il, je perdais mon temps et ma salive. On ne m'accordait que ce que j'appellerai une inattention courtoise. On avait la même maladie que le reste du pays : on ne voulait ni voir ni entendre. Une autre guerre avec l'Allemagne? Mais il n'en était pas question! L'Europe était en paix, nous entretenions avec Messrs les Allemands les meilleures relations, nous nous découvrions avec eux des affinités naturelles, etc., etc. On me regardait comme un fossile étrange, un vieux loup de mer altéré de sang, pour tout dire, un belliciste! A quoi bon alarmer les gens en leur racontant que, si les Allemands construisaient une flotte aérienne qui allait devenir la plus puissante d'Europe, ce n'était pas pour organiser des rallyes et des pique-niques?

Le major Bletchley ne pouvait plus se contenir.

— Ces crétins! s'écria-t-il. Je les vois d'ici!... Nous vivons en une ère pacifique! L'apaisement des esprits! Fariboles, niaiseries et stupidités!

Un peu rouge, car, lui aussi, il devait se dominer, Haydock reprenait :

— Bref, j'étais un fauteur de guerre, un de ces hommes qui empêchaient la paix de régner sur le monde, et on ne me l'envoya pas dire! La paix! Je savais bien, moi, où nos bons amis allemands voulaient en venir! Ce sont des gens qui voient de loin, et j'étais sûr que Hahn ne nous voulait pas de bien. Ces ouvriers étrangers, cet argent jeté à pleines mains, tout ça ne me disait rien qui vaille et je continuais à harceler tous ceux qui auraient pu intervenir.

— Très bien ! lança Bletchley.

— A la fin, quelqu'un daigna m'entendre : le nouveau commissaire de police, un ancien officier Il envoya quelques-uns de ses hommes rôder autour de la villa. Le résultat fut immédiat : Hahn décampa. Comment ? On l'ignore. Un beau jour, on s'aperçut qu'il avait disparu sans tambour ni trompette ! La police, avec un mandat en règle, fouilla la maison. Dans un coffre aménagé dans le mur de la salle à manger on découvrit un émetteur de radio et des documents suspects. Dans le garage, on trouva d'énormes réservoirs d'essence. Bref, je triomphai sur toute la ligne et, au club, je pus me permettre de clouer le bec à un certain nombre de camarades qui avaient pris l'habitude de se moquer de mon « espionnite ». L'ennui, voyez-vous, avec les Anglais, c'est qu'ils font confiance à tout le monde !

— Nous avons toujours été des imbéciles, dit Bletchley, très surexcité. Et nous le restons ! Pourquoi, par exemple, n'interne-t-on pas purement et simplement tous ces réfugiés étrangers dont nous sommes infestés ?

Le commandant n'entendait pas se laisser distraire de son récit. La question resta sans réponse.

— Finalement, conclut Haydock, quand la maison fut mise en vente, je l'achetai. Venez avec moi, Meadowes, je vais vous la faire visiter !

C'est avec une joie quasi enfantine que le commandant Haydock faisait les honneurs de son domaine. Il ouvrit le coffre de la salle à manger pour montrer où se dissimulait l'émetteur de radio et conduisit son hôte au garage pour qu'il vît la cachette des réservoirs d'essence. Il ne lui épargnait rien. Tommy dut jeter un coup d'œil sur les deux salles de bains, admirer l'ingéniosité de l'installation électrique, voir dans le détail les aménagements ultra-modernes de l'office et de ses annexes et, par l'escalier de ciment, descendre enfin jusqu'à la petite crique. Haydock parlait tout le temps, soulignant les immenses services que de telles installations eussent pu rendre à l'ennemi en temps de guerre. La promenade s'acheva par une courte visite à la grotte qui avait donné son nom à la villa.

Le major Bletchley, cependant, était resté tranquillement sur la terrasse, en compagnie de la bouteille de porto. Tommy comprit que le récit du victorieux combat qu'il avait mené contre l'espion devait figurer souvent dans la conversation du commandant et que Bletchley l'avait sans doute entendu plus d'une fois.

La supposition était juste, Bletchley lui en fit l'aveu un peu plus tard, tandis qu'ils retournaient à « Sans-Souci ».

— Haydock, dit-il, est un homme charmant, mais il insiste un peu trop. Cette histoire, il me l'a infligée cent fois et je finis par en être malade ! Une chatte ne vous montre pas ses chatons avec plus d'orgueil qu'il n'en met à vous exhiber les merveilles de sa villa.

La comparaison fit sourire Tommy, qui allait subir un autre récit, lequel devait lui apprendre comment, en 1923, Bletchley avait démasqué un financier véreux. Absorbé dans ses propres réflexions, il écouta d'une oreille distraite, se contentant d'affirmer l'intérêt qu'il était supposé prendre à l'histoire par des « Non, vraiment ? » et des « Pas possible ! » qui constituaient pour le major des encouragements très suffisants.

Plus que jamais Tommy avait maintenant la conviction que le pauvre Farquhar avait indiqué la bonne piste lorsqu'au moment de mourir il avait parlé de « Sans-Souci ». Ce coin perdu, les Allemands l'avaient choisi pour y faire longtemps à l'avance des préparatifs. La présence de Hahn, les aménagements apportés à la villa, tout cela prouvait que ce point particulier de la côte devait jouer un rôle dans « leur » guerre.

L'intervention inattendue de Haydock avait déjoué les plans de l'adversaire. Le premier round avait été pour les Anglais. Mais ne pouvait-on supposer que le « Repos du Contrebandier » n'était qu'un élément dans un ensemble plus vaste et plus compliqué ? Il représentait l'accès à la mer, assuré de façon idéale par cette petite crique où, de la terre, on ne pouvait se rendre que par un unique sentier, mais cet accès à la mer ne faisait-il pas partie d'un tout ?

Battu localement par Haydock, comment l'ennemi avait-il riposté ? N'avait-il pas reporté son effort sur quelque endroit voisin, sur « Sans-Souci », par exemple ? C'est quatre ans plus tôt que Hahn avait dû battre en retraite. Tommy croyait bien se souvenir, d'après les confidences de Sheila que c'était vers cette même époque que Mrs Perenna, rentrant en Angleterre, avait acheté « Sans-Souci ». Un rapprochement s'imposait. N'était-ce pas là la réplique allemande ?

Dans l'affirmative, on pouvait penser que Leahampton était un centre d'activités ennemies et qu'on trouverait dans la région d'autres installations peut être et des complicités sûrement.

Tommy se sentait plein d'allant. A « Sans-Souci », le milieu, bourgeois et banal à l'excès, exerçait sur lui une influence déprimante. Ces gens-là semblaient innocents à vous décourager ! Il se reprenait, maintenant qu'il avait presque la certitude que cette innocence n'était que de surface et que « des choses » se tramaient dans la paisible villa.

Le personnage central, autant qu'il en pouvait juger, c'était Mrs Perenna. Avant tout, il fallait se documenter sur son compte, découvrir ce qu'elle était vraiment au-delà des apparences, savoir avec qui elle correspondait, qui elle connaissait, réunir tous les renseignements qui permettraient de déterminer la nature exacte de ses véritables occupations.

Si la propriétaire de la pension était *M*, le célèbre agent secret allemand, dirigeant la « cinquième colonne » en Angleterre, peu de personnes, en dehors de l'état-major de l'organisation, connaissait sa qualité et son rôle. Comment se mettait-elle en rapport avec ceux pour qui elle travaillait, par quel chemin passaient les communications qu'elle devait leur faire ?

C'est ce que Tommy devrait découvrir, avec le précieux concours de sa femme.

Il se rendait compte que, de « Sans Souci » on pouvait fort bien, le moment venu, s'emparer du « Repos du Contrebandier » et s'y maintenir le temps nécessaire. Il suffisait pour cela de quelques hommes vigoureux et décidés.

Lorsque l'armée allemande contrôlerait les ports de la Manche et de la mer du Nord, en France et en Belgique, elle porterait son effort sur la Grande-Bretagne, qu'elle rêvait d'envahir pour l'asservir. Or, en France, les choses allaient très mal depuis quelque temps...

La flotte britannique ayant la maîtrise des mers, l'attaque serait vraisemblablement aérienne et l'action de l'aviation se conjuguerait avec celle des traîtres de l'intérieur, celle de la « cinquième colonne ». Si Mrs Perenna tenait en main les fils directeurs de l'organisation, il n'y avait pas de temps à perdre !

Les mots que prononçait le major à cette minute même répondaient exactement aux pensées de Tommy.

— Je compris, disait Bletchley, qu'il n'y avait plus de temps à perdre. J'allai trouver Abdul...

L'histoire continuait.

« Mais, songeait Tommy, pourquoi avoir choisi Leahampton ? C'est loin de la Tamise, la côte est d'un abord relativement facile, les gens sont vieux jeu et conservateurs... Toutes ces considérations ont dû entrer en ligne de compte, mais il doit y avoir autre chose ! »

Il réfléchit que le pays, remarquablement plat, avec des pâturages nombreux, se prêtait fort bien à l'installation d'aérodromes de campagne et au parachutage de troupes aéroportées. Mais d'autres régions eussent convenu tout aussi bien. Il est vrai qu'il y avait aussi à Leahampton d'importantes usines de produits chimiques, celles-là mêmes où travaillait Carlvon Deinim.

Au fait, celui-là, jouait-il un rôle dans l'aventure ? Bien sûr ! Ce n'était que trop clair, Carl n'était pas, ainsi que Grant l'avait bien deviné, une des pièces maîtresses de l'organisation. Suspect *a priori* parce qu'Allemand et susceptible d'être interné du jour au lendemain, il n'était qu'un obscur rouage dans la machine. Mais un rouage qui resterait utile jusqu'au moment de sa disparition. Il avait dit à Tuppence qu'il s'occupait de l'immunisation contre certains gaz et de « décontamination ». Des recherches qui lui offraient d'immenses possibilités. Assez déplaisantes à considérer du point de vue anglais.

Tommy conclut que Carl était certainement « dans le coup ». Cela le chagrinait un peu, car l'homme était sympathique. Celui-là, c'est pour son pays qu'il travaillait. Et il risquait sa vie. C'était un adversaire qu'on pouvait estimer, quitte à l'abattre lorsque l'heure serait venue. Il savait lui-même que ça ne pouvait finir que par des coups de revolver ou une fusillade. Tommy ne lui en voulait pas. Ceux contre lesquels il se sentait soulevé de colère, c'étaient les autres, les traîtres, ceux qui combattaient contre leur propre patrie. Ceux-là, il les haïssait du plus profond de son cœur. Et, sacristi, il les aurait!

— Et c'est comme ça que je l'ai eu! conclut le major, un accent de triomphe dans la voix. Du joli travail, hein?

— Vous pouvez le dire, major, répondit Tommy. J'ai rarement entendu parler de manœuvre plus adroite!

Il avait dit ça sans rougir.

II

Tout en prenant son petit déjeuner, Mrs Blenkensop lisait une lettre sur papier pelure, dont la première feuille portait le cachet de la censure militaire. Conséquence directe, cette lecture, de la conversation qu'elle avait eue avec « Mr Faraday ».

— Ce cher Raymond, murmura-t-elle, haussant la voix peu à peu. J'étais si heureuse de le savoir en Égypte et l'on dirait qu'il va y avoir de grands mouvements de troupes. Tout ça, naturellement, est *tout à fait secret* et Raymond ne peut rien préciser. Mais il dit qu'il s'agit d'une opération magnifique et que je dois m'attendre d'ici peu à *une grosse surprise*. En tout cas, je suis contente de savoir où on l'envoie et je me demande pourquoi...

Le major Bletchley, qui avait préludé par un grognement, l'interrompit :

— Mais il n'a pas le droit de vous dire ça!

Tuppence eut un petit rire ironique. Elle regarda

le major par-dessus la table et répondit, tout en pliant la précieuse lettre :

— Bien sûr, mais nous avons nos petites conventions à nous ! Raymond sait que, dès l'instant que je devine où il est et où il va, je me tracasse moins. Alors, il me renseigne... D'une façon très simple, vous savez ! Un certain mot, qui sert de repère, et, derrière ce mot, les premières lettres des mots suivants dans un ordre qui n'est pas le bon. Quelquefois, ça donne des phrases assez bizarres, mais Raymond s'en tire très adroitement et personne ne peut s'apercevoir de rien !

Il y eut autour de la table quelques murmures. Tuppence avait bien choisi son moment : pour une fois, tout le monde était descendu à l'heure pour le petit déjeuner.

Bletchley, un peu congestionné, répliqua :

— Vous me pardonnerez de vous le dire, madame, mais ce que vous faites là est extrêmement imprudent. Les mouvements de nos unités, les déplacements de nos escadrilles, c'est exactement ce que les Allemands désirent savoir !

— Mais je n'en parle jamais à personne ! Croyez-moi, je fais très, très attention !

— Ce n'en est pas moins une imprudence qui pourrait vous attirer des ennuis un jour, à vous et à votre fils.

— J'espère bien que non ! Je suis *sa mère !* Une mère a *le devoir* de savoir où est son enfant !

— C'est absolument mon avis, déclara Mrs O' Rourke. Et nous savons bien qu'on vous torturerait sans obtenir de vous la moindre information !

— Mais, fit le major, des lettres peuvent être lues !

— Je ne les laisse jamais traîner, répliqua Tuppence, comme si la supposition avait quelque chose d'outrageant. Je les garde sous clé. Toujours !

Bletchley hocha la tête, découragé.

III

La matinée était grise, et un vent froid soufflait de la mer. Tuppence, assise solitaire tout au bout de la plage, tira de son sac deux lettres qu'elle était allée chercher chez un petit commerçant de la ville.

Elles avaient mis, ces lettres, du temps à la joindre, car elles avaient dû être réadressées deux fois, la seconde à une certaine Mrs Spender. Tuppence aimait brouiller les pistes et ses enfants la croyaient en Cornouailles, chez sa vieille tante.

Elle ouvrit la première.

Chère maman,

Je pourrais te raconter un tas de choses drôles, mais ce n'est pas permis. Nous nous défendons gentiment. Cinq avions ennemis au tableau de ce matin. Tout ne va peut-être pas comme sur des roulettes en ce moment, mais la décision sera pour nous, il n'y a pas de question !

Ce qui me met à cran, c'est la façon dont ils canardent les malheureux civils sur les routes. Ça nous fait voir rouge. Gus et Trundles me demandent de les rappeler à ton souvenir. Ils sont toujours solides au poste.

Ne t'en fais pas pour moi. Tout va bien et je ne donnerais pas ma place pour un boulet de canon. Bien des choses au paternel. Le ministère de la Guerre s'est-il décidé à le caser?

Meilleurs baisers.

DEREK.

Tuppence, les yeux brillants, lut et relut la lettre Puis elle ouvrit la deuxième.

Ma chère maman,

Comment va la tante Gracie ? Toujours en forme ? J'estime que tu as du mérite de la supporter. Moi, je ne pourrais pas.

Ici, rien à signaler. Mon travail est intéressant, mais il est tellement important que je n'ai pas le droit d'en parler. Ce que je peux dire, c'est que j'ai l'impression de faire quelque chose qui vaut la peine. Ne te désole pas de ne pas travailler pour la guerre. Toutes ces femmes déjà mûres qui veulent absolument faire quelque chose sont tellement ridicules ! On n'a besoin que de gens jeunes et très actifs. Je me demande ce que papa fabrique en Écosse. Des états, probablement. Mais il doit être content d'être là-bas, puisque ça l'occupe.

Mille baisers.

DEBORAH.

Tuppence sourit, plia les deux lettres, les caressa avec amour, puis, à l'abri d'un brise-lames, frotta une allumette pour y mettre le feu. Quand elles urent réduites en cendres, elle prit son stylo, un calepin, et se mit à écrire.

Langherne (Cornouailles).

Ma chère Deb,

On a l'impression, ici, d'être tellement loin de la guerre, qu'on en vient à se demander si elle existe vraiment. Ta lettre m'a fait plaisir et je suis heureuse de savoir que ton travail est intéressant.

La tante Gracie s'est très affaiblie et sa tête n'est plus très solide. Je crois qu'elle est contente de m'avoir avec elle. Elle parle souvent du bon vieux temps et il lui arrive de me confondre avec ma propre maman. Ils font plus de légumes que d'habitude et la roseraie est devenue un petit champ de pommes de terre. J'aide le vieux Sikes de mon mieux. Je me donne ainsi l'illusion de faire quelque chose pour la guerre. Ton père me semble un peu déçu, mais il est content tout de même, parce que, comme tu le dis, ça l'occupe.

Mille baisers de
MAMAN.

Elle prit une autre feuille.

Mon cher Derek,

Ta lettre m'a fait grand plaisir. Quand tu n'as pas le temps, envoie-moi des cartes. Souvent, veux-tu ?

Je suis venue passer quelques semaines chez la tante Gracie. Elle est vraiment très vieille. Quelquefois, elle me parle de toi comme si tu avais encore sept ans et, hier, elle m'a donné dix shillings pour te les envoyer.

Je suis toujours au rancart et personne ne veut de mes précieux services. Je trouve ça extraordinaire. Ton père, comme je te l'ai dit, a obtenu un emploi au ministère du Ravitaillement. Il est quelque part dans le Nord. C'est mieux que rien, mais il espérait autre chose. Mais nous n'avons pas le droit d'être exigeants. Nous n'avons qu'à occuper nos petits strapontins dans le fond de la salle, pendant que les jeunes fous que vous êtes jouent la pièce.

Je ne te dis pas : « Ne fais pas d'imprudences ! », je te connais, tu ferais juste le contraire. Mais ne fais quand même pas l'imbécile !

Mille baisers.

MAMAN

Elle mit les lettres sous enveloppe, les cacheta et les jeta à la poste en revenant vers « Sans-Souci ».

Elle arrivait au bas de la côte menant à la villa, quand son attention fut attirée par un couple qui bavardait un peu plus haut. Elle s'arrêta net, surprise de retrouver son inconnue de la veille en conversation avec Carl von Deinim.

Elle constata avec regret qu'elle ne pouvait se cacher nulle part et qu'il lui était impossible d'approcher sans être vue. D'ailleurs, il était trop tard. Tournant la tête, le jeune Allemand l'avait aperçue et, en hâte, le couple se séparait. Tuppence s'était remise en route. La femme, se dirigeant vers Leahampton, vint à sa rencontre, mais prit soin de marcher de l'autre côté du chemin.

Carl von Deinim, cependant, attendait Tuppence, à qui il souhaita poliment le bonjour quand elle parvint à sa hauteur.

— Cette femme à qui vous parliez a une bien drôle d'allure, dit-elle. Vous ne trouvez pas?

Il en convint, ajoutant :

— Elle a le type de son pays. C'est une Polonaise.

— Vraiment?... Une amie à vous?

La voix de Tuppence, sans qu'elle s'en rendît compte, prenait les intonations qui caractérisaient celle de la tante Gracie, au temps de sa jeunesse.

— Du tout, répondit von Deinim. C'est la première fois que je la vois...

— Oh! J'avais cru...

Elle marqua une pause.

— Elle me demandait son chemin, expliqua-t-il. Je lui ai répondu en allemand, car elle n'a pas l'air de bien comprendre l'anglais.

— Et où voulait-elle aller?

— Elle m'a demandé si je connaissais par ici une dame Gottlieb. Je lui ai répondu que non et elle m'a dit qu'elle avait sans doute mal compris le nom de la villa.

— C'est possible, fit Tuppence.

Elle réfléchissait.

Hier, Mr Rosenstein. Aujourd'hui, Mrs Gottlieb.

Elle regarda von Deinim du coin de l'œil. Il était toujours le même, avec son visage grave et sérieux. Pas ému du tout.

Cette femme inconnue, Tuppence commençait à la trouver plus que suspecte et elle eut l'impression qu'il y avait un bon moment qu'elle s'entretenait avec von Denim lorsqu'elle les vit.

Curieux bonhomme, ce von Deinim.

Elle le revoyait avec Sheila. « *Il faut faire attention, Carl...* »

« J'espère, se dit-elle, qu'ils ne sont pas mêlés à cette histoire. Ils sont si jeunes, tous les deux ! »

Tout de suite, elle se reprocha cette faiblesse, qui prouvait qu'elle vieillissait. La religion nazie était une religion de jeunes. Les agents nazis devaient être jeunes, comme Carl et Sheila. Tommy estimait que Sheila n'était pas dans l'affaire. Oui, mais Tommy était un homme et Sheila, avec son visage un peu étrange avait une beauté troublante.

Et, derrière Carl et Sheila, elle entrevoyait l'énigmatique figure de Mrs Perenna. La plupart du temps, une commère assez vulgaire, à la langue trop bien pendue, mais parfois une personnalité inquiétante, au masque violent et tragique.

Ce soir-là, avant de se mettre au lit, Tuppence, les mains gantées, prit dans le tiroir de sa commode une petite boîte japonaise que fermait une serrure dérisoire. Elle l'ouvrit. Il y avait à l'intérieur une pile de lettres et, sur le dessus, celle que Tuppence avait reçue le matin même de l'imaginaire Raymond.

Elle la déplia avec précaution.

Immédiatement, son visage se durcit, ses lèvres se pincèrent : le matin, elle avait déposé, exactement dans le pli, un cil qui ne s'y trouvait plus.

Elle alla au lavabo et en revint avec un flacon sur l'étiquette duquel se lisait l'innocente inscription : « Poudre du Dr Grey », suivie de prescriptions médicales.

Elle répandit un peu de poudre sur la lettre et sur le couvercle laqué de la petite boîte, souffla légèrement et regarda : ni l'une ni l'autre ne portaient d'empreintes digitales.

Tuppence sourit, satisfaite.

Car il y aurait dû y avoir des empreintes : les siennes.

Qu'un serviteur indiscret, poussé par la curiosité, eût lu les lettres, c'était possible. Qu'il eût pris la peine de se procurer une clé ouvrant le coffret, c'était peu probable. Et qu'il eût pensé à effacer ses empreintes, ce l'était encore moins.

Or, c'était ce que l'on avait fait.

Qui ?

Mrs Perenna ? Sheila ? Quelqu'un d'autre ?

En tout cas, quelqu'un qui s'intéressait aux mouvements des unités de l'armée britannique.

IV

Dans ses grandes lignes, le plan de campagne de Tuppence se révélait d'une extrême simplicité. Ayant passé en revue un certain nombre de probabilités et de possibilités, elle avait fait une petite expérience qui lui avait appris qu'il résidait à « Sans-Souci » quelqu'un fort curieux des mouvements des troupes anglaises. Il lui restait à découvrir l'identité de ce « quelqu'un ».

Elle songeait à cela le lendemain matin, en flânant dans son lit, quand le cours de ses pensées fut détourné par l'irruption joyeuse de Betty dans sa chambre, précédant de peu le breuvage noir, insipide et tiède que Mrs Perenna envoyait à ses pensionnaires sous le nom de thé.

Tout en jacassant, Betty, qui s'était prise d'amour pour Tuppence, escalada le lit et mit sous le nez de sa grande amie un livre d'images sale et fripé.

En même temps, d'une voix brève, sans réplique, elle commandait :

— Lis!

Tuppence s'exécuta :

— « Petit jars, petite oie, jusqu'où donc irez-vous? En haut et puis en bas, ainsi qu'on fait chez nous? »

Batifolant sur le lit, Betty était dans le ravissement. Elle répétait : « A haut! A haut! A haut! » en sautillant, puis, après avoir lancé un retentissant : « A bas! », elle se laissait tomber de tout son poids en riant aux éclats. Le jeu dura jusqu'à ce qu'elle se lassât. Alors, se laissant glisser par terre, elle alla s'asseoir dans un coin de la chambre, où elle se mit à jouer avec les souliers de Tuppence, tout en se tenant avec gravité de longs discours en son idiome personnel.

Tuppence ne faisait plus attention à elle. Elle s'absorbait de nouveau dans ses pensées. Les paroles de cette ronde enfantine s'appliquaient magnifiquement à elle et à ses entreprises.

« Petit jars, petite oie, jusqu'où irez-vous donc? »

Jusqu'où, en effet? Le petit jars, c'était Tommy. La petite oie, c'était elle. La comparaison paraissait excellente. Tuppence méprisait profondément Mrs Blenkensop. Mr Meadowes, solide, dépourvu d'imagination, terriblement Anglais, valait un peu mieux, mais n'en était pas moins d'une bêtise affligeante. Tous deux étaient à « Sans-Souci » dans le cadre qui leur convenait. Ils étaient bien de ceux qu'on pouvait s'attendre à rencontrer dans cette terne pension, pareille à des milliers d'autres.

Malgré cela, il fallait se tenir sur ses gardes. Les fautes étaient faciles à commettre. Elle en avait fait une l'autre jour. Sans importance, mais assez caractéristique pour qu'elle la retînt à titre d'avertissement. Parce que c'était un excellent moyen d'entrer dans les bonnes grâces de miss Minton, elle avait prétendu tricoter fort mal et avoir besoin de conseils. Mais un soir, oubliant son personnage, ses doigts agiles avaient retrouvé pour manier les aiguilles leur virtuosité coutumière, son travail avait avancé avec une belle régularité à laquelle on n'atteint que par une longue pratique et Mrs O'Rourke s'en était aperçue. Depuis, elle faisait attention et se tenait dans un juste milieu : moins maladroite qu'au début, mais moins rapide qu'elle eût pu être.

Betty, cependant, signalait sa présence.

Elle s'adressait à Tuppence sur un ton nettement interrogatif :

— Ag bou bette ?

N'obtenant pas de réponse, elle répéta sa question d'une voix cette fois impérieuse :

— Ag bou bette ?

— Très joli, chérie, très joli ! répondit Tuppence, l'esprit ailleurs.

Satisfaite, Betty reprit son monologue.

Tuppence suivait ses pensées. Sa prochaine manœuvre, elle la voyait clairement. Elle n'était pas compliquée, mais elle exigeait la collaboration de Tommy.

Elle tirait des plans et le temps passait...

L'arrivée de Mrs Sprot arracha Tuppence à ses combinaisons. La jeune maman cherchait sa fille depuis quelques instants.

— Ah ! s'écria-t-elle. Elle est là ! Je ne savais pas où elle était passée !... Oh ! la vilaine petite fille !

Sur un autre ton, elle ajouta :

— Oh ! madame Blenkensop, je suis vraiment navrée !

Tuppence se dressa sur ses oreillers. Betty, avec un sourire angélique, contemplait son œuvre : elle avait enlevé les lacets des chaussures de Tuppence et les avait immergés dans un verre à dents !

Tuppence rit de bon cœur et assura que Mrs Sprot n'avait nullement à s'excuser.

— Ne vous tracassez pas ! dit-elle. Ils sècheront et il n'y a pas de mal ! C'est ma faute d'ailleurs. J'aurais dû faire attention à ce qu'elle faisait. Elle était si tranquille !

Mrs Sprot soupira.

— Ça ne m'étonne pas ! Quand on ne les entend pas, c'est toujours mauvais signe ! Je vous apporterai des lacets tout à l'heure !

— N'en faites rien, je vous assure. Ceux-ci n'ont pas fini leur service !

Mrs Sprot emmena Betty et Tuppence se leva.

Elle allait mettre son projet à exécution.

CHAPITRE VI

I

Tommy considéra d'un air méfiant le petit paquet que Tuppence venait de lui donner.

— Alors, fit-il, c'est ça?

— Ç'est ça, répondit-elle. Recommandation importante : n'en mets surtout pas sur tes vêtements!

Tommy flaira le paquet d'une narine prudente et dit :

— Ça sent terriblement mauvais!

— C'est de l'*assa fœtida*, expliqua-t-elle. Une pincée, et, comme disent les publicités, vous vous demandez, madame, pourquoi « il » se détourne de vous...

Peu après, Mr Meadowes découvrait qu'il y avait dans sa chambre « une odeur ».

Mr Meadowes, qui n'aimait pas « faire des histoires », se contenta d'abord de mentionner le fait, sans paraître attacher à la chose autrement d'importance, et c'est un peu plus tard seulement qu'il insista pour que Mrs Perenna vînt se rendre compte par elle-même. A contrecœur, elle dut reconnaître qu'effectivement, il y avait une odeur. Très prononcée et très désagréable. Elle suggéra que peut-être le radiateur à gaz fermait mal. Tommy s'assura qu'il n'en était rien. A son avis, il s'agissait bel et bien d'un rat crevé qui pourrissait quelque part dans le voisinage.

Mrs Perenna avait entendu parler de cas analogues, mais il n'y avait pas de rats à « Sans-Souci ». Pour sa part, elle n'y avait même jamais vu de souris.

Mr Meadowes maintint qu'une odeur si pestilentielle ne pouvait provenir que d'un rat. Il ajouta qu'il ne coucherait pas une nuit de plus dans sa chambre et qu'il serait heureux que Mrs Perenna lui en donnât une autre.

Elle répondit qu'elle allait le lui proposer. Malheureusement, la seule chambre disponible était plutôt petite et n'avait pas vue sur la mer.

Mr Meadowes assura que cela lui était tout à fait égal, du moment qu'il échappait à cette épouvantable odeur.

Mrs Perenna le conduisit donc à sa nouvelle chambre, laquelle se trouvait exactement en face de celle de Mrs Blenkensop.

Le bonne reçut l'ordre de transporter les affaires de Mr Meadowes.

L'incident était réglé et Mrs Perenna se retira en annonçant qu'un ouvrier viendrait le lendemain, qui lèverait les lames du parquet pour découvrir l'origine de cette infection qui avait chassé Mr Meadowes de sa chambre.

II

Là-dessus, Mr Meadowes eut la grippe.

Du moins, il le proclama tout d'abord, mais il admit bientôt qu'il s'agissait simplement du rhume des foins. Il éternuait, ses yeux pleuraient et il se trouvait toutes les deux minutes dans la nécessité de se moucher. Anéanti, il décidait de passer sa journée au lit.

Ce même jour, Mrs Blenkensop avait, au courrier du matin, reçu de son fils Douglas une lettre qui l'avait mise dans un état de surexcitation extraordinaire. Elle avait expliqué que cette lettre, jetée à la boîte par un ami de Douglas qui venait en permission, avait échappé à toute censure et que, pour une fois, le jeune homme avait pu dire tout ce qu'il voulait.

— Et ce qu'il m'écrit, avait-elle ajouté, prouve bien que nous ne savons pas grand-chose de ce qu'il se passe réellement!

Après le petit déjeuner, elle monta à sa chambre et rangea sa lettre dans la petite boîte japonaise, non sans avoir au préalable déposé entre les feuillets quelques imperceptibles grains de poudre de riz. La boîte refermée, elle appuya fortement l'extrémité de ses doigts sur le couvercle.

Elle toussa en quittant sa chambre. D'en face, un éternuement un peu théâtral lui répondit. Elle sourit et descendit.

Elle avait annoncé son intention de se rendre à Londres pour la journée : il lui fallait voir son notaire et faire quelques emplettes. Les pensionnaires qui se trouvaient encore dans la salle à manger l'accablèrent de commissions, à faire si elle avait le temps, bien entendu.

Un peu à l'écart, le major Bletchley lisait son journal et commentait les nouvelles à haute voix.

— Ces salauds d'Allemands, qui mitraillent les malheureux réfugiés sur les routes! Si j'étais le gouvernement...

Il en était à exposer les principes qui l'auraient guidé s'il avait été chargé de conduire les opérations, quand Tuppence partit, faisant un détour par le jardin pour demander à Betty Sprot ce qu'elle voulait qu'elle lui rapporte de Londres.

Betty abandonna l'escargot avec lequel elle jouait pour faire fête à sa grande amie.

— Que veux-tu ? Un petit chat en peluche ? Un livre d'images ? Des craies de couleur pour peindre ?

Le choix de l'enfant se porta sur les craies et Tuppence jeta une note sur son carnet.

Elle suivait le sentier menant à la porte du jardin quand elle aperçut Carl von Deinim. Il était adossé au mur et son visage avait perdu sa coutumière impassibilité. Il serrait les poings et paraissait en proie à une violente émotion.

Elle s'arrêta presque malgré elle.

— Il y a quelque chose qui ne va pas ? lui demanda-t-elle.

— C'est tout qui ne va pas ! répondit-il d'une voix rauque. Je crois qu'il y a un proverbe anglais où il est question d'êtres qui ne sont ni chair, ni poisson...

— C'est exact.

— Eh bien ! fit-il avec un sourire amer, je ne suis ni chair ni poisson, et ça ne peut pas continuer comme ça ! C'est impossible, et je ferais aussi bien d'en finir !

— Que voulez-vous dire ?

— Vous m'avez parlé gentiment et je crois que, vous, vous me comprenez. J'ai fui mon pays parce qu'il est gouverné par des hommes injustes et cruels. J'ai gagné une terre de liberté, la vôtre. Je hais l'Allemagne nazie. Mais malheureusement, je suis toujours un Allemand. On ne peut rien changer à ça !

— Je me doute, dit doucement Tuppence, que vous devez avoir certaines difficultés...

— Ce n'est pas ce que vous croyez, reprit-il. Je suis un Allemand, je viens de vous le dire. Mon cœur reste allemand, mes sentiments restent allemands, l'Allemagne est toujours ma patrie. Alors, quand je lis dans les journaux que des villes allemandes ont été bombardées, que des avions allemands ont été abattus, que des soldats allemands ont été tués, je pense que ce sont des compatriotes à moi qui meurent, et, quand ce vieux boute-feu de major traite les Allemands comme il le fait, je sens la colère monter en moi. C'est plus que je n'en peux supporter!

Il ajouta, très calme :

— C'est pourquoi je me dis qu'il serait peut-être mieux d'en finir une fois pour toutes!

Tuppence lui prit le coude dans sa main.

— Ne dites pas de bêtises! fit-elle avec rudesse. Ce que vous ressentez, je le comprends. A votre place, je réagirais comme vous. Mais il faut tenir le coup!

— Ça me serait facile si j'étais interné! Dans un camp je me sentirais mieux.

— Je le crois. Mais vous faites du travail utile. Du moins, c'est ce qu'on m'a dit. Utile, non pas seulement à l'Angleterre, mais à l'humanité tout entière. Vous vous occupez, je crois, du problème de la décontamination?

Le visage du jeune homme s'éclaira.

— Oui, fit-il, et mes recherches sont en bonne voie. J'ai trouvé un procédé très simple, dont l'emploi ne présente aucune difficulté...

— Eh bien! dit Tuppence, ça vaut la peine de continuer! On n'abandonne pas une œuvre qui tend à faire disparaître un peu de souffrance de la surface du globe, une œuvre qui ne vise pas à détruire, mais à construire. Pour le reste, tenez bon! Bien sûr, nous insultons l'ennemi. Il fait la même chose et c'est dans l'ordre. Il y a en Allemagne des centaines de majors Bletchley qui traînent les Anglais dans la boue. Pour ma part, je déteste les Allemands. En bloc, je les hais tous ! Mais il n'en va pas de même quand je pense à un Allemand, soit à ceux que je connais personnellement, soit aux autres, que j'imagine : les mères qui attendent anxieusement des nouvelles de leurs fils qui se battent, les paysans, les petits commerçants, qui ont quitté leur champ, leur boutique, pour devenir des soldats. Je sais que ce sont des êtres humains, tout près de moi parce qu'ils pensent et sentent comme moi. Seulement, il y a la guerre, avec les sentiments qu'elle implique, nécessaires sans doute mais éphémères parce que ce sont les circonstances, et elles seules, qui les commandent !

Tout en parlant, comme Tommy en une précédente occasion, elle pensait aux paroles de miss Cavell : « Le patriotisme ne suffit pas : je ne dois pas avoir de haine dans le cœur. »

Carl von Deinim prit la main de Tuppence et la porta à ses lèvres.

— Merci, dit-il. Vous avez raison. Je me montrerai plus courageux.

Tuppence, sur la route de Leahampton, songeait, tout en marchant.

« C'est tout de même malheureux, se disait-elle. De toute la maison, celui qui m'est le plus sympathique, c'est l'Allemand ! »

III

Tout ce qu'elle faisait, Tuppence le faisait sérieusement. Bien qu'elle n'eût aucune envie d'aller à

Londres, elle jugea sage de s'y rendre, puisqu'elle avait dit qu'elle y passerait la journée.

Elle venait de prendre son billet, une troisième aller-et-retour, et s'éloignait du guichet quand elle se heurta à Sheila.

— Allô! s'écria la jeune fille. Vous partez en voyage? Moi, je suis venue m'inquiéter d'un colis égaré.

Tuppence répondit qu'elle allait à Londres.

— C'est vrai, fit Sheila, j'aurais dû m'en souvenir. Vous m'aviez dit que vous iriez à Londres, mais je ne me rappelais pas que c'était aujourd'hui. Je vous accompagne jusqu'à votre compartiment.

Sheila parlait plus qu'à son habitude. De très bonne humeur, elle bavarda avec Tuppence jusqu'au moment du départ.

Tuppence lui adressa par la portière des signaux d'adieu, puis elle s'assit dans son coin et se mit à réfléchir.

Était-ce par hasard que Sheila se trouvait à la gare en même temps qu'elle? Ou bien devait-elle s'assurer que Tuppence se rendait effectivement à Londres? La seconde hypothèse parut à Tuppence la plus valable.

IV

Comme ils avaient décidé de ne jamais essayer de communiquer l'un avec l'autre sous le toit même de « Sans-Souci », c'est seulement le lendemain que Tuppence et Tommy purent tenir conseil.

Mrs Blenkensop rencontra Mr Meadowes alors que celui-ci, maintenant à peu près rétabli, se promenait sur la digue. Ils s'assirent côte à côte sur des fauteuils de fer.

— Alors? demanda Tuppence.

Tommy n'avait pas l'air autrement satisfait.

— J'ai du nouveau, répondit-il. Mais cette journée passée à regarder par le trou d'une serrure, je m'en souviendrai! J'y ai presque gagné un torticolis!

— Ce n'est pas grave! fit Tuppence, insensible aux malheurs de son époux. Raconte!

— Bon!... Naturellement, il y a d'abord eu les bonnes, qui sont venues pour faire la chambre. Puis, Mrs Perenna, qui est entrée tandis qu'elles étaient là pour les attraper à propos de je ne sais quoi. Puis, Betty, qui est ressortie avec son chien de peluche.

— C'est tout?

— Non. Il y a eu quelqu'un d'autre encore...

— Qui?

— Carl von Deinim!

Le visage de Tuppence laissa voir sa contrariété.

— Oh! fit-elle, navrée. Alors, tout compte fait... Et il est venu à quel moment?

— A l'heure du déjeuner. Il a quitté la salle à manger très tôt, il est monté à sa chambre, puis, traversant le corridor, il s'est glissé dans la tienne, où il est resté une quinzaine de minutes. Ça me paraît concluant, non?

Tuppence ne pouvait pas prétendre le contraire. Pour s'introduire dans sa chambre et y demeurer un quart d'heure, Carl von Deinim ne pouvait avoir qu'une raison. Sa culpabilité apparaissait certaine et Tuppence, se souvenant de leur récente conversation, se disait qu'il était un magnifique acteur. Ses propos avaient l'accent de la vérité. Peut-être parce qu'il ne mentait pas tout à fait. Savoir se servir du vrai, c'est l'essence même de l'art de faire des dupes. Carl von Deinim était un patriote. A ce titre, on pouvait lui accorder quelque estime. Mais il fallait aussi le supprimer...

— Dommage, dit-elle. Ça me fait de la peine.

— A moi aussi, fit Tommy. Ce n'est pas un mauvais cheval !

Tuppence soupira.

— Il fait ce que nous aurions pu avoir à faire en Allemagne !

Tommy approuva du chef.

— Quoi qu'il en soit, reprit Tuppence, nous savons maintenant où nous en sommes. Carl travaille avec Sheila et sa mère. C'est vraisemblablement Mrs Perenna qui mène le jeu. Mais il y a aussi cette étrangère qui parlait hier avec Carl. Elle est dans le coup également.

— Qu'est-ce que nous faisons ?

— Il faut visiter la chambre de Mrs Perenna, où il est possible que nous trouvions quelque chose. Elle, il faut la filer, savoir où elle va et qui elle rencontre. Tommy, il faut faire signe à Albert...

Tommy examina la question.

Bien des années auparavant, Albert, alors groom dans un hôtel, s'était joint aux Beresford et avait partagé leurs aventures. Ils le prirent ensuite à leur service et il n'y avait que six ans qu'il les avait quittés pour se marier et devenir l'heureux propriétaire de l'*Auberge du Chien et du Canard*, un cabaret situé dans le sud de Londres.

Tuppence insistait.

— Albert sera ravi. Fais-le venir ! Il s'installera au petit hôtel près de la gare et il prendra en filature Mrs Perenna... et tous ceux qu'il faudra !

— Mais sa femme ?

— Elle est partie lundi dernier pour le pays de

Galles, avec les enfants, à cause des bombardements. Tout s'arrange pour le mieux!

— Dans ces conditions, d'accord. L'idée est bonne. Toi ou moi, si nous nous mettions à filer Mrs Perenna, nous serions immédiatement repérés. Albert est l'homme indiqué. Autre chose : j'ai l'impression que nous devons avoir l'œil sur cette prétendue Polonaise, qui m'a l'air de représenter l'autre branche de l'organisation.

— C'est mon avis. Elle vient ici chercher des ordres ou des messages. La prochaine fois qu'on la voit, on la suit et on tâche de savoir ce qu'il en est...

— Ce raid dans la chambre de Mrs Perenna, demanda Tommy, on le complète par un autre dans celle de Carl?

— Je ne crois pas qu'il y ait grand-chose à trouver là. Il est Allemand, il sait que la police peut perquisitionner chez lui à tout instant et il doit se tenir sur ses gardes. Pour la visite à la chambre de Mrs Perenna, ce sera difficile. Généralement, quand elle s'absente, sa fille reste à la maison. Et il faut compter avec Betty, qui entre partout, traînant sa mère à sa suite, et avec Mrs O'Rourke, qui est souvent à l'étage.

Après quelques secondes, elle ajouta :

— Le seul moment possible, c'est l'heure du déjeuner.

— Celle que Carl avait choisie.

— Exactement. Je pourrais prétexter une migraine et dire que je vais m'étendre dans ma chambre. Seulement, quelqu'un pourrait avoir l'idée de venir me soigner... Non, je ferai autrement. Je descendrai tranquillement à la salle à manger un peu avant le repas, je grimperai sans rien dire à personne et je ne reparaîtrai qu'après le déjeuner en disant que j'avais un fort mal de tête...

— Si je la faisais, moi, cette perquisition ? proposa Tommy. J'avais le rhume des foins hier. Je pourrais demain m'offrir une rechute...

— Je crois que la présence d'une femme paraîtrait moins insolite. Si j'étais surprise je dirais, que prise d'un mal de tête, et ne trouvant pas mon aspirine, je cherchais dans sa chambre, sachant qu'elle en avait, puisqu'elle en avait offert à quelqu'un devant moi, et ne voulant pas la déranger pendant qu'elle était à table.

— Il faut nous presser, chérie ! Les nouvelles sont mauvaises aujourd'hui. Il faut que nous aboutissions... et que ce soit bientôt !

V

Tommy, reprenant sa promenade, alla à la poste, d'où il téléphona à Mr Grant pour lui rendre compte que la « dernière opération avait été couronnée de succès » et l'informer que « décidément, l'ami C. était dans l'affaire ». Puis il écrivit et mit à la boîte une lettre adressée à Mr Albert Batt, Auberge du Chien et du Canard, Glamorgan Street, Kennington. Après quoi, ayant acheté un hebdomadaire qui se flattait d'annoncer au monde avec une parfaite exactitude tous les événements qui devaient se produire dans les jours à venir, il se mit en route pour rentrer sans se presser à « Sans-Souci ».

Il marchait depuis quelques instants quand une voiture, une torpedo, s'arrêta à sa hauteur. La tête du commandant Haydock apparut à la portière.

— Allô, Meadowes ! Je vous emmène ?

Tommy accepta avec empressement et s'assit au côté de Haydock, qui, remarquant le magazine à la couverture écarlate, demanda à Meadowes « s'il lisait ce torchon ».

Meadowes, gêné comme l'étaient toujours les lecteurs des *Echos et Potins de l'Empire* quand on leur posait la question, répondit cependant sans trop d'embarras :

— C'est une feuille de chou, d'accord. Mais il y a des fois où ils ont vraiment l'air, là-dedans, de savoir ce qui se passe derrière la scène...

— Et bien d'autres où ils se mettent le doigt dans l'œil !

— C'est évident !

Haydock évita de justesse un refuge d'abord, puis un camion qui venait en sens inverse, et dit :

— La vérité, c'est que, lorsqu'ils ont vu juste, on s'en souvient et que, lorsqu'ils se sont trompés, on l'oublie !

— Croyez-vous qu'il soit vrai, comme le bruit en court, que Staline nous ait fait des ouvertures ?

— Méfiance ! répondit Haydock. Les Russes sont retors et l'ont toujours été. Avec eux, je me tiens sur la défensive !... On m'a dit que vous aviez été patraque ?

— Rien de grave ! Le rhume des foins... Je le ramasse tous les ans à cette époque-ci.

— Je ne l'ai jamais eu, mais je sais que c'est une fichue maladie. J'ai un ami qui y est sujet : elle l'alite régulièrement chaque fois que revient le mois de juin. Vous sentez-vous assez rétabli pour vous laisser tenter par une partie de golf ?

— Sans aucun doute !

— Alors, que diriez-vous de demain ?... Voyons... Il faut que j'assiste à une réunion relative à ce corps local des volontaires qu'il est question de créer... Une bonne idée, d'ailleurs, car il est vraiment temps que tout le monde s'y mette!... Six heures, ça vous irait ?

— On ne peut mieux!

— Alors, c'est entendu.

Le commandant arrêtait la voiture, d'un coup de frein un peu brutal, devant la grille de « Sans-Souci ».

— Au fait, demanda-t-il, comment va la jeune Sheila ?

— Fort bien, j'imagine. Je ne la vois guère, je dois dire...

— Certainement, fit Haydock avec un gros rire, moins que vous ne le souhaiteriez!... C'est un joli brin de fille, mais qui, à mon sens, ne se conduit pas comme elle le devrait. Elle est tout le temps avec cet Allemand et je considère ça comme un manque de patriotisme. Qu'elle ne s'intéresse pas à des vieux jetons dans notre genre, je le conçois. Mais, crédié! il ne manque pas de beaux gars dans l'armée anglaise! Pourquoi choisir ce sale Allemand ? Ces choses-là me fichent hors de moi!

— Faites attention! dit Meadowes. Il monte la colline, juste derrière nous...

— Qu'il entende, ça m'est bien égal! s'écria Haydock, sans baisser le ton. Au contraire, ça ne me déplairait pas qu'il sût que je serais heureux de lui botter le derrière! Les Allemands que j'estime sont ceux qui se battent pour leur pays, et non pas les ignobles réfugiés qui l'ont fui!

— En tout cas, fit remarquer Tommy, c'est un Allemand de moins pour l'invasion!

— En effet, celui-là est déjà arrivé!

Le commandant rit de sa plaisanterie et, redevenant sérieux, il ajouta :

— Notez que je ne crois pas à toutes les blagues qu'on nous raconte sur un débarquement possible.

Nous n'avons jamais été envahis et nous ne le serons jamais. Nous avons une marine, Dieu merci !

Sur cette conclusion optimiste et patriotique, le commandant manipula ses leviers et la voiture se remit en marche vers le « Repos du Contrebandier ».

VI

Tuppence arriva à la grille de « Sans-Souci » à deux heures moins vingt. Elle entra, quitta tout de suite la grande allée pour s'enfoncer dans le jardin et c'est par la porte-fenêtre du studio qu'elle se glissa, inaperçue, dans la maison. Une odeur de ragoût flottait dans l'air et on entendait, venant de la salle à manger, un bruit d'assiettes et un murmure de voix. Les pensionnaires étaient à table.

Cachée derrière la porte, Tuppence attendit que Martha, la bonne, arrivant de la cuisine, eût traversé le vestibule pour entrer dans la salle à manger, puis, ses souliers à la main, elle gravit vivement l'escalier. Elle passa chez elle, le temps de chausser de souples pantoufles de feutre, et se hâta vers la chambre de Mrs Perenna.

Une fois entrée, elle promena les yeux autour de la pièce. Elle serait volontiers ressortie. Ce genre de travail ne l'amusait pas. Fouiller dans les affaires des gens, elle ne trouvait pas ça très joli. Si Mrs Perenna n'était que Mrs Perenna, ce qu'elle faisait, elle, Tuppence, serait tout simplement impardonnable.

Tuppence se ressaisit. Tous ces scrupules se comprenaient, *mais on était en guerre*!

Elle alla à la commode. Les tiroirs, rapidement inventoriés, ne contenaient rien d'intéressant. Le bureau, qui occupait un angle de la chambre, semblait, avec son tiroir fermé à clé, plus riche de promesses...

Tommy possédait quelques outils d'un genre assez spécial et il avait appris à Tuppence la manière de s'en servir. Une pesée au bon endroit, la serrure joua, le tiroir s'ouvrit. Du premier coup d'œil, Tuppence repéra une boîte dans laquelle se trouvait une vingtaine de livres en billets et quelques pièces d'argent, un coffret à bijoux et une quantité de papiers. C'est sur eux qu'elle porta son attention.

Il y avait des documents relatifs à un prêt hypothécaire, des factures, des avis et des relevés provenant de la banque, un chéquier et des lettres. Avec une hâte fiévreuse, Tuppence, qui se sentait pressée par le temps, les parcourut des yeux. Elle ne pouvait faire plus. S'attachant à rechercher tout ce qui pouvait être à double entente, elle examina deux interminables missives d'un ami de Mrs Perenna qui résidait en Italie, moins innocentes peut-être qu'elles ne paraissaient. Elle se fit la même remarque à propos d'un billet d'un certain Simon Mortimer, de Londres, si bref, si sec et contenant si peu de choses qu'on pouvait se demander pourquoi on l'avait conservé. Elle prit enfin, tout en bas de la pile, une lettre à l'encre déjà à demi effacée. Signée « Pat », elle commençait ainsi : *Cette lettre, mon Eileen adorée, sera la dernière que tu recevras de moi...*

Elle ne put aller plus loin. Cette basse besogne la révoltait. Elle plia la lettre, remit tout en place et rapidement repoussa le tiroir. On marchait dans le couloir. Quand la porte s'ouvrit devant Mrs Perenna, Tuppence était près du lavabo, inspectant les flacons qui se trouvaient sur la planchette.

Mrs Blenkensop tourna la tête à l'entrée de la

propriétaire. Elle n'avait pas rougi, mais elle avait l'air un peu affolé.

— Vous m'excuserez, madame Perenna, dit-elle. J'ai une migraine affreuse et j'ai pensé que je ne pouvais mieux faire que de m'étendre après avoir pris quelques cachets. Mais je ne sais ce que j'ai fait de mon aspirine. Je me suis souvenue que vous en aviez offert l'autre jour à miss Minton et c'est pourquoi vous me voyez ici...

Mrs Perenna avait fait quelques pas dans la chambre.

Elle répondit, d'un ton assez pointu :

— Vous avez bien fait ! Mais il fallait me demander...

— C'est ce que j'aurais dû faire, évidemment. Mais vous étiez à table et j'ai tellement horreur de déranger...

Mrs Perenna alla prendre sur la planchette un petit tube contenant des comprimés d'aspirine.

— Combien en voulez-vous ? demanda-t-elle, un peu sèchement.

— Trois, s'il vous plaît !

Escortée par la propriétaire, Tuppence regagna sa chambre et s'allongea sur son lit. Elle refusa l'offre d'une bouillotte et Mrs Perenna la quitta sur un dernier trait :

— Il n'empêche que vous avez de l'aspirine. J'en suis sûre, je l'ai vue !

— Je le sais, répliqua Tuppence. Elle est quelque part, mais c'est stupide, je ne peux pas mettre la main dessus !

Dans un sourire, Mrs Perenna découvrit ses grandes dents blanches et dit :

— Sur ce, ma chère, reposez-vous bien jusqu'au thé ! A tout à l'heure !

Elle sortit et ferma la porte. Tuppence soupira,

mais demeura étendue. Un retour de la propriétaire restait possible...

Avait-elle flairé quelque chose ? Tuppence revoyait son sourire, ses grandes dents blanches, qui lui rappelaient toujours le Petit Chaperon rouge. « C'est pour mieux te manger, mon enfant... »

Sans doute, l'explication de Tuppence, Mrs Perenna avait paru l'accepter. Mais elle s'apercevrait fatalement que le tiroir de son bureau n'était pas fermé à clé. Croirait-elle à un oubli de sa part — ce sont des choses qui arrivent — ou le fait éveillerait-il ses soupçons ? Tuppence ne pouvait que se poser la question. Et elle se demandait si elle avait bien remis tout à peu près en place...

Il était assez probable, si Mrs Perenna remarquait quoi que ce fût d'anormal, qu'elle suspecterait plutôt les domestiques que Mrs Blenkensop. Mais, en admettant qu'il n'en fût rien, qu'elle songeât à Mrs Blenkensop, incriminerait-elle la simple curiosité ? Si Mrs Perenna était vraiment l'agent allemand M. elle songerait au contre-espionnage.

Tuppence se persuadait que la propriétaire s'était comportée comme il était naturel qu'elle le fît en pareille circonstance. A part, peut-être, cette dernière remarque au sujet de l'aspirine...

Tuppence s'assit dans son lit. Elle venait de s'apercevoir de quelque chose de curieux. Elle se rappelait soudain que son aspirine, elle l'avait, le jour de son installation, rangée au fond d'un tiroir, avec un flacon de teinture d'iode et un paquet de pastilles de menthe. Depuis, elle était restée là.

Cette aspirine, donc, si Mrs Perenna l'avait vue, comme elle l'affirmait, c'est que Tuppence n'avait pas été la première à fureter dans les affaires des autres !

Mrs Perenna l'avait devancée.

CHAPITRE VII

I

Le lendemain, Mrs Sprot alla à Londres.

Sur quelques sondages de sa part, plusieurs pensionnaires de la villa s'étaient offerts à garder Betty, et quand la jeune femme fut partie, après avoir une dernière fois adjuré sa fille d'être bien sage, l'enfant s'attacha aux pas de Tuppence, qui devait veiller sur elle pendant la matinée.

Betty proposa une partie de cache-cache.

Elle parlait mieux de jour en jour et il était bien difficile de lui résister quand, inclinant la tête sur le côté, elle vous dédiait un petit sourire plein de malice, en murmurant : « S'ou plaît ! »

Tuppence avait pensé l'emmener en promenade, mais il pleuvait dru et elles s'étaient retirées dans la chambre de Mrs Sprot. Betty fouillait dans le dernier tiroir de la commode, celui où elle rangeait ses jouets.

— Nous allons cacher Bonzo, dit Tuppence. Tu veux ?

Mais Betty venait de changer d'avis. Elle voulait maintenant que Tuppence lui lût une histoire.

Tuppence s'inclina. Elle prenait sur le dessus de la commode un livre d'images terriblement fripé quand un cri perçant la fit sursauter.

— Non! Non!... Vilain! Vilain!

Tuppence considéra Betty avec étonnement, puis jeta un coup d'œil sur le livre, une édition abondamment illustrée des *Aventures du petit Jack Horner*.

— Tu veux dire, fit-elle, que Jack était un vilain petit garçon ? Parce qu'il a volé le gâteau ?

Betty répéta avec autorité :

— Vilain!

Elle fit un effort et ajouta :

— Sale!

Puis, prenant le livre des mains de Tuppence, elle le jeta dans un coin avant d'aller chercher à l'autre bout de la commode un autre livre qu'elle exhiba avec un sourire ravi.

— Beau Jaconer!

Tuppence comprit : le bouquin défraîchi avait été remplacé par un livre tout neuf. La chose l'amusait. Mrs Sprot était de ces mères férues de beaux principes d'hygiène, qui s'affolent à la seule pensée que leur progéniture respire des microbes, mange des aliments non stérilisés ou suce des jouets qui ont traîné par terre. Tuppence souriait des précautions excessives. Si elle avait très bien élevé ses deux enfants, elle avait admis dès le départ qu'ils absorberaient nécessairement ce qu'elle appelait « une quantité raisonnable de saletés ».

Elle reçut le livre des mains de l'enfant et entreprit de lui raconter l'histoire de Jack Horner, avec des commentaires appropriés. Avec des cris de joie, Betty appliquait de temps à autre un index plus ou moins propre sur les images, montrant tantôt le jeune héros, tantôt la tarte, tantôt quelque autre objet présentant pour elle un intérêt analogue. Il était clair que le beau livre tout neuf ne tarderait pas à devenir aussi sale que celui qu'il remplaçait.

On continua par l'*Histoire du petit Jars et de la petite Oie*, puis par celle de la *Vieille Dame qui vivait dans un soulier*. Enfin, on joua à cacher le livre — Tuppence mettait un temps infini à le trouver — et la matinée passa rapidement.

Après le déjeuner, on coucha Betty et Mrs O'Rourke invita Tuppence à venir bavarder chez elle.

Très en désordre, la chambre de Mrs O'Rourke sentait la menthe, le gâteau rassis et l'antimites. Les deux tables se hérissaient de photographies encadrées : une galerie complète des enfants et petits-enfants de Mrs O'Rourke, de ses neveux, nièces, petits-neveux et petites-nièces. Il y en avait tant que Tuppence eut l'impression d'entrer dans un décor de théâtre reconstituant avec fidélité un intérieur de vieille dame à la fin du siècle dernier.

— C'est tant de soucis, les enfants! soupira Mrs O'Rourke.

— Mon Dieu, fit Tuppence, les deux miens me l'ont appris!

— Mrs O'Rourke s'étonna :

— Les deux vôtres? J'avais compris que vous en aviez trois.

— J'en ai bien trois. Mais il y en a deux qui sont très près l'un de l'autre et c'est à ceux-là que je pensais.

— Asseyez-vous, dit Mrs O'Rourke, et faites comme chez vous!

Tuppence obéit, tout en se demandant pourquoi elle se sentait toujours mal à l'aise en présence de la vieille Irlandaise. « Je suis aussi gênée, se disait-elle, que le furent Hansel et Gretel quand ils eurent accepté l'invitation de la sorcière! »

— Et maintenant, reprit Mrs O'Rourke, s'asseyant à son tour, dites-moi ce que vous pensez de « Sans-souci »!

Tuppence se lança dans un éloge dithyrambique de la pension, mais bientôt Mrs O'Rourke lui coupait la parole sans cérémonie.

— Il ne s'agit pas de ça! dit-elle. Ce que je voudrais savoir, c'est si vous ne trouvez pas que cette maison est plutôt bizarre.

— Bizarre?... Non, il ne me semble pas.

— Pas la maison, peut-être, mais Mrs Perenna. Elle vous intéresse. Ne prétendez pas le contraire, j'ai vu comment parfois vous l'observiez...

Les joues de Tuppence se colorèrent d'un rose léger.

— Le fait est, admit-elle, que Mrs Perenna est intéressante...

— Non, répliqua Mrs O'Rourke. C'est une femme assez ordinaire... ou qui, du moins, paraît telle. Car il se pourrait bien qu'elle ne le fût pas... C'est votre avis?

— Vraiment, madame O'Rourke, je ne vois pas ce que vous voulez dire...

— Vous n'avez jamais pensé, expliqua la grosse dame, que la plupart des gens sont comme ça? Très différents de ce qu'ils ont l'air d'être... Regardez Mr Meadowes, par exemple! C'est un homme extrêmement singulier. Parfois, on le prendrait pour un Anglais tout à fait moyen, bête à manger de la paille, et, parfois, un coup d'œil, un mot vous permettent de dire qu'il est au contraire très intelligent. Vous ne trouvez pas ça curieux?

— Pour moi, fit Tuppence, Mr Meadowes est le type même du Britannique.

Mrs O'Rourke ne se décourageait pas.

— Soit! dit-elle. Mais nous avons encore quelqu'un d'autre. Peut-être voyez-vous à qui je fais allusion?

Tuppence avoua qu'elle n'en avait pas la moindre idée.

— Le nom commence par un S, précisa Mrs O'Rourke.

Poussée par elle ne savait quel obscur besoin de prendre la défense d'un être jeune et vulnérable, Tuppence protesta :

— Sheila ?... C'est une petite révoltée... C'est de son âge...

Un large sourire distendit les lèvres de Mrs O'Rourke. Tuppence s'aperçut soudain qu'elle ressemblait à certain magot de porcelaine dont le ventre monstrueux ornait autrefois le dessus d'une cheminée chez la tante Gracie.

— Vous ignorez sans doute, dit la grosse dame, que miss Minton se prénomme Sophia ?

— C'est à elle que vous pensiez ?

— Du tout ! répondit simplement Mrs O'Rourke.

Très déconcertée, Tuppence se leva et alla à la fenêtre. Pourquoi donc cette vieille dame massive lui inspirait-elle un sentiment qui ressemblait à une sorte de crainte indéfinissable ? Car c'était bien ça : elle avait peur. « Je me fais l'effet, pensait-elle, d'être la souris que le chat tient entre ses pattes ! » La comparaison ne manquait pas de justesse. Mrs O'Rourke ronronnait gentiment mais elle semblait mener un jeu cruel...

Tuppence se disait tout cela et, la minute d'après, elle se gourmandait : « Je suis idiote, se disait-elle, et j'ai eu tort de laisser aller mon imagination. » Elle regardait toujours par la fenêtre. La pluie avait cessé. Les arbres du jardin laissaient lentement tomber sur le sol les gouttes de pluie qui s'attardaient sur leurs feuilles.

« Pourtant, songeait encore Tuppence, il y a quelque chose. Je ne suis pas de ces gens qui rêvent éveillés. Il y a chez cette femme un côté inquiétant. Si je pouvais voir... »

Ses réflexions s'arrêtèrent là.

Au fond du jardin, un buisson s'était doucement écarté et, dans la brèche, Tuppence apercevait un visage : celui de la femme qu'elle avait rencontrée sur la route s'entretenant avec Carl von Deinim. Les yeux braqués sur la maison avec une étrange fixité, elle regardait. Ses traits ne bougeaient pas, le masque demeurait d'une immobilité quasi inhumaine. Inexpressif et pourtant menaçant, ce visage, on eût dit qu'il représentait quelque force étrangère, une puissance mauvaise, ennemie de « Sans-Souci » comme de toutes les petites pensions de famille anglaises, l'Esprit du Mal...

Ces pensées passèrent en tourbillon dans le cerveau de Tuppence. Quittant la fenêtre, elle murmura quelques mots d'excuses et se précipita hors de la chambre, dévalant l'escalier et courant au jardin. Elle alla tout droit au buisson. Elle passa derrière les arbustes. La femme avait disparu. Tuppence avança jusqu'à la route. Elle était déserte aussi loin que la vue pouvait porter

Tuppence revint au jardin, poursuivant de rapides mais minutieuses recherches dans tous les coins où il eût été possible de se cacher. Elle ne trouva rien. Avait-elle donc été le jouet d'une hallucination? C'est la question qu'elle se posait en retournant vers la maison. Elle ressentait un étrange malaise. Comme la peur de voir arriver quelque chose.

Mais elle ne devinait pas, elle ne pouvait deviner ce qu'allait être ce « quelque chose ».

II

Le temps s'était éclairci et miss Minton habillait, non sans difficulté, une Betty qui ne tenait pas en place, très énervée à l'idée d'aller se promener : ne devait-elle pas rapporter de Leahampton un canard en celluloïd qu'elle ferait flotter dans son bain ?

Deux allumettes négligemment posées en croix sur le guéridon du hall avaient informé Tuppence que Tommy passerait son après-midi dans l'ombre de Mrs Perenna. Betty et miss Minton parties, elle alla s'installer au studio, où elle bénéficierait de la compagnie des Cayley.

Mr Cayley était de mauvaise humeur. Il était venu à Leahampton, expliquait-il, pour y trouver le calme et la tranquillité. Était-ce possible, avec une enfant dans la maison ? Du matin au soir, c'étaient des cris, des piaillements, des courses bruyantes qui n'en finissaient pas !

Mrs Cayley, dans un esprit d'apaisement, fit observer que Betty était un amour de petite fille. La remarque fut fraîchement accueillie.

— Je ne le conteste pas, dit Mr Cayley, agitant sa tête minuscule sur son cou interminable, mais sa mère aurait le devoir d'obtenir d'elle qu'elle se tienne tranquille. Il faut penser aux autres. Il y a des malades, des gens dont les nerfs ont besoin de repos.

— Ce que vous demandez là n'est pas si simple, déclara Tuppence. Les enfants ne sont pas faits pour rester tranquilles. Quand ils le sont, c'est qu'il y a quelque chose qui ne va pas !

Mr Cayley avala sa salive.

— Je sais, fit-il. C'est comme ça, aujourd'hui, qu'on conçoit l'éducation. On laisse faire aux enfants ce qu'ils veulent... Eh bien, c'est stupide !...

L'enfant doit rester bien sage dans un coin avec une poupée ou un livre...

— Mais, objecta Tuppence en souriant, Betty n'a pas encore trois ans! On ne peut pas exiger d'elle qu'elle se mette à lire!

Mr Cayley voulut bien en convenir.

— Mais il faudrait pourtant bien, ajouta-t-il, qu'on trouvât un moyen d'avoir la paix dans cette maison! J'en parlerai à Mrs Perenna. Pensez qu'avant sept heures ce matin cette enfant chantait dans son lit! J'avais passé une très mauvaise nuit, je ne m'étais assoupi qu'au petit jour. Ça m'a réveillé!

— Et il est extrêmement important, dit Mrs Cayley d'un ton pénétré, que Mr Cayley dorme beaucoup. Le médecin lui a prescrit beaucoup de sommeil.

— Vous auriez dû aller dans une maison de repos, suggéra Tuppence.

— Ma chère madame, répondit Cayley, ce sont des endroits ruineux et, de plus, déprimants. L'idée de maladie, nécessairement associée à ces établissements, réagit de façon désastreuse sur mon subconscient.

— Le médecin, expliqua Mrs Cayley, a recommandé à mon mari une société brillante et une vie normale. C'est pourquoi il a considéré qu'une pension de famille lui conviendrait mieux qu'une villa meublée. Mr Cayley est moins livré à ses seules pensées et le fait d'échanger des idées avec d'autres personnes lui fait énormément de bien.

Tuppence réprima son envie de sourire. Pour Mr Cayley, échanger des idées, c'était — autant qu'elle avait pu en juger — faire à tous un récit détaillé de ses maux et de leurs symptômes pour recevoir en contre-partie des paroles de sympathie.

Adroitement, Tuppence changea le sujet de la conversation.

— A propos d'échange d'idées, dit-elle, j'aimerais savoir ce que vous pensez de l'Allemagne. C'est un pays où vous avez, je crois, beaucoup voyagé en ces dernières années. Je serais heureuse de connaître sur lui l'opinion d'un homme tel que vous, c'est-à-dire de quelqu'un qui a de l'expérience, ne se laisse pas influencer par des idées préconçues et sait juger avec impartialité.

Tuppence estimait qu'avec les hommes la flatterie ne dépassait jamais les limites. Mr Cayley s'empressa de lui donner raison.

— Chère madame, commença-t-il, je suis en effet un homme sans préjugés. A mon avis, l'Allemagne...

Un long monologue suivit. Tuppence, par de courtes phrases telles que : « Voilà qui est extrêmement intéressant ! » ou « Quel observateur vous faites ! », manifestait de temps à autre une attention qui n'était pas feinte, car Mr Cayley, encouragé par la sympathie de son auditoire, avouait une fervente admiration pour le nazisme et ses méthodes, laissant entendre, s'il n'allait pas jusqu'à dire, que les choses eussent été bien mieux pour l'Angleterre et pour l'Allemagne si ces deux grandes nations s'étaient alliées contre le reste de l'Europe.

Le retour de miss Minton et de Betty, qui serrait précieusement dans ses menottes son canard en celluloïd, mit fin au discours de Mr Cayley, qui s'était étiré sur deux longues heures. Tuppence, levant les yeux, surprit sur le visage de Mrs Cayley une expression curieuse dont le sens n'était pas très clair. Jalousie, assez excusable, d'une épouse qui vient de voir l'attention de son mari longtemps retenue par une autre femme ? Peut-être. Mais peut-être aussi inquiétude d'une personne sensée qui constate qu'un bavard vient d'afficher avec trop de franchise des opinions politiques qu'il eût été préférable de taire...

Mrs Sprot rentra à « Sans-Souci » comme le thé s'achevait.

— J'espère, fit-elle, que Betty a été sage et qu'elle n'a ennuyé personne. Tu t'es conduite comme une bonne petite fille, Betty ?

A quoi Betty répondit, laconique :

— Tur !

Ce qui ne voulait pas dire : « Sûr ! », mais : « Confitures ». Celles de Mrs Perenna étaient excellentes.

Mrs Sprot s'assit à table et, tout en prenant plusieurs tasses de thé, raconta sa journée. Elle parla de ses achats à Londres, de la cohue dans les trains, de ce qu'un soldat revenant de France avait dit aux voyageurs de son compartiment et de la raréfaction prochaine des bas de soie, que lui avait annoncée une vendeuse obligeante.

La conversation, banale à souhait, se prolongea sur la terrasse. Le soleil était revenu, on avait déjà oublié que la plus grande partie de la journée avait été mouillée. Betty courait de droite et de gauche, faisant de mystérieuses expéditions dans les buissons, reparaissant avec quelques feuilles de laurier ou une poignée de cailloux qu'elle déposait gravement sur les genoux de quelque grande personne, à qui elle expliquait, volubile et inintelligible, ce que ces trésors représentaient. Elle n'exigeait pas une longue réponse. On disait : « C'est très joli, ma chérie ! » Cela suffisait à son bonheur.

Jamais une soirée à « Sans-Souci » ne fut plus calme, plus innocente. On bavardait. De tout et, naturellement, de la guerre. De quoi demain serait-il fait? La France pourrait-elle rétablir la situation? Weygand réussirait-il à créer une ligne de résistance? Que ferait la Russie? L'invasion de l'Angleterre était-elle possible? Paris serait-il défendu? Toutes ces questions, et bien d'autres, touchant à la politique ou à l'art militaire, firent l'objet de copieux échanges de vues et de commentaires d'où la médisance n'était pas exclue.

« Ces discussions sur la guerre, songeait Tuppence, on prétend qu'elles constituent un danger. C'est une erreur, Elle servent de soupapes de sûreté. Si les gens les adorent, c'est qu'ils ont besoin d'elles, parce qu'elles leur permettent d'oublier leurs soucis personnels. »

Elle apporta sa contribution à la conversation sous forme d'une très belle histoire qui commençait ainsi : « Mon fils m'a appris, naturellement *sous le sceau du secret*, que les unités anglaises d'Egypte... »

Mrs Sprot, ayant consulté sa montre, sursauta :

— Mon Dieu! Il est presque sept heures! Il y a longtemps que Betty devrait être couchée!

Elle appela sa fille, qu'on n'avait pas vue sur la terrasse depuis un certain temps, mais dont nul n'avait remarqué l'absence.

Rien ne répondit. Mrs Sprot commença à s'impatienter.

— Où diable cette enfant peut-elle bien être?

Mrs O'Rourke ricana :

— Quelque part où elle fait des bêtises, dit-elle. Vous pouvez le parier! Quand on ne les entend pas...

Mrs Sprot partit à la recherche de sa fille. Miss Minton était certaine que, par jeu, Betty se cachait dans quelque coin, et Tuppence, forte de ses souvenirs d'enfance, assurait que c'était très probablement à la cuisine. Mais on ne la trouva ni là ni ailleurs. On battit le jardin en tous sens, on visita toutes les chambres à coucher. Betty n'était nulle part.

Mrs Sprot, maintenant, était inquiète.

— Pensez-vous, demanda-t-elle, qu'elle soit sortie du jardin ?

Tuppence l'accompagna dehors. Il n'y avait personne sur la route, à l'exception d'un garçon livreur qui, assis sur le cadre de sa bicyclette, faisait la causette avec la bonne de la villa « Saint-Lucian », juste en face de « Sans-Souci ». Ils n'avaient pas vu l'enfant. Les deux femmes allaient s'éloigner quand la fille se souvint.

— C'est bien, dit-elle, une petite fillee en robe à carreaux, genre écossais ?

— Oui.

— Alors, je l'ai vue il y a environ une demi-heure. Elle allait vers Leahampton, avec une femme.

— Avec une femme ! s'écria Mrs Sprot, stupéfaite. Quelle sorte de femme ?

La petite bonne était assez embarrassée.

— Ma foi, fit-elle, c'est ce que j'appellerais une drôle de femme. Une étrangère, c'est sûr, et habillée de façon pas ordinaire : une espèce de châle et pas de chapeau !... Et puis, une drôle de tête ! Je l'ai déjà aperçue par ici une ou deux fois et elle m'a plutôt fait l'effet de quelqu'un qui ne roule pas sur l'or...

Seulement alors Tuppence pensa au visage entrevu au fond du jardin l'après-midi et à cette sorte d'angoisse qui l'avait étreinte. Cependant elle ne s'expliquait pas quel rapprochement pouvait exister entre cette femme et la disparition de l'enfant. Elle n'eut pas le temps d'y réfléchir, Mrs Sprot sur le point de s'évanouir s'accrochait à elle en balbutiant :

— Betty! Betty chérie! Enlevée...

Elle se reprit pour poser une question.

— Cette femme, c'était une Bohémienne?

Elle interrogeait la petite bonne. Ce fut Tuppence qui répondit :

— Non. Elle est blonde... Très blonde... Avec un visage large, aux pommettes saillantes. Les yeux bleus, très écartés...

Mrs Sprot la regardant avec stupeur, elle expliqua :

— Cette femme, je l'ai vue cet après-midi. Elle était dans le fond du jardin, cachée derrière des arbustes, et de là elle guettait la maison. Auparavant, je l'avais déjà rencontrée rôdant par ici. Une fois, je suis à peu près sûre de l'avoir vue causant avec Carl von Deinim.

La petite bonne confirma qu'il s'agissait bien d'une blonde.

— Plutôt fauchée, ajouta-t-elle, et qui ne comprenait rien à ce qu'on disait.

Mrs Sprot était désemparée.

— Mon Dieu! Mon Dieu! répétait-elle. Que faire?

Tuppence lui passa un bras autour de la taille et l'entraîna vers la maison.

— Rentrons, dit-elle. Vous prendrez un peu de cognac et nous téléphonerons à la police. Ne vous tracassez pas. On la retrouvera...

Mrs Sprot se laissait conduire. On eût dit qu'elle avait reçu un coup de masse.

— Je ne comprends pas! fit-elle. Je ne vois pas Betty suivant une étrangère!

— Elle est si petite!... Pas encore capable d'être méfiante.

Mrs Sprot pleurait.

— Cette femme doit être une Allemande! Elle tuera Betty, c'est sûr!

— Mais non! répliqua Tuppence avec une brusquerie voulue. Tout s'arrangera! Il s'agit presque certainement d'une pauvre créature qui a le cerveau dérangé...

Elle parlait avec conviction, mais au fond d'elle-même elle savait que cette femme blonde n'était pas une folle. Elle la revoyait avec Carl von Deinim...

Au fait, von Deinim, peut-être était-il directement mêlé à cette histoire d'enlèvement. L'idée la préoccupa un instant, mais elle ne la retint pas. Carl von Deinim serait comme tout le monde, très sincèrement stupéfait d'un événement à la réalité duquel il se refuserait à croire.

Les faits établis, le major Bletchley prit l'affaire en main.

— Maintenant, chère madame, dit-il à Mrs Sprot, vous allez être très calme... Buvez encore un peu de cognac, il ne vous fera pas de mal!... Je vais téléphoner au commissariat...

Mrs Sprot murmura :

— Attendons encore un peu... On ne sait pas ce qu'il peut arriver!

Brusquement, elle se leva, traversa le hall presque en courant et escalada quatre à quatre l'escalier, montant à sa chambre pour en revenir bientôt. Elle avait vraiment l'air d'une démente et c'est les yeux hagards qu'elle posa sa main sur celle de Bletchley au moment où il allait décrocher le récepteur pour appeler la police. Elle haletait

— Non, dit-elle, il ne faut pas!

Fondant en larmes, elle s'écroulait dans un fauteuil. On l'entoura et Mrs Cayley lui glissa affectueusement un bras autour du cou. Au bout d'un instant, se ressaisissant un peu, elle montra un morceau de papier chiffonné qu'elle tenait dans le creux de sa main et dit d'une voix éteinte :

— J'ai trouvé ça sur le plancher de ma chambre. On l'avait jeté par la fenêtre, roulé autour d'une pierre... Vous pouvez lire !

Tommy déplia le papier. C'était un billet de quelques lignes. L'écriture, haute et anguleuse, révélait une main qui n'était pas anglaise.

Il lut :

Votre fille est en sûreté. Nous vous dirons, le moment venu, ce que vous devez faire. Si vous prévenez la police, l'enfant mourra. Taisez-vous et attendez des instructions. Sinon...

Comme signature, une tête de mort surmontant des tibias entrecroisés.

Mrs Sprot sanglotait doucement. Tout le monde parlait à la fois. Mrs O'Rourke proclamait qu'il s'agissait de « bandits de grands chemins ». Sheila disait, plus justement, que c'étaient « des monstres ». Mr Cayley protestait qu'un tel message ne pouvait être pris au sérieux et que toute l'affaire n'était qu'une « mauvaise farce ». Von Deinim répétait le mot : « incroyable ». Miss Minton s'attendrissait sur « le pauvre petit bout de chou » dont les jours étaient en danger.

— Ces menaces, déclara le major d'une voix puissante qui dominait toutes les autres, c'est de la fumisterie ! Une tentative d'intimidation, rien d'autre ! Il faut prévenir la police ! Elle tirera l'affaire au clair en un rien de temps.

Il repartit vers le téléphone. Un cri de Mrs Sprot, un hurlement plutôt, le cloua sur place.

— Mais, ma chère madame, dit-il revenant sur ses pas, *il faut* alerter la police ! Ce message, c'est un truc grossier ! Ces bandits espèrent ainsi éviter qu'on leur donne la chasse !

— Ils la tueront si nous bougeons !

— Jamais de la vie ! Ils n'oseraient pas !

— Ne téléphonez pas ! Je suis sa mère ! C'est à moi de décider !

— D'accord !... Mais dites-vous bien que c'est là-dessus qu'ils comptent !... Votre réaction, ils l'ont prévue. Elle est naturelle... Mais, croyez-en un vieux soldat qui a une certaine expérience de ce genre de choses, c'est à la police qu'il faut faire appel, et tout de suite !

— *Non !*

Du regard, Bletchley cherchait des alliés autour de lui.

— Meadowes, vous êtes de mon avis ?

Tommy fit de la tête un signe d'assentiment.

— Et vous, Cayley ?... Vous voyez, madame, Meadowes pense comme moi, et Cayley également !

Elle jeta sa riposte avec une âpre violence.

— Bien sûr ! Des hommes !... Mais demandez aux femmes !

Les yeux de Bletchley cherchèrent ceux de Tuppence, qui, en proie à une vive émotion, dit très bas :

— Je suis de l'avis de Mrs Sprot.

Elle pensait à ses enfants, à Derek, à Deborah. « S'il s'agissait d'eux, songeait-elle, je ferais comme elle. Tommy et les autres ont raison, je le veux bien. Mais, malgré cela, je n'appellerais pas la police. C'est un risque que je ne courrais pas ! »

Mrs O'Rourke parla dans le même sens.

— Vous ne trouverez pas une mère pour dire autrement, ajouta-t-elle.

Mrs Cayley, pourtant, demeurait prudente.

— Vous comprenez, balbutia-t-elle, je crois que... Enfin, pour moi, il me semble...

La phrase s'acheva dans un murmure inintelligible.

Miss Minton tremblait.

— Il y a des êtres si cruels ! Nous ne nous pardonnerions jamais s'il arrivait malheur à la chère petite !

Tuppence s'adressa à Carl von Deinim.

— Et vous, monsieur von Deinim, vous ne dites rien ?

Il la regarda de ses yeux clairs. Son visage impassible semblait un masque.

— Je suis un étranger, répondit-il avec lenteur. J'ignore tout de la police anglaise. Je ne sais si elle est intelligente et rapide.

Cependant, Mrs Perenna entrait dans la pièce, toute rouge encore d'avoir monté la côte rapidement.

— Que se passe-t-il ? demanda-t-elle.

Le ton était celui d'un chef. A ce moment, on ne retrouvait pas en elle la directrice de pension de famille, aimable et un peu obséquieuse, qu'elle était à l'ordinaire. On sentait une forte personnalité, une femme de tête qui savait prendre des responsabilités.

On la renseigna. Une histoire confuse, racontée à plusieurs voix, mais qu'elle comprit.

Et on eut l'impression que l'affaire était désormais soumise à son seul jugement, que c'était à elle qu'il appartenait de jouer le rôle d'arbitre, qu'elle seule pouvait décider de ce qui devait être fait.

Elle examina le billet griffonné en hâte et dit, le restituant à Bletchley :

— Dans un cas comme celui-ci, la police ne rendra aucun service. Elle fera des gaffes que nous n'avons pas le droit de risquer. C'est à vous de prendre la loi en main et de retrouver l'enfant !

Bletchley haussa les épaules.

— Évidemment, admit-il, si l'on refuse d'alerter la police, c'est la seule chose à faire!

— Ils ne peuvent pas être loin, fit remarquer Tommy. Ils n'auront sur nous que très peu d'avance...

— Une demi-heure environ, dit le major. Haydock, avec sa voiture, peut nous être très utile. La femme est étrangère et, d'après ce que je comprends, ne passe pas inaperçue. On doit relever sa piste assez facilement. Allons-y !... Ne perdons pas de temps !... Vous venez, Meadowes ?

Mrs Sprot s'était levée d'un bond.

— Je vais avec vous !

Bletchley voulut l'en dissuader.

— Chère madame, restez ici et laissez-nous faire !

— Je vais avec vous !

— Eh bien, soit !

Il renonçait.

Mais il murmura entre ses dents une phrase célèbre qui dit que la femelle de l'espèce est toujours plus redoutable que le mâle.

III

Comprenant la situation avec une rapidité qui faisait honneur au corps des officiers de marine, le commandant Haydock embarquait bientôt dans sa voiture Tommy, qui s'assit près de lui, Bletchley, Mrs Sprot et Tuppence, qui s'installèrent à l'arrière. Tuppence était de l'expédition, non pas seulement parce que Mrs Sprot s'accrochait à elle, mais aussi parce qu'elle était la seule personne — exception faite de Carl von Deinim — à connaître de vue la mystérieuse ravisseuse.

Habile à concevoir un plan et non moins habile à le mettre en œuvre, le commandant n'avait eu besoin que d'un minimum de temps pour faire le plein d'essence, remettre à Bletchley une carte de la région et un plan à grande échelle de Leahampton, et on allait partir quand Mrs Sprot demanda « une minute encore », afin de courir à l'étage, où elle avait quelque chose à prendre. Tuppence pensa qu'il s'agissait d'un manteau et sa surprise fut grande lorsque, la voiture en route, Mrs Sprot tira de son sac à main, pour le lui montrer, un petit revolver.

— Je suis allée le chercher dans la chambre du major, expliqua-t-elle posément. Je me suis souvenue qu'il avait dit, l'autre jour, avoir un revolver...

Tuppence s'étonnait.

— Mais vous n'avez pas l'intention de...

Mrs Sprot baissa un front têtu et dit simplement :

— Ça peut servir !

Tuppence ne répondit pas. Elle admirait les forces étrangères que l'amour maternel peut libérer chez une femme du modèle le plus banal. Mrs Sprot, en temps normal, était de ces créatures qui défaillent à l'idée de toucher une arme à feu. Tuppence l'imaginait très bien, aujourd'hui, abattant de sang-froid quiconque aurait fait du mal à « son petit ».

Sur la suggestion de Haydock, on passa d'abord à la gare. Un train avait quitté Leahampton vingt minutes plus tôt, il était possible que les ravisseurs l'eussent pris avec l'enfant. On se partagea la besogne. Le commandant interrogea l'employé du portillon, Tommy celui du guichet, et Bletchley les portiers. Tuppence et Mrs Sprot, cependant, visitaient les salles d'attente. La femme aurait pu s'y rendre pour changer de vêtements, modifier son aspect et il était possible, dans cette hypothèse, qu'elle eût laissé des indices derrière elle.

Quelques minutes plus tard, il était établi que les ravisseurs n'étaient pas venus à la gare. Où les chercher ? Le problème se compliquait. Haydock ayant fait remarquer qu'ils devaient, selon toute probabilité, posséder une voiture dans laquelle ils avaient pris la fuite, Bletchley constata avec amertume que c'était là qu'apparaissait, éclatant, l'intérêt qu'il y aurait eu à collaborer avec les forces policières. Quelques messages lancés dans différentes directions et toutes les routes étaient couvertes, surveillées. Au lieu de ça...

Mrs Sprot, les lèvres serrées, hocha la tête. Elle n'avait pas changé d'avis.

— Il faut, dit Tuppence, nous mettre à la place des ravisseurs. Ils attendaient quelque part avec une voiture. Où ?... Aussi près que possible de « Sans-Souci », mais en un endroit où la présence d'une auto n'attirerait pas l'attention. Alors, réfléchissons... La femme descend la côte avec Betty. En bas, il y a l'Esplanade. La voiture peut être là, le stationnement y étant autorisé. Les seuls autres endroits possibles seraient le parc gardé de Saint-James Square, qui n'est pas très loin, ou alors les rues qui débouchent sur l'Esplanade.

Elle finissait de parler quand un petit monsieur portant lorgnon s'approcha du groupe avec timidité.

— Je vous demande pardon, dit-il avec un léger bégaiement, et j'espère que vous ne m'en voudrez pas d'avoir, malgré moi, entendu les questions que vous posiez aux porteurs il y a un instant.

C'est à Bletchley qu'il s'adressait.

— Je ne l'ai pas fait exprès, poursuivit-il. Je suis venu à la gare pour essayer de savoir ce qu'est devenu un colis que j'attends depuis plusieurs jours. Actuellement, les expéditions sont différées pour un oui, pour un non. Il paraît que c'est à cause des mouvements de troupes. C'est très possible, mais c'est bien ennuyeux quand il s'agit de denrées périssables. C'est ce qui m'a amené et c'est ainsi que, sans le vouloir, j'ai entendu ce que vous disiez. Et, vraiment, la coïncidence est extraordinaire...

Mrs Sprot saisit le petit homme au poignet.

— Vous l'avez vue?... Vous avez vu ma petite fille?

— C'est votre fille?... Quelle affaire!

— Mais dites-moi où elle est!

Les doigts de Mrs Sprot se crispaient sur la manche du petit homme.

Tuppence vint à la rescousse.

— Je vous en prie, monsieur, soyez bref! Nous vous en aurons une reconnaissance infinie...

— Évidemment, reprit-il, je peux me tromper. Mais le signalement concorde bien...

La maman de Betty était au supplice. Elle tremblait. Tuppence, exaspérée elle aussi par ce verbiage, s'imposait de rester calme. Le bonhomme était de ces bavards qui sont incapables d'aller droit au fait et le bousculer n'eût servi à rien.

— Je dois vous dire, continuait-il, que je me nomme Robbins... Edward Robbins...

— Alors, monsieur Robbins?

— Eh bien, voilà... J'habite une villa qui s'appelle « Whiteway », dans le chemin conduisant à la falaise d'Ernes. C'est une voie récente, où il n'y a que des maisons neuves, de coquettes petites constructions qui, généralement, appartiennent à ceux qui y vivent, d'honnêtes travailleurs qui ont su faire quelques économies. L'endroit est agréable : bien situé, avec les dunes à une centaine de mètres...

Tuppence calma d'un froncement de sourcil le major Bletchley, qu'elle voyait tout prêt à faire un éclat.

— Et, demanda-t-elle, vous avez vu cette petite fille que nous cherchons ?

— Oui... Du moins, je le crois. Vous avez bien dit qu'elle était avec une femme qui a l'air d'être une étrangère ?... A la vérité, c'est la femme qui a attiré mon attention. Parce que, vous le savez comme moi, à cause de la « cinquième colonne »... On nous a recommandé d'ouvrir l'œil, et c'est ce que je fais. Cette femme, je l'ai remarquée parce qu'elle ressemblait à une nurse ou à une bonne, deux corporations où il s'est glissé pas mal d'espionnes, et aussi parce qu'elle avait un drôle de genre. Elle suivait le chemin qui monte vers les dunes. La petite fille paraissait fatiguée et se faisait traîner. Ce qui n'est pas tellement étonnant : il était environ sept heures et demie et, généralement, c'est l'heure où on couche les enfants. J'ai bien regardé la femme et j'ai cru m'apercevoir que cet examen la gênait. Elle a pressé le pas et a pris l'enfant dans ses bras. Elle grimpait le sentier qui va sur la falaise, et c'est encore une chose qui m'a semblé bizarre, car il n'y a pas de maisons par là. Il faut aller jusqu'à Whitehaven pour en trouver et, par la côte, c'est à plus de six kilomètres ! Je me suis demandé si elle n'allait pas par là pour envoyer des signaux. J'ai souvent entendu dire que les espions...

Le commandant Haydock s'était réinstallé au volant de sa voiture et avait lancé le moteur.

— Ce chemin de la falaise d'Ernes, demanda-t-il, il est à l'autre bout de la ville ?

— Oui. Vous suivez l'Esplanade, vous traversez la vieille ville. Après, c'est tout droit...

Les autres avaient repris leur place. Le bavardage du

petit homme ne les intéressait plus. Tuppence le remercia d'un mot, tandis que l'auto démarrait. Mr Robbins, ébahi, les yeux écarquillés de surprise et la bouche grande ouverte, la regarda s'éloigner. Ce départ précipité lui paraissait inexplicable.

On traversa la ville en trombe, sans accident, par chance plutôt que pour toute autre raison. Puis les maisons s'espacèrent. On atteignait le quartier dont avait parlé Mr Robbins, un quartier assez coquet, un peu déparé, toutefois, par la proximité de l'usine à gaz. A droite de la route, de petits chemins, qui ne se prolongeaient que sur quelques centaines de mètres, s'en allaient vers les dunes.

Le commandant, par un savant virage, engagea la voiture dans le troisième, celui qui menait à la falaise d'Ernes. Il s'arrêtait net au bout de deux cents mètres, pour devenir un simple sentier.

— Peut-être pourrions-nous descendre ici et continuer à pied. Le sol est assez ferme. Pas très uni, sans doute... Mais la bagnole devrait tenir le coup...

Mrs Sprot le supplia d'essayer. On gagnerait du temps.

— Allons-y! décida-t-il.

Le moteur cogna un peu tandis que la voiture montait à l'assaut de la côte. La rampe était sévère.

« Espérons, songeait Haydock, que c'est bien au gibier qui nous intéresse que nous donnons la chasse! Ce serin est fichu de nous avoir lancés sur une fausse piste! »

On arriva au sommet. Là, rien ne masquait l'horizon. On découvrait dans le lointain la baie de Whitehaven.

— L'idée n'était pas mauvaise, remarqua Bletchley. La femme pouvait très bien, s'il le fallait, passer la nuit ici et, demain matin, aller prendre le train à Whitehaven.

— En attendant, dit Haydock, on ne les voit pas !

Ayant arrêté la voiture, il était descendu pour inspecter les alentours avec des jumelles de campagne qu'il avait eu l'heureuse inspiration d'emporter. Soudain, ses traits durcirent, son front se plissa. Très loin, deux petits points noirs qui se déplaçaient venaient d'apparaître dans son champ de vision.

— Sacristi ! s'écria-t-il. Nous les tenons !

Il remonta sur son siège et l'on repartit. La poursuite, maintenant, ne pouvait se prolonger. La voiture, encore qu'elle progressât avec peine sur le sol inégal, gagnait du terrain. Terriblement secoués, lancés en l'air et ballottés de droite à gauche, les passagers distinguèrent bientôt les silhouettes, une grande et une petite. Peu après, ils purent voir que la femme donnait la main à l'enfant. Un peu plus tard, Mrs Sprot, avec un cri étranglé, reconnaissait la robe de sa fille. C'était bien Betty !

— Calmez-vous ! lui dit Bletchley, lui administrant de petites tapes amicales sur l'avant-bras. Maintenant, nous les avons !

La femme, entendant le bruit du moteur, se retourna. Elle vit l'automobile et comprit. Poussant une sorte de hurlement, elle prit l'enfant dans ses bras et se mit à courir. Non pas devant elle, mais vers le bord de la falaise.

La voiture, cependant, s'était arrêtée. Des blocs de rocher barraient le chemin, coupé de dépressions profondes. Il était impossible d'aller plus loin. Mrs Sprot fut la première à descendre. Elle s'élança vers la ravisseuse. Les autres suivirent...

Lorsqu'ils ne furent plus qu'à une dizaine de mètres d'elle, la femme se retourna. Elle se sentait perdue. Debout, tout près du bord de la falaise, elle leur faisait face, l'enfant pressée sur son sein.

— Mon Dieu! murmura Haydock. Elle va jeter l'enfant du haut de la falaise!

Ils s'étaient arrêtés. La femme ne bougeait pas. La haine déformait ses traits. D'une voix rauque, elle lança dans une langue étrangère une longue phrase que nul ne comprit, mais sur le sens de laquelle on ne pouvait se méprendre. Par deux fois, son regard avait mesuré le vide, à moins d'un mètre de l'endroit où elle se tenait. La menace était claire.

Ils n'osaient faire un pas. Avancer, c'était inévitablement provoquer la catastrophe...

Haydock plongea la main dans la poche de son veston. Il en sortit un revolver d'ordonnance.

— Posez cette enfant, cria-t-il, ou je tire!

La femme éclata de rire et serra Betty plus fort sur sa poitrine.

Haydock murmura :

— Je ne peux pas tirer. Je blesserais l'enfant!

— Malheureusement, souffla Tommy, c'est une folle. Elle est capable, tout à l'heure, de se jeter dans le vide sans lâcher la petite!

— Je ne peux pas tirer! répéta Haydock.

Au même moment, un coup de feu claquait. La femme chancela et s'abattit sur le sol, la face en avant.

On se précipita. Mrs Sprot conservait une immobilité de statue. Très pâle, le regard fixe, le revolver encore fumant à la main, elle se tenait très droite, mais ses jambes la portaient à peine.

Tommy s'agenouillait pour retourner le corps de la femme. Elle avait à la tempe une blessure qui saignait et Tommy fut frappé de la beauté sauvage de ses traits. Les yeux grands ouverts le regardèrent un instant, puis se révulsèrent. La femme poussa un petit soupir. Elle était morte.

Betty, dégagée, courait vers sa mère, qui tombait à genoux pour la recevoir dans ses bras et la couvrir de baisers.

— Elle n'a rien! s'écria-t-elle. Elle n'a rien!... Betty! Mon amour adoré!

Levant la tête vers Tuppence, qui s'était approchée, elle demanda, très bas :

— Est-ce que je l'ai tuée?

— Ne pensez pas à ça! répondit Tuppence d'une voix sans réplique. Pensez à Betty, rien qu'à Betty!

Mrs Sprot sanglotait, serrant sa fille dans ses bras.

Tuppence rejoignit les hommes.

— C'est un véritable miracle, disait Haydock. Je n'aurais jamais réussi un tir pareil et je vous parie que cette femme n'avait jamais manié un revolver de sa vie! Elle a tiré d'instinct!... Un vrai miracle, je le répète!

Tuppence se pencha pour regarder par-dessus le bord de la falaise.

— Mon Dieu! conclut-elle. Il s'en est fallu de peu!

CHAPITRE VIII

I

L'enquête, retardée parce qu'il avait fallu laisser à la police le temps d'identifier la morte — une réfugiée polonaise, du nom de Wanda Polonska — eut lieu quelques jours plus tard.

Après la scène dramatique qui s'était déroulée sur la falaise, Betty et sa mère — celle-ci à moitié évanouie — avaient été ramenées en voiture à « Sans-Souci », où des bouillottes, un thé bien chaud et une généreuse ration de cognac collaborèrent au rétablissement rapide de l'héroïne de la soirée, qui put ensuite répondre aux mille questions dont on la pressait.

Le commandant Haydock, cependant, prévenait la police et la conduisait lui-même sur les lieux du drame, dont les journaux devaient peu parler. Ils lui eussent accordé bien plus que le maigre entrefilet qu'ils lui consentirent, si les nouvelles de la guerre, particulièrement alarmantes, n'avaient accaparé toute la place dont ils disposaient.

Tuppence et Tommy devaient témoigner à l'enquête. Comme on ne pouvait savoir s'il ne viendrait pas à quelque reporter l'idée de photographier les témoins, même ceux qui n'avaient pas grand-chose à dire, Mr Meadowes eut la malchance de ramasser dans l'œil une poussière qui l'obligea à porter un bandeau qui lui cachait la moitié du visage, et Mrs Blenkensop acheta un chapeau qui lui mangeait tout le haut de la figure. L'intérêt devait d'ailleurs se concentrer exclusivement sur les dépositions de Mrs Sprot et du commandant Haydock.

Appelé par télégramme, Mr Sprot était accouru pour voir sa femme, mais il avait dû rentrer à Londres le jour même. Il avait donné l'impression d'être un brave homme, assez sympathique, mais à la personnalité bien falote.

L'enquête s'ouvrit sur les formalités d'identification. La morte fut reconnue par Mrs Calfont, une femme qui, pendant quelques mois, s'était occupée d'un service d'assistance aux réfugiés.

Wanda Polonska, expliqua-t-elle, arriva en Angleterre avec un cousin et sa femme, les seuls parents qui lui restaient, avait-elle dit. La jeune personne venait de vivre en Pologne des heures affreuses : tous les siens, enfants compris, ayant été exterminés. Elle acceptait sans remerciements ce que l'on faisait pour elle. Méfiante, taciturne, son cerveau semblait bien un peu « dérangé ». Ce qui d'ailleurs était expliquable. On lui procura une place de domestique, qu'elle quitta sans préavis. Il y avait de cela quelques semaines et, depuis, elle ne s'était plus présentée à la police, comme devaient le faire régulièrement tous les étrangers.

Le procureur ayant demandé pourquoi les deux parents connus de la jeune femme n'avaient pas donné signe de vie, l'inspecteur Brassey déclara que le couple se trouvait actuellement en prison pour avoir enfreint certaines dispositions des lois relatives à la sécurité de l'Empire. Entrés en Angleterre comme réfugiés, ces deux étrangers avaient immédiatement cherché du travail dans un port, à proximité d'un arsenal. Ils étaient considérés comme suspects, d'autant plus qu'ils se trouvaient en possession de sommes d'argent importantes qui semblaient de provenance douteuse. Quant à la défunte, elle n'avait fait l'objet d'aucune poursuite, mais on la soupçonnait de sentiments antianglais. Il n'était pas impossible qu'elle eût été un agent de l'ennemi, simulant la faiblesse d'esprit.

Mrs Sprot, appelée ensuite, fondit en larmes à la première question du procureur, qui l'interrogea avec autant de douceur que de tact.

En phrases hachées, coupées de sanglots, elle fit le récit de la scène tragique.

— C'est terrible de se dire qu'on a tué quelqu'un!... Je ne voulais pas le faire!... Non, je ne voulais pas la tuer!... Seulement, il s'agissait de Betty... Je croyais qu'elle allait la jeter du haut de la falaise... Alors, pour empêcher ça... Comment j'ai fait, je n'en sais rien...

— Avez-vous l'habitude des armes à feu?

— Non!... J'ai tiré quelquefois à la carabine dans des baraques de foire, mais mes balles n'arrivaient pas toujours dans la cible... Et j'ai tué une femme!

Le procureur, après quelques paroles de réconfort, lui demanda si elle avait été en rapport avec la victime.

— Non, je ne l'avais jamais vue!... Et je crois que la pauvre femme était folle, car elle ne me connaissait pas et ne connaissait pas Betty!

Sur une autre question, elle déclara qu'elle avait passé quelques après-midi dans un ouvroir où l'on travaillait pour les réfugiés polonais et que c'était là le seul contact qu'elle eût jamais eu avec la Pologne.

Haydock vint ensuite, qui fit un récit complet des événements.

— Vous avez bien l'impression, lui demanda le procureur, que la femme était résolue à se lancer du haut de la falaise avec l'enfant ?

— Ou elle aurait sauté, ou elle aurait jeté l'enfant. Elle était comme folle et il eût été impossible de lui faire entendre raison. Il fallait agir... et tout de suite ! J'avais eu moi-même l'intention de tirer, afin de la blesser, mais elle tenait la petite devant elle, comme un bouclier. J'ai eu peur, si je tirais, de tuer l'enfant, Mrs Sprot a couru le risque et a eu le bonheur de sauver la vie de sa petite fille...

La déposition de Mrs Blenkensop, très courte, confirma simplement les dires du commandant.

Mr Meadowes, enfin, déclara n'avoir rien à ajouter aux témoignages déjà entendus.

— La femme, dit-il, était absolument folle et elle ne se serait pas laissé approcher. Je suis sûr qu'elle se serait jetée du haut de la falaise avec l'enfant...

Cette dernière déposition recueillie, le procureur s'adressa au jury. Il exposa que Wanda Polonska était morte de la main de Mrs Sprot, mais dans des circonstances qui ne permettaient pas de considérer cette dernière comme une criminelle. Aucun témoignage ne fournissait la moindre indication sur les mobiles qui avaient poussé la ravisseuse. Peut-être la simple haine de l'Angleterre. Certains des colis distribués aux réfugiés polonais portaient le nom des dames qui les avaient confectionnés et il était possible que la femme se fût ainsi procuré le nom et l'adresse de Mrs Sprot. Son acte apparaissant impossible à expliquer, il fallait admettre qu'elle avait enlevé l'enfant pour quelque raison obscure, échappant à la compréhension d'un esprit normal. Wanda Polonska, d'après ses propres déclarations, avait passé dans son pays par des épreuves qui pouvaient avoir altéré ses facultés. D'autre part, elle était peut-être un agent de l'ennemi.

Le verdict fut celui que le résumé du procureur laissait prévoir.

II

Le lendemain de l'enquête, Mrs Blenkensop et Mr Meadowes se rencontraient pour échanger leurs impressions.

— Eh bien, voilà! dit Tommy d'un air sombre. Wanda Polonska disparaît pour de bon et nous nous retrouvons, comme d'ordinaire, devant un mur.

— C'est juste, admit Tuppence, et c'est vexant. Les secrets sont bien gardés. Pas un papier, pas un tuyau! Rien! D'où ses cousins et elle-même tenaient-ils leur argent? Avec qui était-elle en relation? Mystère!

Cette constatation faite, Tommy ajouta :

— Avec ça, ça va plutôt mal...

Les nouvelles, en effet, étaient mauvaises. L'armée française battait en retraite et il semblait douteux qu'on pût jamais endiguer le flot germain. On évacuait Dunkerque. La chute de Paris n'était plus qu'une question de jours. On décrouvrait que l'équipement et le matériel manquaient, qui eussent permis de résister aux formidables unités allemandes.

— Faut-il, reprit Tommy, incriminer notre incurie et notre lenteur ordinaires ? C'est possible. Mais il se peut aussi qu'il y ait *autre chose*.

— Pour moi, dit Tuppence, je penche pour cette « autre chose ». Mais va donc le prouver !

— L'adversaire est trop malin.

— Ce qui n'empêche qu'on a fait beaucoup d'arrestations depuis quelque temps...

— Oui. On a coffré quelques traîtres indiscutables, mais ce n'étaient que des exécutants. Et c'est la tête qu'il faudrait frapper !... Le cerveau... Celui qui a mis le plan au point... Ce plan qui tire si magnifiquement parti de nos faiblesses congénitales et de nos petites querelles...

— Mais, dit doucement Tuppence, cette tête, n'est-ce pas justement elle que nous cherchons ?... Tu vois où nous en sommes !

Tommy protesta qu'ils avaient tout de même obtenu des résultats.

Tuppence fit la moue.

— Carl von Deinim et Wanda Polonska ?... Menu fretin !

— Tu crois qu'ils avaient partie liée ?

— Je le crois. Souviens-toi que je les ai vus en grande conversation...

— Alors, l'enlèvement aurait été arrangé par Carl von Deinim ?

— Je le suppose.

— Mais pourquoi ?

— Ah ! je voudrais bien le savoir !... J'y pense tout le temps... Et plus j'y pense, plus je trouve que cet enlèvement est inexplicable !

— Pourquoi avoir enlevé Betty, et non pas quelque autre enfant ? Qui sont les Sprot ?... De petites gens qui n'ont pas d'argent. Il ne peut donc pas être question de rançon. D'autre part, ils ne sont, ni lui ni elle, au service du gouvernement. Alors ?

— Je viens de te le dire, c'est inexplicable !

— Qu'en pense Mrs Sprot ?

Tuppence eut un petit rire méprisant.

— Cette pauvre femme n'a pas plus de cervelle qu'un poulet. Elle n'a pas la moindre idée là-dessus et elle se contente de dire que c'est à des choses comme ça qu'il faut s'attendre avec les Allemands !

Tommy haussa les épaules.

— L'imbécile !... Les Allemands ne sont pas si bêtes ! S'ils dépêchent un de leurs agents pour enlever un gosse, c'est qu'ils ont une raison !

— Et je suis sûre que Mrs Sprot pourrait la trouver si elle voulait se donner la peine d'y réfléchir. Il y a certainement *quelque chose*. Je me demande si elle ne détient pas, par hasard, et peut-être même sans le savoir, un secret important, une information précieuse....

— « Taisez-vous et attendez des instructions ! », dit Tommy, citant le billet ramassé dans la chambre de Mrs Sprot. Cette phrase-là a nécessairement un sens. *Elle veut dire quelque chose...*

— J'y ai déjà réfléchi. Je ne vois qu'une possibilité : que Mrs Sprot ait été choisie — elle ou bien son mari — pour garder un secret, un document ou autre chose, justement parce que ce sont des gens tellement ordinaires, tellement inexistants, qu'on n'ira jamais s'imaginer qu'ils détiennent quoi que ce soit d'important.

— C'est une idée, ça !

— Oui... Comme on en rencontre dans les romans d'espionnage. Je n'y crois guère...

— Tu as demandé à Mrs Sprot de se racler un peu les méninges ?

— Oui. L'ennui, c'est que rien de cela ne l'intéresse. Tout ce qu'elle voit, c'est qu'elle a récupéré Betty!... Et, généralement, ça finit par des larmes, parce qu'elle ne peut pas se faire à l'idée qu'elle a tué quelqu'un!

— Les femmes sont de drôles d'animaux, constata Tommy. L'autre jour, elle se lançait sur le sentier de la guerre comme une véritable furie. Pour rentrer en possession de son enfant, elle aurait descendu un régiment avec le sourire, sa main n'aurait pas tremblé. Elle abat une femme dans des conditions invraisemblables de culot. Là-dessus elle s'évanouit à moitié et, aujourd'hui, le seul souvenir de son exploit la rend malade!

— Le procureur a pourtant dit qu'on ne pouvait rien lui reprocher.

— C'est bien évident!... Pour moi, je n'aurais jamais osé tirer!

— Elle n'aurait pas osé non plus si elle s'était rendu compte. Elle n'a pu le faire que parce qu'elle ignorait la difficulté de ce qu'elle tentait.

— Ça me fait penser à la Bible, dit Tommy. David et Goliath...

Tuppence poussa un petit cri.

— Qu'est-ce qu'il se passe? s'enquit-il.

— Rien... Ce que tu viens de dire m'avait fait songer à quelque chose, mais je ne me rappelle plus à quoi!

— C'est bien la peine!

— Ne te moque pas de moi! Ce sont de ces choses qui arrivent.

— David t'avait fait penser aux archers?

— Non... Attends un peu... Il me semble qu'il s'agissait de Salomon...

— Salomon?... Cèdres, temples, épouses nombreuses et concubinages innombrables!

Tuppence se bouchait les oreilles.

— Tais-toi donc! Je ne retrouverai jamais!

— Les Juifs? Les tribus d'Israël?

— Non... Tant pis! Ça me reviendra plus tard!

Peu après, elle ajoutait :

— Ce que je voudrais bien savoir, c'est à qui cette femme me faisait penser...

— Feu Wanda Polonska?

— Oui. La première fois que je l'ai vue, j'ai eu vaguement l'impression que sa figure m'était familière.

— Il te semblait l'avoir déjà rencontrée quelque part?

— Non. Elle me rappelait quelqu'un...

— Mrs Perenna et Sheila ont un tout autre type.

— Oh! ce n'est pas à elles qu'elle ressemblait... A propos de ces deux-là, j'ai réfléchi...

— Utilement?

— Peut-être... C'est au sujet de ce billet que Mrs Sprot a trouvé par terre dans sa chambre, après l'enlèvement de Betty...

— Alors?

— Je ne crois pas du tout qu'il soit entré par la fenêtre avec un caillou. Je pense que c'est quelqu'un qui l'a porté dans la chambre, afin qu'il soit trouvé par Mrs Sprot. Et, ce « quelqu'un », j'ai idée que c'est Mrs Perenna.

— A ton avis, donc, Mrs Perenna, Carl et Wanda Polonska travaillaient ensemble?

— Oui. As-tu remarqué que Mrs Perenna est arrivée juste au bon moment, qu'elle a décidé qu'il était inutile et dangereux de prévenir la police et a pris tout de suite la direction des opérations?

— Tu continues donc à considérer qu'il y a de grosses chances pour qu'elle soit M.?

— Oui. Ce n'est pas ton avis?

D'une voix hésitante, il répondit :

— Si... Sans doute...

— Tommy, tu as une autre idée!

— J'ai bien peur qu'elle ne vaille rien.

— Dis-la quand même!

— Non. Je préfère. Il ne s'agit que d'une impression, et qui n'est fondée sur rien. Mais, si je ne me trompe pas, notre adversaire, ce n'est pas M., c'est N.!

C'est à Bletchley qu'il pensait.

« Dans le fond, se disait-il, qu'est-ce que je peux retenir contre lui? Rien. Après tout, c'est lui qui insistait pour appeler la police. Il est vrai que c'était jouer sur le velours. Il savait bien que la mère s'y opposerait. La lettre de menace lui donnait là-dessus une certitude et il pouvait se payer le luxe de jouer la comédie... »

Mais Tommy en revenait toujours au point délicat du problème, à cette irritante question qui jusqu'alors demeurait sans réponse : *pourquoi avoir enlevé Betty Sprot?*

III

Absorbée dans ses pensées, Tuppence n'avait pas remarqué la voiture de police en station devant la grille de « Sans-Souci ».

Elle entra par la porte de devant et monta tout droit à sa chambre. Sur le seuil, elle s'arrêta, stupéfaite : Sheila se tenait debout près de la fenêtre.

La jeune fille se retourna et vint directement vers Tuppence, qui retrouvait sur son beau visage pâle cette expression tragique qu'elle y avait vue déjà en d'autres circonstances.

— Je suis contente que vous soyez rentrée, dit Sheila. Je vous attendais.

— Que se passe-t-il ?

Sheila répondit d'une voix incolore, qui ne trahissait aucune émotion :

— Carl est arrêté.

— Par la police ?

— Oui.

— Mon Dieu !

Tuppence ne savait que dire. Le calme apparent de Sheila ne l'abusait pas. Elle n'ignorait pas ce qu'il cachait. Que les deux jeunes gens fissent ou non partie du même complot, cette enfant aimait Carl. Et Tuppence ne pouvait se défendre d'une certaine sympathie pour cette fière créature, au visage ardent et douloureux.

— Que dois-je faire ?

Tuppence se détourna. Elle ne sentait très au-dessous de la situation. La question était simple, mais que répondre ?

— Ils l'ont emmené, reprit Sheila, et cette fois son ton était celui du désespoir. Et je ne le reverrai plus jamais !

Elle ne luttait plus. Tombant à genoux près du lit, elle laissa aller sa tête sur les couvertures et se mit à pleurer.

Tuppence s'approcha.

— Il ne faut pas vous désoler, dit-elle, caressant la brune chevelure de Sheila. Après tout, nous sommes en guerre avec son pays. On va probablement se contenter de l'interner...

— Ce n'est pas ce que les policiers ont dit. Ils perquisitionnent dans sa chambre en ce moment.

— Et après ?... S'ils ne trouvent rien...

Sheila leva la tête.

— Ils ne trouveront rien, bien sûr! Qu'est-ce que vous voudriez qu'ils trouvent?

— Je ne sais pas, répondit doucement Tuppence. Mais vous, peut-être le savez-vous...

— Moi?

Il y avait dans l'étonnement de la jeune fille, dans son indignation, un accent de sincérité qui ne trompait pas. Tous les soupçons que Tuppence avait eus s'évanouirent dans l'instant. Sheila ne savait rien, elle n'avait jamais rien su.

— S'il est innocent, commença-t-elle, je suppose...

Sheila l'interrompit :

— Innocent ou non, c'est pareil! Des preuves de sa culpabilité, la police se chargera d'en fabriquer...

— Ne dites pas de bêtises, Sheila! Ces choses-là n'existent pas.

— Maman me l'a dit, la police anglaise est capable de tout!

— Que votre mère le dise, c'est possible! Qu'elle se trompe, c'est sûr! Ces choses-là ne se font pas, moi, je vous le certifie!

Sheila leva les yeux vers Tuppence et la regarda un long moment.

— Puisque vous le dites, fit-elle enfin, je vous crois. J'ai confiance en vous.

Tuppence se sentait mal à l'aise.

— Sheila, dit-elle, vous êtes trop confiante. Et peut-être n'avez-vous pas été très sage de faire confiance à Carl...

— Vous êtes contre lui, vous aussi?... Je croyais que vous l'aimiez bien!... Et il le croyait aussi!

Tuppence réprima un sourire. N'étaient-ils pas touchants, ces enfants qui faisaient confiance aux gens et s'imaginaient qu'on les aimait ? Mais se trompaient-ils tellement ? Sheila avait raison, elle avait pour Carl de la sympathie. Beaucoup de sympathie même...

— Ma petite Sheila, dit-elle, l'affection que nous pouvons porter à quelqu'un ne saurait rien changer aux faits. Nous sommes en guerre avec l'Allemagne... et il y a bien des façons de servir son pays. Il en est une qui consiste à recueillir des renseignements... et qui vous oblige à travailler en pays ennemi. Elle demande des hommes courageux, car, quand on est pris, c'est fini !

Elle avait achevé sa phrase d'une voix qui tremblait un peu.

— Alors, vous pensez...

— Que Carl peut avoir servi son pays de cette façon. C'est possible. Vous ne croyez pas?

— Non.

— Sa mission aurait été de venir en Angleterre en se donnant comme réfugié, d'afficher des sentiments violemment antinazis et de recueillir des renseignements.

Sheila se mit debout et dit d'une voix ferme :

— Vous vous trompez sûrement. Je connais Carl, je sais ce qu'il pense et je sais ce qu'il a dans le cœur. Il n'a qu'une passion : la science, la recherche de la vérité. Il est reconnaissant à l'Angleterre de lui avoir laissé la possibilité de travailler. Il lui arrive parfois, lorsqu'il entend parler de l'Allemagne dans certains termes, de se sentir soudain très Allemand et d'éprouver des sentiments de colère et d'amertume, mais il hait les nazis et leur régime d'oppression...

— En Angleterre, actuellement, il lui serait difficile de prendre une autre attitude !

— Alors, dit Sheila, tournant vers Tuppence

des yeux lourds de tristesse, vous le tenez pour un espion ?

Tuppence hésita.

— Je n'affirme rien. Je dis seulement qu'il est possible qu'il soit un espion.

Sheila marchait vers la porte.

— Dans ces conditions, fit-elle, je regrette d'être venue vous demander de nous aider.

— Mais, ma chère enfant, que pensiez-vous que je pouvais faire ?

Sheila s'arrêta.

— Vous connaissez beaucoup de monde. Vos fils sont dans l'armée et dans la marine et je vous ai entendue dire qu'ils avaient de belles relations. Peut-être, par eux, auriez-vous pu... faire quelque chose...

Tuppence songeait à ces créatures imaginaires qui avaient noms Douglas, Cyril et Raymond.

— J'ai bien peur, dit-elle, qu'ils ne puissent rien.

— Alors, fit Sheila d'une voix sourde, nous n'avons plus rien à espérer. On l'emmènera, on le jettera en prison et, un jour, au petit matin, on le collera contre un mur pour le fusiller. Et ce sera fini !

Elle sortit, fermant la porte derrière elle.

Tuppence se sentait agitée par des sentiments contradictoires.

« Ces satanés Irlandais, songeait-elle, ont le génie de tout embrouiller ! Cinq minutes de conversation avec eux et l'on ne sait plus où on en est ni ce que l'on pense ! Si Carl est un espion, il mérite ses douze balles dans la peau ! Voilà ce que je dois me dire ! Cette fichue gosse, avec son accent irlandais, finirait presque par me persuader que son Carl est à la fois un héros et un martyr ! »

Évidemment, s'il était innocent...

Mais, sachant ce qu'elle savait, pouvait-elle douter du contraire ?

IV

Le pêcheur du bout de la Vieille-Jetée lança sa ligne et se mit à tourner doucement le moulinet.

— Sa culpabilité, dit-il, est indiscutable.

— Ah ! fit Tommy.

Après quelques secondes, il ajouta :

— Eh bien ! ça m'embête un peu. Parce que c'est un chic type !

— Ça ne m'étonne pas, répondit Mr Grant. Les lâches et les dégonflés ne sont jamais volontaires pour aller travailler en pays ennemi, nous le savons aussi bien que personne. Pour faire ça, il faut du cran. Donc, de chic types. Mais ça ne change rien à l'affaire. Sa culpabilité est certaine.

— Certaine, vraiment ?

— Aucun doute possible. On a trouvé, cachée parmi les formules chimiques, une liste de noms... Ceux de gens de l'usine à approcher, comme susceptibles de sympathies fascistes... Il y avait aussi, dans ses papiers, un plan de sabotage — très ingénieux, d'ailleurs — et une étude sur un procédé chimique permettant la destruction rapide des ensemencements. Ce qui est assez, me semble-t-il, du rayon de notre ami Carl...

Un peu à contrecœur et tout en maudissant à part lui Tuppence qui lui avait fait promettre de poser la question, Tommy demanda :

— Il ne peut pas s'agir d'un coup monté contre lui par quelqu'un qui aurait voulu le perdre ?

Mr Grant eut un sourire diabolique.

— Ça, fit-il, c'est une idée de votre femme!

Tommy en convint avec un certain embarras.

— Carl est un homme charmant, reprit Mr Grant, mais il ne saurait être question de coup monté. Je ne vous ai pas encore parlé de quelque chose d'assez significatif : il possédait une petite réserve d'encre sympathique et vous pouvez être sûr qu'elle était bien à lui! Elle n'était pas placée bien en évidence, comme elle l'eût été dans le cas d'une quelconque machination. On ne l'a pas trouvée sur sa table de toilette, dans une fiole pharmaceutique. Non. Elle était rudement bien cachée. J'ai connu autrefois un type qui, lorsqu'il avait besoin d'encre sympathique, jetait un des boutons de son gilet dans un verre d'eau. Le bouton fondait et ça donnait de l'encre. Carl, lui, faisait à peu près la même chose. Seulement, ce qu'il mettait dans l'eau, ce n'était pas des boutons, c'était des lacets de soulier...

— Tiens, tiens! fit Tommy.

Le fait lui rappelait quelque chose, mais il eût été incapable de dire quoi.

Tuppence, elle, trouva tout de suite, lorsqu'il lui rapporta la conversation.

— Un lacet de soulier? s'écria-t-elle. Tout s'explique!

— Tout quoi?

— Mais l'enlèvement de Betty, imbécile! Tu ne te souviens pas qu'un jour, dans ma chambre, Betty s'est amusée à retirer les lacets de mes souliers pour les mettre à tremper dans un verre à dents? J'ai trouvé qu'elle avait de drôles d'idées! Maintenant, je comprends! Elle avait vu Carl faire ça, elle l'imitait. La chose a dû lui venir aux oreilles, il a considéré que l'enfant lui faisait courir un risque et il s'est arrangé avec la Polonska pour la faire enlever!

— En effet, fit Tommy. Voilà un point éclairci.

— Oui. C'est bien agréable. Ça permet de s'occuper des autres...

— Et Dieu sait qu'il faudrait que nous avancions un peu!

Tuppence et Tommy échangèrent un regard. Ils se comprenaient. Les événements prenaient une tournure alarmante. La France envahie était hors de combat. Ses côtes se trouvaient aux mains des Allemands et l'on ne parlait plus du débarquement en Angleterre comme d'une éventualité lointaine.

— Carl von Deinim, dit Tommy, n'était qu'un sous-ordre. Je pense qu'il travaillait pour Mrs Perenna

— Oui, mais il faut le prouver! Et ce n'est pas facile!

— Si elle est vraiment à la tête de l'organisation, il ne faut pas s'en étonner!

— Tu crois qu'elle serait M.?

Tommy en restait persuadé. Il le dit, ajoutant :

— Tu penses vraiment que la petite n'est pas mêlée à l'affaire?

— J'en suis sûre.

Tommy soupira.

— Tu dois le savoir! fit-il. Mais, dans ce cas, elle n'a pas de chance. L'homme qu'elle aime, d'abord. Sa mère, ensuite... Il ne va pas lui rester grand-chose...

— Non. Mais si nous nous trompions?... Si M. était quelqu'un d'autre?

Tuppence dit, un peu froidement :

— Alors, tu y reviens?... Es-tu sûr que tu ne subis pas une influence, en ce moment-ci?

— Que veux-tu dire?

— Je pense à Sheila.

— Voyons, Tuppence, tu es folle!

— Pas du tout!... Tu es un homme, Tommy... Et elle est jolie...

Il haussa les épaules.

— Ce n'est pas ça!... Seulement, j'ai mon idée.

— Dis-la!

— Je préfère la garder pour moi pour le moment. Nous verrons de nous deux qui avait raison!

— Soit!... En attendant, il faut s'occuper à fond de Mrs Perenna, savoir où elle va, qui elle rencontre, etc. Elle doit nous mener quelque part et tu devrais mettre Albert sur sa trace dès cet après-midi.

— Tu t'en chargeras. Moi, je suis pris.

— Ah!... Et qu'est-ce que tu fais?

Tommy ne se pressa pas pour répondre.

— Je joue au golf, dit-il enfin.

CHAPITRE IX

I

— C'est tout à fait comme autrefois, n'est-ce pas, madame ? dit Albert.

Il était rayonnant de plaisir. Maintenant dans la force de l'âge, avec un soupçon de ventre, mais il avait conservé cette jeunesse de cœur qui le poussa à associer son destin à celui de Tuppence et de Tommy au temps de leurs jours d'aventures.

— Vous vous souvenez de notre première rencontre ? demanda-t-il. J'astiquais les cuivres du bar de l'hôtel... Le chef des chasseurs était une belle rosse ! Tout le temps sur mon dos !... Et le jour où vous êtes venue m'entreprendre ?... Pardon, qu'est-ce que vous avez pu me raconter comme boniments ! A propos d'un certain faisan qui s'appelait Ready Rita !... Notez que, dans tous ces mensonges-là, il y avait du vrai ! Mais si peu !... Quoi qu'il en soit, je vous ai suivie, et, à partir de ce moment-là, autant dire que je n'ai jamais regardé en arrière !... Et qu'est-ce qu'on a eu comme aventures avant d'arriver, comme qui dirait, au port !

Il se tut pour reprendre haleine. Tuppence, par une association d'idées bien naturelle, s'enquit de la santé de sa femme.

— La bourgeoise va bien, répondit-il, je vous remercie. Seulement, elle ne s'habitue pas au Pays de Galles. Elle trouve que les indigènes auraient besoin d'apprendre à parler correctement l'anglais. Pour ce qui est des bombardements, ils en ont déjà essuyé deux... Il paraît que leurs crottes font dans les champs des entonnoirs assez grands pour y fourrer un autobus... Alors, question sécurité, vous vous rendez compte ?... Elle n'a pas tout à fait tort quand elle dit qu'elle serait aussi bien à Kennington, où elle ne verrait pas tous ces arbres qui lui fichent le cafard et où elle aurait du bon lait bien propre, vendu en bouteilles !

Tuppence, soudain, avait des remords.

— Je ne sais pas, Albert, dit-elle, si nous agissons bien sagement en vous entraînant dans cette histoire.

Il protesta avec véhémence.

— Ça n'existe pas, ça, madame !... J'ai fait tout ce que j'ai pu pour m'engager et je l'avais assez à la caille de voir qu'ils ne voulaient pas de moi !... Attendez qu'on appelle votre classe, qu'ils m'ont dit !... Un type comme moi, crevant de santé et qui ne demande qu'à dégringoler de l'ennemi !... Non, non ! Dites moi ce qu'il y a à faire et je m'y colle !... Il s'agit, à ce qu'il paraît, de la « cinquième colonne ». Je ne sais pas ce que sont devenues les quatre autres, mais, puisque c'est la cinquième, va pour la cinquième !... Je suis là, à vos ordres et à ceux du capitaine. Vous n'avez qu'à envoyer les instructions...

— Je ne discute pas, Albert. Voici ce que nous attendons de vous....

II

— Il y a longtemps que vous connaissez Bletchley ? demanda Tommy, tout en suivant des yeux la balle qu'il venait de frapper.

Le commandant Haydock, très satisfait de son dernier « drive », réfléchit.

— Bletchley ?... Voyons... Oui, ça doit faire quelque chose comme neuf mois... Il est arrivé ici à l'automne...

Tommy risqua un mensonge :

— Vous m'avez dit, je crois, qu'il était l'ami d'amis à vous ?

Haydock le regarda, un peu surpris.

— Je vous aurais dit ça ?... Ça m'étonne. C'est ici, au club, que j'ai fait sa connaissance.

— C'est un homme assez mystérieux, n'est-ce pas ?

Le commandant, cette fois, était stupéfait.

— Mystérieux ? fit-il. Le vieux Bletchley ? Vous plaisantez ! C'est le type classique de l'officier en retraite, modelé par des années et des années de vie de garnison. Il a des idées bien arrêtées... et assez étroites, il est terriblement terre à terre, mais je ne lui trouve rien de mystérieux.

— Vous avez sans doute raison, dit Tommy. Je me fais probablement des idées...

Ils jouaient les derniers coups de la partie. Haydock, en belle forme, l'emporta. Ils accordèrent au jeu quelques phrases de commentaires, puis, comme Tommy l'avait espéré, le commandant reparla de Bletchley.

— Pour en revenir à notre bon vieux major, fit-il, je me demande ce qui a bien pu vous mettre dans la tête que c'est un homme mystérieux !

Tommy avoua qu'il n'aurait pu le dire.

— Pourtant, ajouta-t-il, personne n'a l'air de bien savoir d'où il vient...

— Lui ?... Il habitait près de Rugby.

— Vous en êtes sûr ?

— Je ne suis pas allé chez lui, mais ... Enfin, Meadowes, où voulez-vous en venir ? On n'a rien à reprocher à Bletchley, non ?

— Non, bien sûr que non !

Tommy avait répondu très vite. Trop vite. Son gibier était lancé. Pour lui, maintenant, il n'était plus que d'attendre et de surveiller le chasseur. En l'espèce, Haydock.

— A vrai dire, reprit le commandant, j'ai toujours considéré Bletchley comme un type assez borné.

— Il l'est même un peu beaucoup...

— Vous voulez dire qu'il l'est trop et plus qu'il n'est naturel ?... Après tout, c'est bien possible !... Et, à la réflexion, je m'aperçois que je n'ai jamais rencontré personne ayant connu Bletchley avant qu'il ne vînt s'installer ici. Il n'a jamais reçu la visite d'un vieux camarade à lui, jamais retrouvé ici un de ses anciens copains...

— Vous voyez ! fit Tommy.

Puis, changeant de ton, il dit :

— Nous faisons la revanche ?... Je prendrais volontiers encore un peu d'exercice et cette fin de journée est délicieuse.

Haydock accepta et ils repartirent sur les links. Leurs premiers coups les séparèrent. Lorsqu'ils se retrouvèrent, le commandant reprit la conversation au point où elle était restée.

— Racontez-moi ce qu'on vous a dit de lui, fit-il.

— Mais on ne m'a rien dit !... Rien du tout !

— Voyons, Meadowes, faites-moi confiance !... Je

reçois les confidences d'un tas de gens — on sait que ça m'intéresse — et je ne répète rien. De quoi s'agit-il au juste ?... Bletchley ne serait pas celui qu'il prétend être ?

— C'est une simple supposition.

— Et que serait-il ?... Un Allemand ?... Laissez-moi rire ! Il est aussi Anglais que vous et moi !

— C'est possible.

— Enfin, vous l'avez entendu comme moi ! Il passe ses journées à réclamer l'ouverture de nouveaux camps de concentration ! Rappelez-vous avec quelle violence il s'élevait contre la présence ici de ce jeune Allemand ! En quoi, il n'avait pas tort, car je tiens du commissaire de police lui-même qu'on a trouvé chez ce von Deinim de quoi le faire pendre dix fois ! Il avait imaginé un système qui devait permettre d'empoisonner l'eau de tout le pays et il travaillait à l'étude d'un nouveau gaz. Dans nos laboratoires, c'est un comble ! Nous sommes un peuple d'aveugles, Meadowes ! Imagine-t-on ça ? C'est nous qui donnons à cet ennemi tout ce qu'il faut pour qu'il puisse tranquillement s'employer à nous détruire ! Tout ce qu'on veut bien lui raconter, notre gouvernement est prêt à le croire ! On arrive en Angleterre à la veille de l'ouverture des hostilités, on joue la comédie du du bon Allemand persécuté par les nazis, les pouvoirs publics n'en demandent pas plus et vous offrent sur un plat d'argent tous les secrets de la défense nationale ! On n'a pas été plus malin avec ce von Deinim qu'on ne l'avait été avec ce Hahn dont je vous ai parlé...

Soucieux de ne pas entendre une nouvelle fois l'histoire de l'espion, Tommy frappa sa balle avec une maladresse voulue.

— Pas de chance ! dit Haydock.

Il s'appliqua et un dernier coup, joué de main de maître, lui assura le gain de la partie.

Après avoir reçu les félicitations de Tommy, qui reconnut qu'il avait, lui, été moins heureux que d'habitude, il dit :

— De quoi parlions-nous ?

— Nous venions de constater qu'il n'y avait rien à reprocher à Bletchley.

— C'est juste. Tout de même, je me souviens maintenant qu'on m'a raconté à son sujet une histoire bien curieuse, qui ne m'avait pas frappé à l'époque et qui pourtant...

A ce moment, au grand ennui de Tommy, deux joueurs les hélèrent, deux amis de Haydock, en compagnie desquels ils regagnèrent le pavillon du club. Ils vidèrent ensemble quelques verres, puis le commandant, ayant consulté sa montre, déclara qu'il était temps pour lui de se retirer. Il emmenait Tommy, qu'il retenait à dîner.

La chère était de qualité et le service remarquable. Il était assuré par un domestique parfaitement stylé, tel qu'il est rare d'en rencontrer en dehors des grands restaurants de Londres. Tommy en fit compliment à son hôte.

— Je reconnais, dit Haydock, que j'ai eu de la chance de rencontrer Appledore.

— Comment l'avez-vous trouvé ?

— Ma foi, le plus simplement du monde ! Il a répondu à une petite annonce. Il avait des références de premier ordre, il était très supérieur à tous les candidats qui s'étaient présentés avant lui, il ne demandait pas des gages exorbitants. Je l'ai engagé sur l'heure.

— La guerre, remarqua Tommy en riant, a porté un coup fatal au service des bons restaurants. Car tous les garçons qui connaissaient leur affaire étaient des étrangers. A croire que nos compatriotes ne sont pas doués pour ce métier-là !

— Il demande sans doute trop de servilité, dit Haydock. Les courbettes et la main tendue pour le pourboire, ce n'est pas dans le tempérament anglais...

On prit le café dehors et Tommy se décida à poser la question qui lui brûlait les lèvres.

— Qu'est-ce que vous alliez me raconter tout à l'heure, sur les links ? Une curieuse histoire, à propos de Bletchley...

Le commandant s'était levé et regardait vers le large.

— Vous avez vu ça ?... Une lumière en mer, comme un signal... Où est ma longue-vue ?

Tandis que Tommy maudissait le Destin qui secondait si mal ses efforts, Haydock se précipitait dans la maison pour en revenir bientôt, tout courant, sa longue-vue à la main. Après avoir longuement inspecté l'horizon, il expliqua en quoi consistait le système de signaux que l'ennemi échangeait, il en était sûr, avec différents points de la côte. Il continua en peignant un sombre tableau du débarquement auquel il fallait s'attendre dans un proche avenir.

— Rien n'est prévu, ajouta-t-il, et tout se fait dans le plus grand désordre. Vous appartenez, je crois, au Corps des Volontaires de la défense locale. Vous avez pu voir à quoi ça ressemble ! Est-ce qu'il n'est pas ridicule d'avoir mis le vieil Andrews à la tête de l'organisation ?

Haydock reprenait des doléances et des récriminations qui lui étaient familières. Il estimait que c'était à lui qu'eût dû revenir le commandement dévolu à Andrews et il n'avait pas renoncé à l'obtenir.

Appledore, silencieux et diligent, apportait le whisky et les liqueurs.

— Avec ça, poursuivait Haydock, nous continuons à être infestés d'espions. Il y en a partout. Exactement comme à la dernière guerre. Ils sont coiffeurs, garçons de restaurant, domestiques...

Domestiques ?...

Tommy, renversé dans son fauteuil, remarquait le profil d'Appledore.

« Ce garçon-là, se dit-il, pourrait tout aussi bien s'appeler Fritz... Rien ne s'y oppose. Il parle un excellent anglais, mais c'est le cas de beaucoup d'Allemands, qui ont eu tout le temps de se perfectionner en servant dans les restaurants de Londres pendant des années. Le type racial est sensiblement le même. Les cheveux blonds, les yeux bleus... La forme de la tête diffère... Mais, au fait, où diable ai-je vu cette tête-là ! »

Le commandant parlait toujours.

— Et tous ces questionnaires qu'il faut remplir ! A quoi cela peut-il servir ? Je me le demande !... Toutes ces questions stupides...

Cédant à l'inspiration du moment, Tommy, saisissant l'occasion, dit :

— Je suis bien de votre avis !... « Comment vous appelez-vous ? » Réponse : N. ou M...

Le résultat passa ses espérances. Appledore, le domestique parfait, le valet modèle, faisait un faux mouvement et un filet de crème de menthe se répandit sur la manchette de Tommy et sur sa main.

L'homme s'excusait :

— Oh ! monsieur, je suis navré !

Haydock, cependant, entrait dans une violente colère.

— Espèce d'imbécile ! Vous êtes le dernier des maladroits ! Où diable avez-vous donc la tête ?

Son visage, ordinairement coloré, virait au pourpre.

« On parle, songeait Tommy, du tempérament un peu vif des officiers de l'armée. J'ai l'impression que les marins peuvent leur rendre des points! » Un flot d'injures déferlait sur le malheureux domestique, qui se confondait en plates excuses et pour lequel Tommy commençait à se sentir gêné.

Et soudain, d'un seul coup, la tempête s'apaisa. Sa colère tombée, Haydock redevenait lui-même.

— Venez vous laver les mains, dit-il. Cette crème de menthe est horriblement poisseuse!

Tommy le suivit dans une des somptueuses salles de bains aux placards innombrables. Tandis qu'il se lavait les mains, Haydock, de la chambre voisine, lui parlait, commentant l'incident et, semblait-il, un peu confus de s'être laissé emporter.

— Je crois, dit-il, que je suis allé un peu loin!... Pauvre vieil Appledore! Heureusement, il sait que mes paroles passent souvent ma pensée!

Tommy s'éloigna du lavabo pour s'essuyer les mains. Il n'avait pas remarqué qu'un morceau de savon était tombé sur le linoléum bien ciré qui couvrait le parquet. Quelques secondes plus tard, il marchait dessus et se trouvait, de ce fait, effectuant, à son corps défendant, une extraordinaire figure de ballet. Projeté à travers la salle de bains, les bras écartés, il se rattrapa de la main droite à l'un des robinets de la baignoire, cependant que sa main gauche venait s'appuyer lourdement sur le côté d'un petit placard.

Ce qui suivit n'était pas sans évoquer les tours de magie qu'on réalise sur les scènes de music-hall. La baignoire, tournant sur un invisible pivot, s'écarta du mur, un panneau glissa et Tommy se trouva devant un réduit obscur, au fond duquel il distingua pourtant un appareil qu'il devait reconnaître du premier coup d'œil : un émetteur de radio.

Haydock, qui avait cessé de parler depuis un moment, parut dans l'encadrement de la porte.

Dans le même temps, Tommy comprenait une foule de choses.

Comment avait-il pu être aveugle si longtemps? Comment ne s'était-il pas rendu compte tout de suite que ce visage enluminé d'Anglais, cette figure typiquement britannique, n'était qu'un masque? Comment n'avait-il pas deviné, sous ce faux semblant, l'officier prussien? L'incident de tout à l'heure aurait dû lui ouvrir les yeux. Il avait vu, un jour, un officier de l'armée allemande insulter un de ses subordonnés. Toute l'insolence, toute la morgue du Junker se retrouvaient chez Haydock tandis qu'il abreuvait d'injures son domestique pour la plus vénielle des fautes!

Tout s'éclairait et tout concordait. Le coup, d'une belle audace, avait été magnifiquement joué. L'agent ennemi Hahn, envoyé d'abord, avait préparé la place, employant des ouvriers étrangers et faisant tout ce qu'il fallait pour attirer sur lui l'attention avant d'être conformément au plan établi, démasqué par un valeureux officier de la Marine royale, le commandant Haydock. N'était-il pas naturel que, par la suite, l'Anglais achetât la maison? A partir de ce moment-là le tour était joué. N. se trouvait installé dans le poste qui lui était assigné dès l'origine. Ses communications avec la mer étaient assurées, son émetteur de radio était en place et il avait son état-major, fixé à « Sans-Souci », à portée de la main.

Ce plan, si admirablement mis en œuvre, Tommy ne pouvait se défendre d'admirer son ingéniosité. Pour lui, pas une minute il n'avait suspecté Haydock. Il n'avait jamais cessé de le tenir pour un Anglais de bonne race, animé des plus purs sentiments patriotiques. Il avait fallu, pour lui faire voir la vérité, un incident aussi imprévisible que ridicule.

Toutes ces pensées lui traversèrent l'esprit en l'espace de quelques secondes. En même temps, il se rendait compte qu'il courait un mortel danger. Il ne lui restait qu'une ressource : jouer les imbéciles.

Il se tourna vers Haydock, avec un rire dont il espérait qu'il n'avait point l'air forcé.

— Fichtre ! s'écria-t-il. On peut dire que chez vous on va de surprise en surprise !... Est-ce que ce réduit est encore une invention de Hahn ?... Vous ne me l'aviez pas montré, l'autre jour...

Haydock restait immobile. Sa haute silhouette bloquait la porte.

« Comme format, songeait Tommy, c'est un peu grand pour moi et le combat n'ira pas tout seul. D'autant plus qu'il faut compter avec cette crapule de larbin ! »

Haydock, cependant, sortait de sa réserve. Il éclata de rire.

— Vous savez que c'est très drôle, Meadowes ?... Vous avez glissé sur ce linoléum comme une charmante ballerine !... Et vous pouvez recommencer mille fois, vous ne réussirez plus ce que vous avez fait !... Venez vous essuyer les mains par ici !

Tommy le suivit dans la chambre à coucher, d'où ils gagnèrent le studio. Il se sentait dispos et prêt à la bagarre. Sachant ce qu'il savait, il fallait qu'il sortît de la maison, d'une façon ou d'une autre. Le problème était de savoir s'il serait assez heureux pour donner le change à Haydock.

Haydock, ayant fermé la porte de la pièce, fit signe à Tommy de s'asseoir.

— Maintenant, mon bon ami, fit-il, j'ai quelque chose à vous dire.

La voix était amicale, les inflexions semblaient naturelles.

— C'est un peu ennuyeux, poursuivit-il, avec un embarras visible. C'est même très ennuyeux... Mais nous n'y pouvons rien et, les choses étant ce qu'elles sont, je ne puis, Meadowes, que vous mettre dans le secret. Seulement, il faudra que vous le gardiez pour vous...

Tommy s'efforçait de paraître vivement intéressé.

Haydock s'assit, très près de Tommy, et, baissant la voix, reprit :

— Meadowes, voici ce qu'il en est... Personne ne le sait, mais je travaille pour l'Intelligence Service. M. I. 42 B. X., c'est moi! Évidemment, ça ne vous dit rien ?

Tommy en convint avec un sourire niais.

— Le contraire m'aurait surpris, continuait Haydock, car il s'agit d'un travail assez secret. Nous transmettons d'ici certaines informations sur Londres. Inutile d'ajouter, n'est-ce pas, que ce serait une véritable catastrophe si cela venait à se savoir ?

— Naturellement, fit Tommy. Mais savez-vous que c'est terriblement intéressant, ce que vous m'apprenez là ?... Vous pouvez compter sur mon absolue discrétion.

— Vous comprenez qu'il s'agit d'un secret d'une importance capitale...

— Certes !... Votre travail doit être passionnant... J'aimerais en savoir plus long, mais j'imagine qu'il ne faut pas poser de questions...

— En effet. Des secrets de cette nature, n'est-ce pas ?

Tommy déclara qu'il comprenait fort bien et, encore une fois, s'excusa de l'incident.

Il jouait son personnage, tout en se demandant si

Haydock était dupe de sa comédie. La chose, d'abord, lui parut incroyable. Puis il réfléchit que le sentiment de leur supériorité suffisait souvent à perdre les hommes. Haydock se tenait pour un type très fort. Meadowes, lui, n'était qu'un pauvre petit Anglais, parfaitement stupide, de ceux qui croient tout ce qu'on veut bien leur raconter. Réflexion faite, il n'était pas impossible que Haydock fût victime de sa propre vanité.

Tommy, cependant, continuait de parler, affichant la curiosité convenable. Il savait qu'il ne fallait pas poser de questions, mais est-ce que le commandant pouvait lui dire si son travail était dangereux? S'il avait accompli des missions en Allemagne?

Haydock répondait avec assez de bonne grâce. Il était redevenu un marin anglais. L'officier allemand avait disparu. Mais Tommy, le surveillant d'un œil neuf, se demandait comment il avait pu se laisser tromper. La forme de la tête, le dessin de la mâchoire, il n'y avait là-dedans rien d'anglais...

Mr Meadowes se leva.

— Il faut que je m'en aille. Il se fait tard. Je tiens à vous renouveler mes excuses encore une fois et à vous redire que je ne soufflerai mot de tout ceci à personne.

C'était l'instant décisif, la dernière épreuve.

« C'est maintenant ou jamais, se disait Tommy. Il me laisse partir... ou c'est la grande explication. Je commencerai par un direct à la pointe du menton...»

Le commandant, avec un aimable sourire, ouvrait la porte.

Ils traversèrent le hall. Tommy aperçut, dans la cuisine, Appledore qui disposait sur un plateau les accessoires du petit déjeuner du lendemain. Ces imbéciles allaient donc vraiment le laisser partir?

Sous le porche, ils bavardèrent encore un peu, décidant de se retrouver au golf le samedi suivant.

« En ce qui te concerne, mon bonhomme, songeait Tommy, j'ai l'impression que tu ne joueras pas au golf samedi ! »

On entendit des voix sur la route. C'étaient, revenant d'une promenade sur la falaise, deux hommes que Tommy et le commandant connaissaient quelque peu. Tommy les appela et ils échangèrent tous quatre quelques mots devant la grille. Après quoi, sur un dernier adieu à son hôte, Tommy s'en fut avec eux...

L'affaire était dans le sac ! Il était sorti de la maison ! Haydock, tout malin qu'il fût, s'était laissé « mettre dedans » !

Tommy l'entendit rentrer chez lui et fermer la porte. Il allait d'un pas allègre, tout en prêtant une oreille distraite à la conversation de ses nouveaux amis.

Le temps allait changer... Le vieux Monroe avait encore très mal joué aujourd'hui... Ashby avait refusé de faire partie du Corps des Volontaires de la défense locale, sous prétexte qu'on n'y ferait jamais rien de bon... Le jeune Marsh, qui était adjoint au chef des « caddies », se proclamait objecteur de conscience. Mr Meadowes n'était-il pas d'avis que son cas devrait être soumis au comité ?... Il y avait eu un raid sur Southampton l'avant-dernière nuit. Les dégâts étaient considérables... Qu'est-ce que Mr Meadowes pensait de l'Espagne ? Son jeu n'était pas clair...

Cette conversation, d'une sympathique banalité, ravissait Tommy. Ces deux hommes étaient arrivés juste au bon moment. Le destin, parfois, faisait bien les choses.

Devant la grille de « Sans-Souci », Tommy prit congé de ses deux compagnons.

Il prit l'allée centrale. Il sifflotait doucement

Comme il tournait à droite, près du bouquet de rhododendrons, quelque chose de dur et de lourd le frappa sur le sommet de la tête.

Il tomba sur le sol, la face en avant.

Évanoui...

CHAPITRE X

I

— C'est bien trois piques que vous avez dit, madame Blenkensop ?

— Oui, c'est bien trois piques.

Mrs Sprot revenait du téléphone, tout essoufflée.

— La date de l'examen pour les infirmières est encore changée! dit-elle. C'est vraiment exaspérant. Vous voulez bien que nous recommencions les annonces ?

Miss Minton, comme toujours, retardait les choses par ses perpétuelles hésitations.

— C'est deux trèfles que j'avais dit? Vous êtes sûre? Il me semblait avoir dit un sans-atout... Vous avez raison, maintenant, je me rappelle... Mrs Cayley avait dit cœur... C'est bien ça?... J'allais dire un sans-atout... Mais je n'ai pas tout à fait le compte et il faut s'en tenir aux règles... Alors, je me suis décidée pour deux trèfles, bien que je n'aie pas de longue...

Tuppence, encore une fois, se dit que l'on eût gagné du temps en priant miss Minton d'étaler son jeu sur la table. Elle était absolument incapable de ne pas dire, au cours des annonces, tout ce qu'elle avait en main.

— Maintenant, conclut miss Minton triomphalement, nous y sommes. Un cœur, deux trèfles...

— Deux piques, dit Tuppence.

— Pour moi, fit Mrs Sprot, j'avais passé.

Elles regardèrent Mrs Cayley, qui, penchée en avant, écoutait sans paraître entendre.

— Après, reprit miss Minton, Mrs Cayley a dit deux cœurs, j'ai dit trois trèfles...

— Et moi, trois piques, dit Tuppence.

— Je passe, fit Mrs Sprot.

Mrs Cayley se taisait toujours. Elle s'aperçut soudain qu'on la regardait.

— Pardonnez-moi, dit-elle, rougissant légèrement. J'étais en train de me demander si mon mari n'a pas besoin de moi. Il est tout seul sur la terrasse...

Elle les consulta rapidement des yeux et ajouta :

— Si vous le permettez, je vais aller voir. Il me semble que j'ai entendu du bruit... Peut-être a-t-il laissé tomber son livre...

Elle sortit par la porte-fenêtre. Tuppence poussa un soupir excédé.

— Elle devrait se faire attacher une ficelle au poignet, remarqua-t-elle. Comme ça, il n'aurait qu'à tirer dessus quand il a besoin d'elle...

— Vous savez que c'est touchant, une épouse si dévouée ? dit miss Minton, sincère.

— Vous trouvez ? fit Tuppence, qui n'était pas précisément de bonne humeur.

Un silence suivit.

— Où est donc Sheila, ce soir ? demanda miss Minton.

— Elle est allée au cinéma, répondit Mrs Sprot.

— Et Mrs Perenna ? s'enquit Tuppence.

— Elle a dit qu'elle montait dans sa chambre pour faire ses comptes, déclara miss Minton. Pauvre femme ! Faire des comptes toute une soirée, ce n'est pas gai !

— Elle n'a pas dû en faire toute la soirée, fit remarquer Mrs Sprot. Quand je téléphonais dans le hall, je l'ai vue qui rentrait !

— Je me demande bien d'où elle pouvait venir, dit miss Minton. Certainement pas du cinéma, la séance est loin d'être terminée...

— Elle n'avait ni chapeau ni manteau, reprit Mrs Sprot, et elle était toute dépeignée, et hors d'haleine, ayant l'air d'avoir couru. Elle a grimpé l'escalier sans un mot et elle m'a jeté un coup d'œil furibond... Pourtant, je n'avais rien fait de mal !

Mrs Cayley revenait.

— Croiriez-vous, dit-elle, que Mr Cayley a fait tout seul le tour du jardin ? Il a trouvé cette petite promenade très agréable. La nuit était douce...

Elle reprit sa place à la table.

— Voyons, fit-elle. Où en étions-nous ?... Nous recommençons les annonces ?

Tuppence se contint à grand-peine. Les annonces faites une nouvelle fois, elle put enfin jouer ses trois piques.

Mrs Perenna entra dans la pièce comme on battait les cartes pour la prochaine donne.

— Vous avez fait une bonne promenade ? demanda miss Minton.

Mrs Perenna la dévisagea sans aménité.

— Je ne suis pas sortie.

— Ah ?... Excusez-moi ! Je croyais que Mrs Sprot nous avait dit que vous veniez de rentrer...

Mrs Perenna foudroya du regard Mrs Sprot, qui rougit. Elle précisa qu'elle était simplement allée sur le pas de la porte pour voir le temps qu'il ferait le lendemain.

Le ton était franchement désagréable.

Mrs Cayley, qui ne s'en était vraisemblablement

pas avisée, apportait sa contribution à la conversation.

— Croiriez-vous, fit-elle, que Mr Cayley a fait tout le tour du jardin ?

— En voilà une idée ! s'écria Mrs Perenna.

— La nuit est si belle, reprit Mrs Cayley. Il n'a même pas voulu mettre un second foulard et il ne veut pas rentrer encore. Pourvu, mon Dieu, qu'il n'attrape pas un rhume !

— Il y a des choses plus graves que des rhumes, lança Mrs Perenna. A tout instant, une bombe peut tomber sur cette maison et nous réduire en poudre !

— J'espère bien que ça n'arrivera pas !

— Vraiment ?... Eh bien ! moi, je souhaiterais plutôt que ça arrive !

Sur ces étranges paroles, elle sortit, gagnant le jardin. Les quatre joueuses de bridge s'entre-regardèrent, stupéfaites.

— Elle est plutôt drôle, ce soir, constata Mrs Sprot.

Miss Minton se pencha au-dessus de la table. Sa voix était un murmure.

— Vous ne croyez pas qu'elle boit ?

Mrs Cayley se récria, pour convenir dans la seconde qui suivit que cela expliquerait bien des choses.

— Il y a des moments, ajouta-t-elle, où elle se conduit de façon absolument incompréhensible. Qu'en pensez-vous, madame Blenkensop ?

— Sincèrement, je ne le crois pas, répondit Tuppence. Je penserais plutôt qu'elle a des ennuis... C'est à vous de parler, madame Sprot !

La jeune femme consultait sa main, très embarrassée.

— Qu'est-ce que je pourrais bien dire ?

Personne ne pouvait évidemment le lui souffler,

encore que miss Minton, qui venait de regarder ses cartes, lui eût volontiers donné un conseil.

— C'est Betty qui a crié? demanda Mrs Sprot, levant la tête.

D'un ton sans réplique, Tuppence répondit que ce n'était pas Betty. Ses nerfs étaient à bout. Est-ce qu'on ne se déciderait jamais à jouer?

Après bien des hésitations, Mrs Sprot annonça un carreau.

Les annonces continuèrent, puis on joua.

Les premières cartes tombaient sur la table quand Mrs O'Rourke entra dans la pièce, venant du jardin. Elle paraissait un peu oppressée, mais ses yeux brillaient et il y avait de la malice dans son regard.

— Alors, fit-elle, on joue au bridge bien gentiment?

Mrs Sprot se tourna vers elle.

— Mais qu'est-ce que vous tenez à la main? demanda-t-elle.

— C'est un marteau, répondit l'Irlandaise avec un sourire. Je l'ai trouvé dans la grande allée. Quelqu'un l'aura sans doute laissé là...

— Drôle d'endroit pour laisser un marteau! remarqua Mrs Sprot.

— Possible, mais c'est comme ça!

Balançant le marteau dans sa main, Mrs O'Rourke, qui semblait d'une humeur charmante, s'en fut vers le hall.

Pendant quelques minutes, le jeu continua, sans interruption. Puis, le major Bletchley rentra. Revenant du cinéma, il entreprit de raconter dans le détail le film qu'il venait de voir, *Le Ménestrel de la Reine*, une assez sombre histoire, dont l'action se situait sous le règne de Richard Ier. En sa qualité de militaire le major critiqua longuement et sévèrement les scènes de bataille.

La partie n'était pas finie quand Mrs Cayley, ayant jeté un coup d'œil à sa montre, découvrit qu'il était très tard et abandonna le jeu pour courir à la recherche de son mari.

Mr Cayley, comme un grand malade que l'on a abandonné, jouissait de sa misère. Secoué par de longs frissons, il toussait avec ostentation et prenait sa voix la plus douce pour rassurer son épouse.

— Tout va très bien, ma chérie, et j'espère que tu t'es bien amusée. Ne te tracasses pas pour moi! Même si j'ai attrapé un bon rhume, quelle importance cela peut-il avoir? C'est la guerre!

II

Le lendemain, au petit déjeuner, Tuppence eut l'impression qu'il y avait de l'électricité dans l'air.

Mrs Perenna, qui n'avait desserré les lèvres que pour faire quelques remarques assez acides, avait quitté la salle à manger de façon assez théâtrale.

Le major Bletchley, très absorbé dans la confection d'une épaisse tartine de confiture, émit un petit sifflement et dit :

— Ça va mal, mais c'était à prévoir!

Miss Minton, savourant son plaisir par avance, tendit son maigre cou en avant et demanda, les yeux brillants :

— Il s'est passé quelque chose?

— Je ne sais pas si ce sont des choses à raconter aux enfants!

— Oh! major. Ne nous faites pas languir!

Bletchley promena les yeux sur son auditoire. Il y avait là miss Minton, Mrs Blenkensop, Mrs Cayley et Mrs O'Rourke. Mrs Sprot venait de sortir avec Betty. Il décida de parler.

— Il s'agit de Meadowes, dit-il. Il a couru le guilledou toute la nuit. Il n'est pas encore rentré!

— *Qu'est-ce que vous dites ?* s'écria Tuppence. Le major la regarda, l'œil luisant de malice. Le dépit de cette veuve entreprenante ne lui déplaisait pas.

Il gouailla :

— C'est un rude lapin, notre Meadowes!... La Perenna est ennuyée. C'est normal!

Miss Minton avait rougi. Mrs Cayley avait pris un petit air choqué. Mrs O'Rourke riait doucement.

— Mrs Perenna, expliqua-t-elle, m'avait déjà mise au courant. Il ne faut pas se frapper. Les garçons sont les garçons!

— Mais, dit miss Minton, peut-être Mr Meadowes a-t-il eu un accident... Avec ce « black-out »...

Le major ricana.

— Ce bon vieux « black-out »! Il a bon dos!.... Je parle en connaissance de cause, parce que j'ai fait quelques patrouilles avec le Corps des Volontaires de la défense locale. Alors, j'ai compris! Dans toutes les voitures que vous arrêtez, vous trouvez d'honorables dames « qui rentrent chez elles avec leur époux ». Seulement, les cartes d'identité portent des noms différents... et vous rencontrez le mari — ou sa femme — dans une autre voiture quelques heures plus tard.

Il rit à pleine gorge, cessant brusquement sous le regard réprobateur de Mrs Blenkensop.

— Que voulez-vous? reprit-il, indulgent. C'est la nature humaine...

Miss Minton n'était pas convaincue.

— Je ne crois pas ça de Mr Meadowes, fit-elle. Il

peut très bien avoir eu un accident. Avoir été renversé par une auto, par exemple...

— J'imagine que c'est ce qu'il nous racontera, dit le major. Vous verrez qu'il se sera évanoui pour ne revenir à lui que dans la matinée...

— Il est peut-être à l'hôpital.

— On nous aurait prévenus. Il a bien une carte d'identité, non ?

— Je me demande, fit Mrs Cayley, ce que Mr Cayley va penser de ça !

Tuppence, cependant, avec un air de dignité offensée, se levait et quittait la pièce.

— Ce brave Meadowes ! s'exclama le major quand la porte se fut refermée sur elle. Il donne bien du souci à l'aimable veuve ! Elle croyait bien lui avoir mis le grappin dessus !

— Oh ! major !

L'indignation de miss Minton n'affecta pas Bletchley. Il cligna de l'œil et dit :

— Rappelez-vous Dickens ! C'est Pickwick qui disait à Sam Weller : « Sammy, méfie-toi des veuves ! »

III

L'absence imprévue de Tommy tracassait Tuppence, mais elle essayait de se rassurer. Il se pouvait qu'il eût découvert quelque piste nouvelle, sur laquelle il était parti. Ils avaient tant de peine à communiquer l'un avec l'autre qu'ils avaient prévu le cas et décidé que la disparition inexpliquée de l'un d'eux ne serait pas *a priori* considérée par l'autre comme alarmante.

Au dire de Mrs Sprot, Mrs Perenna était sortie la veille au soir. Elle s'en était défendue avec une véhémence qui donnait à penser qu'il serait fort intéressant de savoir où elle était allée. Peut-être Tommy l'avait-il suivie et avait-il trouvé quelque chose qui exigeait un complément d'enquête immédiat.

Certainement il s'arrangerait pour donner rapidement de ses nouvelles à Tuppence. A moins, ce qui était possible, qu'il ne reparût bientôt.

Malgré cette certitude, Tuppence se sentait mal à l'aise. Ayant décidé que Mrs Blenkensop resterait parfaitement dans son rôle en manifestant au sujet de Mr Meadowes un peu de curiosité, voire d'anxiété, elle se mit en quête de Perenna.

Le sujet n'était pas de ceux que Mrs Perenna se sentait disposée à traiter longuement. Elle déclara sans ambages qu'une telle conduite de la part d'un de ses locataires ne lui semblait pas pardonnable et qu'il n'y avait pas lieu d'en discuter.

— Mais, s'écria Tuppence, il peut s'agir *d'un accident !* Je suis sûre que c'est cela !... Mr Meadowes est un homme sérieux ! Il a dû être renversé par une auto...

Mrs Perenna mit fin à l'entretien.

— D'une façon ou d'une autre, fit-elle, nous ne tarderons pas à être fixées !

La journée passa sans apporter de nouvelles du disparu.

Dans la soirée, Mrs Perenna, sur les instances de ses pensionnaires, consentit avec beaucoup de mauvaise grâce à appeler la police au téléphone.

Un agent vint bientôt, qui nota sur son calepin un certain nombre de renseignements. A son départ, plusieurs faits étaient établis. Mr Meadowes avait quitté la villa du commandant Haydock à dix heures et demie. Il avait fait le chemin du retour avec un

Mr Walters et un certain docteur Surtis, qu'il avait quittés devant la grille de « Sans-Souci ». Il leur avait dit au revoir et s'était engagé dans l'allée. Après, il semblait s'être évaporé dans l'espace.

Cela posé, Tuppence considérait deux hypothèses comme possibles.

Dans la première, Tommy, se dirigeant vers la maison, avait aperçu Mrs Perenna venant à sa rencontre. Il s'était caché, l'avait prise en filature et suivie jusqu'au rendez-vous qu'elle avait avec quelque personne inconnue, aux pas de laquelle il s'était ensuite attaché, tandis que Mrs Perenna regagnait « Sans-Souci ». Dans ce cas, il était vraisemblablement en excellence santé et fort occupé. Tout au plus pouvait-on regretter que les efforts d'une police bien intentionnée fussent de nature à lui compliquer la besogne...

L'autre hypothèse était moins agréable à envisager. Elle se résumait en deux tableaux, le premier représentant le retour de Mrs Perenna échevelée et hors d'haleine, le second, difficile à laisser de côté, l'entrée dans le studio de Mrs O'Rourke, souriante et un marteau à la main.

Ce marteau évoquait de tragiques possibilités.

Pourquoi traînait-il dans la grande allée ?

Et qui s'en était servi ?

Pour répondre à ces questions, il eût d'abord fallu savoir à quelle heure exactement Mrs Perenna était rentrée à « Sans-Souci ». C'était certainement vers dix heures et demie, mais personne à la table de bridge n'avait noté l'heure précise. Mrs Perenna prétendait n'être sortie que pour regarder le temps. C'est une occupation qui ne vous met par hors de souffle. Il était fâcheux pour Mrs Perenna qu'elle eût été vue par Mrs Sprot. Elle pouvait raisonnablement escompter, sans trop demander à la chance que les quatre femmes seraient très occupées avec leur bridge.

Tuppence essaya d'éclaircir cette question d'heure, mais personne n'osait rien affirmer. On restait dans le vague.

Si l'heure concordait, c'est évidemment sur Mrs Perenna que devaient porter les soupçons. Mais il y avait d'autres possibilités. Au moment où Tommy était revenu à « Sans-Souci », trois des hôtes de la villa étaient dehors. Le major Bletchley, d'abord. Il était au cinéma. Mais il s'y trouvait seul et l'insistance qu'il avait mise à raconter le film semblait suspecte. Ne pouvait-on penser qu'il s'appliquait à établir son alibi ?

Il y avait ensuite Mr Cayley et son tour dans le jardin ? Si Mrs Cayley, toujours pleine de sollicitude pour son époux, n'en avait parlé, personne n'aurait rien su de cette promenade et tout le monde aurait supposé que l'égrotant Mr Cayley était resté bien sagement sur la terrasse, roulé dans ses couvertures comme une momie dans ses bandelettes. Cette balade nocturne, au surplus, avec tous les risques qu'elle comportait pour un éternel malade, n'était-elle pas bien singulière ?

Enfin, il y avait Mrs O'Rourke, souriante, son marteau à la main.

IV

— Qu'est-ce qui se passe, Deb ?... Vous avez l'air embêté, mon petit ?

Deborah Beresford sursauta, leva la tête et sourit en apercevant les beaux yeux bruns du sympathique Tony Mardson. Elle l'aimait bien. Il était intelligent, passait pour l'un des plus brillants débutants du service du Chiffre et semblait promis à un bel avenir.

Deborah aimait son travail, encore qu'elle estimât qu'il exigeait une concentration un peu intensive de ses facultés. Le métier, fatigant, valait d'être fait. On avait le sentiment de servir à quelque chose. C'était autrement intéressant que de traîner dans un hôpital en attendant le moment où l'on aurait quelque chose à faire.

— Bah! fit-elle. Il n'y a rien!... C'est *la famille!...* Vous connaissez ça!

— Les parents sont plutôt crampons! Ça ne va pas avec les vôtres?

— C'est maman. A vrai dire, je suis un peu inquiète.

— Pourquoi ça?

— Elle est allée en Cornouailles, chez une vieille tante à nous, qui est terriblement ennuyeuse, avec ses soixante-dix-huit ans et son gâtisme avancé...

— Pas drôle, ça!

— Non... et maman a bien du mérite. Je sais bien qu'elle était très contrariée de ne rien trouver à faire dans cette fichue guerre! Ça se comprend. A la dernière, elle a été infirmière et elle a fait un tas de choses. Seulement, cette fois, c'est tout différent! Les gens d'un certain âge, on n'en veut pas. On veut des jeunes qui soient un peu à la page. Alors, maman, très ennuyée, comme je vous le disais, est allée s'installer chez tante Gracie. Elle fait du jardinage, elle fait pousser des légumes, etc., etc...

— Eh bien! c'est parfait.

— C'est évidemment ce qu'elle peut faire de mieux. Elle est très active encore, vous savez!

— Alors, de quoi vous plaignez-vous?

— C'est qu'il y a autre chose. J'étais très contente

pour elle, sa dernière lettre était très gentille, tout à fait réconfortante...

— Eh bien, alors ?

— Seulement, l'ennui, c'est que j'ai demandé à Charles, qui allait voir sa famille en Cornouailles, d'aller lui dire bonjour de ma part. Il y est allé et *elle n'était pas là !*

— Elle n'était pas là ?

— Non. Et elle n'y est pas allée ! Pas du tout !

Tony paraissait quelque peu embarrassé.

— Ça, fit-il, c'est assez bizarre. Et votre père, où est-il ?

— Papa ?... Quelque part en Écosse. Il gratte du papier dans un de ces terribles ministères où il faut tout faire en triple exemplaire.

— Peut-être votre mère est-elle allée le retrouver...

— Impossible. Il est dans une zone où les femmes ne sont pas admises.

— Alors, c'est qu'elle est autre part !

Il était terriblement ennuyé. Cette tristesse qui assombrissait les grands yeux de Deborah lui faisait beaucoup de peine.

— Évidemment, elle est quelque part. Mais où ?... Tout de même, vous avouerez que c'est drôle ! Dans toutes ses lettres, elle me parle de la tante Gracie, du jardin, des légumes et du reste !

— Bien sûr, bien sûr... Mais, vous savez, à l'heure actuelle, il arrive que les gens disparaissent un petit bout de temps... Vous voyez ce que je veux dire ?

Le regard chargé de colère de Deborah lui fit comprendre son erreur.

— Si vous vous imaginez que maman est allée passer le « week-end » quelque part avec quelqu'un, dit-elle sévèrement, laissez-moi vous dire que vous vous trompez. Du tout au tout! Maman adore papa et réciproquement. Leur dévotion l'un pour l'autre, c'est dans la famille un sujet de plaisanterie classique...

Tony s'empressa de dire qu'il s'était mal expliqué. Deborah, rassérénée, sourit. Puis son front se plissa.

— Quelque chose qui n'est pas moins bizarre reprit-elle, c'est que quelqu'un m'a dit, l'autre jour, avoir rencontré maman à Leahampton. J'ai répondu que ce n'était pas possible, puisqu'elle était en Cornouailles. Mais maintenant, je me demande...

Tony laissa s'éteindre l'allumette qu'il approchait de sa cigarette.

— Vous dites Leahampton?

— Oui! C'est bien le dernier endroit où je me représente maman! Une plage où il n'y a rien à faire, uniquement peuplée de colonels périmés et de vieilles filles rancies...

— En effet, on ne comprend pas, dit Tony.

Il alluma sa cigarette, puis demanda d'un ton assez indifférent :

— Qu'est-ce qu'elle faisait dans la dernière guerre, votre maman?

— Elle a servi dans les hôpitaux et conduit un général d'armée. Elle a fait ce qu'elle a pu, quoi!

— Je pensais que, peut-être, elle aurait été comme vous dans l'Intelligence Service.

— Oh! non! Maman n'aurait jamais eu la tête pour ce genre de travail. Bien qu'elle ait un peu joué au détective, avec papa. Une histoire de documents secrets et d'espions, vous voyez ça d'ici! Quand il leur arrive d'en parler, ils exagèrent un petit peu et, à les entendre, il se serait agi de quelque chose de terriblement important, mais nous nous arrangeons pour que le sujet ne revienne pas trop souvent sur le tapis. Vous savez ce que c'est, dans les familles, ces récits qui vous sont racontés périodiquement et qui sont toujours les mêmes!

— Plutôt! fit Tony. Et je vous comprends...

Le lendemain, en rentrant chez elle, Deborah eut l'impression qu'il y avait dans sa chambre quelque chose d'anormal. Au bout d'un instant, elle découvrit que la grande photographie qu'elle avait placée sur la commode avait disparu!

Elle demanda des explications à sa logeuse.

Mrs Rowley, passablement offusquée, se défendit avec hauteur d'avoir touché à quoi que ce fût. Gladys, peut-être...

Gladys protesta que la photographie était à sa place quand elle était sortie de la chambre après l'avoir faite. Le contrôleur du gaz, qui était venu dans la matinée...

Deborah n'insista pas. Elle se refusait à croire qu'un employé du gaz eût emporté le portrait d'une dame qui, tout de même, n'était plus jeune. Elle inclinait à penser que Gladys avait cassé le cadre et s'était empressée de faire disparaître les traces de sa maladresse. Comme elle avait horreur de « faire des histoires », elle renonça à pousser plus loin ses investigations. Sa mère lui enverrait une autre photo et tout serait dit!

« Mais, songeait-elle, qu'est-ce qu'elle peut bien fabriquer et où peut-elle bien être? Certes, il est complètement idiot de supposer, comme Tony était tout prêt à le faire, qu'elle est partie avec quelqu'un. Mais, malgré tout, tout ca est bien bizarre! »

CHAPITRE XI

I

Tuppence s'en fut à son tour bavarder avec le pêcheur du bout de la jetée.

Contre toute raison, elle avait espéré que Mr Grant lui dirait quelque chose qui la réconfortât. Il n'en fut rien. Il lui déclara tout de suite qu'il n'avait pas eu la moindre nouvelle de Tommy.

— Il n'y a pas de raison, n'est-ce pas, demanda-t-elle, de supposer qu'il lui soit arrivé quelque chose ?

Elle faisait de son mieux pour parler d'une voix assurée.

— Absolument aucune, répondit-il. Mais admettons le contraire...

— *Vous dites?*

— Je dis : admettons... Dans ce cas-là, qu'est-ce que vous faites ?

— Je... Je continue, évidemment !

— C'est que j'attendais de vous ! *On a le temps de pleurer une fois la bataille terminée.* Pour le moment, la bataille, nous sommes en plein dedans et le temps presse. Vous nous avez apporté un renseignement qui s'est révélé exact et précieux. Vous vous souvenez de ce coup de téléphone que vous avez surpris et où il était parlé « du quatrième »? Ce quatrième, c'était *le quatrième jour du mois prochain*. Le jour choisi pour la grande attaque...

— C'est sûr?

— A peu près. Nos ennemis sont des gens méthodiques. Tous leurs plans sont minutieusement étudiés. J'aimerais pouvoir en dire autant des nôtres, mais la préparation n'est pas notre fort. Donc, le jour J, c'est le 4. Les raids actuels sont de simples opérations de reconnaissance. Ils tâtent nos défenses, nos réactions. Le 4, la grande bagarre commence...

— Mais si vous savez ça...

— Nous savons que le jour est fixé. Nous savons, ou nous croyons savoir, sur quels points portera le principal effort de l'ennemi. Nous pouvons nous tromper, mais nous sommes aussi prêts qu'on peut l'être. Malheureusement, c'est la vieille histoire du cheval de Troie! Leurs forces, celles qu'ils lanceront dans la bataille, nous les connaissons. Celles dont nous ne savons rien, ce sont les autres, celles qui se trouvent dans le cheval, celles qui livreront à l'ennemi les clés de la forteresse. Douze hommes bien placés, douze hommes tenant les postes de commande peuvent suffire. Des ordres contradictoires qui arrivent au bon moment et c'est la confusion, la « pagaille », dont l'adversaire a besoin pour réussir! C'est sur ces gens-là qu'*il est absolument nécessaire que nous soyons renseignés à temps.*

— Mais, fit Tuppence d'un ton désespéré, je me sens si faible, si inexpérimentée...

— Ne vous tracassez pas pour ça! Des gens qui ont de l'expérience, nous en avons, et qui ne perdent pas leur temps! Mais, avec la trahison installée partout, nous ne savons plus à qui faire confiance. Beresford et vous, dont nous sommes sûrs, personne ne vous connaît et c'est pourquoi vous pouvez réussir, pourquoi vous avez déjà obtenu certains résultats...

— Est-ce que vous n'avez personne à qui vous pourriez confier le soin de ne pas perdre de vue Mrs Perenna ? Il doit tout de même y avoir dans vos services des gens sur qui vous pouvez compter !

— Rassurez-vous, c'est fait ! Nous sommes censés avoir été informés que Mrs Perenna est « membre de l'Association pour l'Irlande libre et suspecte de sentiments antibritanniques », ce qui est d'ailleurs assez vrai. Elle est donc surveillée. Mais, jusqu'à présent, nous n'avons rien contre elle. Aucune preuve, rien. C'est pourquoi, madame Beresford, il faut continuer... et faire tout ce que vous pourrez !

— Le 4, dit Tuppence, c'est dans huit jours ?

— Exactement.

Tuppence soupira.

— *Il faut que nous réussissions,* dit-elle ensuite.

Elle ajouta :

— Je dis « nous » parce que je suis convaincue que Tommy suit une piste et que c'est pour ça que nous ne l'avons pas revu. Si seulement je pouvais en trouver une, moi aussi ! Je me demande si...

Elle s'interrompit, sourcils froncés.

Elle venait d'imaginer un plan de bataille...

— Vous voyez, Albert, ça peut se faire !

— Je comprends bien, madame, mais, je dois le dire, l'idée ne me plaît guère...

— Mais ça marcherait, j'en suis convaincue !

— Je le crois... Seulement, vous iriez au-devant des pires dangers et c'est ce que je n'aime pas !... Et je suis sûr que le patron n'aimerait pas ça non plus !

— Nous avons épuisé toutes les méthodes ordinaires. Puisque nous ne sommes arrivés à rien en restant dans l'ombre, il faut en sortir!

— Mais, vous rendez-vous compte, madame, que, ce faisant, vous renoncez de propos délibéré à un énorme avantage?

— Mon cher Albert, vous parlez cet après-midi comme un speaker de la B. B. C.

Il y avait dans la voix un peu d'agacement. Un peu mortifié, Albert décida de s'exprimer plus simplement.

— C'est, peut-être, expliqua-t-il, parce que j'ai entendu hier soir une très intéressante causerie sur la vie des étangs!

— Nous n'avons pas le temps en ce moment de nous occuper de la vie des étangs.

— Je le sais. Où est le capitaine Beresford, voilà ce que je voudrais savoir!

— Moi aussi! dit Tuppence d'un ton angoissé.

— Disparaître comme ça, sans un mot, reprit Albert, ce n'est pas naturel. A l'heure qu'il est, il devrait nous avoir fait signe et c'est pourquoi...

— C'est pourquoi?

— C'est pourquoi il vaudrait peut-être mieux *que vous ne vous découvriez pas.*

Il s'accorda quelques secondes pour mettre de l'ordre dans ses idées et ajouta :

— A mon avis, voyez-vous, *ils ont sans doute repéré le capitaine, mais il est très possible qu'ils ne sachent rien de vous!* Alors, la sagesse serait peut-être de ne pas les affranchir...

Tuppence soupira.

— Si seulement je savais ce que je dois faire!

— Comment pensiez-vous vous y prendre?

— Je me suis dit que je pourrais perdre une lettre écrite par moi. J'en montrerais une vive contrariété et j'en ferais toute une histoire. La lettre serait ensuite retrouvée dans le hall, vraisemblablement par Béatrice, qui selon toutes probabilités la poserait sur le guéridon. Là, je suis à peu près sûre qu'elle serait vue et lue par la personne intéressée...

— Et que contiendrait-elle, cette lettre?

— En gros, que j'ai réussi à identifier « *la personne en question* » et que je ferai le lendemain un rapport détaillé. Ainsi, j'obligerais N. ou M. à se démasquer, car ils se trouveraient dans la nécessité de tenter quelque chose pour me supprimer...

— Quelque chose qui pourrait réussir.

— Si je ne me tenais pas sur mes gardes, peut-être. Mais, prévenue, c'est autre chose. Ils s'efforceraient sans doute de m'attirer quelque part, dans un coin désert, et *c'est là, Albert, que vous pourriez intervenir*, car, vous, ils ne vous connaissent pas, ils ne soupçonnent pas votre existence!

— En somme, je les suivrais pour les prendre sur le fait?

— Exactement, dit Tuppence. Je vais réfléchir encore et nous verrons demain.

III

Tuppence, tenant sous le bras un roman qu'on lui avait recommandé comme excellent, sortait de la librairie où elle avait l'habitude de louer des livres quand elle eut la surprise d'entendre dans son dos une voix qui l'appelait :

— Madame Beresford!

Elle se retourna brusquement pour se trouver en face d'un grand jeune homme brun qui souriait avec embarras.

— Je crains, dit-il, que vous ne me remettiez pas.

Tuppence connaissait la phrase, comme aussi — elle l'aurait parié — celle qui allait suivre.

— Je suis allé un jour chez vous avec Deborah.

C'était un ami de Deborah! Elle en avait tellement! Et qui se ressemblaient tous, aux yeux de Tuppence du moins. Il y en avait des bruns, comme ce jeune homme, des blonds, des roux quelquefois, mais ils étaient tous coulés dans le même moule : aimables, bien élevés, avec des cheveux un peu trop longs. Au goût de Tuppence, mais non à celui de sa fille qui, un jour, lui avait dit : « Oh! maman, ne sois pas si terriblement 1916! Je ne peux pas souffrir les cheveux courts! »

Tuppence regrettait d'avoir été rencontrée et reconnue par des chevaliers servants de Deborah, mais elle comptait se débarrasser de lui rapidement.

Le jeune homme se présentait :

— Je suis Antony Marsdon.

Tuppence, mentant de bonne grâce, s'écria : « Mais bien sûr! » et lui tendit la main.

— Madame, dit-il, je suis très content de cette rencontre. Imaginez-vous que je travaille dans le même service que Deborah et qu'il se passe quelque chose de très curieux...

— Et quoi donc?

— Eh bien!... Deborah a découvert que vous n'étiez pas en Cornouailles comme elle le croyait. Ce qui, j'en ai peur, est pour vous assez fâcheux...

— C'est ennuyeux, en effet, admit Tuppence. Mais comment a-t-elle trouvé ça?

Tony Marsdon le lui expliqua.

Puis, réticent, il ajouta :

— Naturellement, Deborah n'a pas la moindre idée de ce que vous êtes venue faire ici.

Tuppence ne bronchait pas.

— J'imagine, continua-t-il, qu'il y a intérêt à ce qu'elle ne le sache pas. Nous travaillons, vous et moi, un peu dans la même partie. Je suis censé être un débutant du service du Chiffre. En fait, j'ai l'ordre d'afficher un fascisme discret. Je dois admirer le système nazi, laisser entendre qu'une alliance effective avec Hitler ne serait pas une mauvaise chose, tout cela pour juger des réactions de mes interlocuteurs et provoquer leurs confidences. Les défaitistes et les traîtres sont légion et nous voudrions savoir d'où viennent les mots d'ordre...

Tuppence écoutait, songeuse.

— Aussitôt que Deborah m'eut parlé de vous, poursuivit Tony, je me suis dit que le mieux que j'avais à faire était de venir vous prévenir pour que vous prépariez à son intention une petite histoire assez vraisemblable. Vous comprenez, il se trouve que je sais en quoi consiste votre mission, l'importance capitale qu'elle revêt. Tout serait perdu si l'on venait à deviner qui vous êtes. J'ai pensé que peut-être vous pourriez raconter à Deborah que vous avez rejoint le capitaine Beresford en Écosse ou ailleurs. Vous pourriez dire que vous avez été autorisée à travailler avec lui...

Tuppence, pensive, dit, comme se parlant à elle-même :

— C'est évidemment une chose que je pourrais faire !

— J'espère, fit Tony, un peu anxieux, que je ne suis pas indiscret.

Elle le rassura vivement :

— Du tout, du tout !... Au contraire, je vous suis très reconnaissante...

Un peu inconsidérément, il dit :

— Vous comprenez... Je suis... J'ai beaucoup de sympathie pour Deborah.

Tuppence le gratifia d'une œillade indulgente. Comme il lui paraissait loin tout d'un coup ce monde heureux où des jeunes gens innombrables s'empressaient autour de Deborah, jamais découragés par ses rebuffades et ses brusqueries! Tony Marsdon était un bon spécimen de l'espèce. Chassant de son esprit ce qu'elle appelait ses « pensées du temps de paix », elle revint à ses préoccupations présentes.

— Mon mari n'est pas en Écosse, dit-elle.

— Ah! non?

— Non. Il est ici avec moi. Du moins, il y était... Il a disparu.

— Disparu?... Mais c'est inquiétant!... Il était sur une affaire?

Tuppence répondit oui d'un mouvement de tête.

— Je le crois, fit-elle, et c'est pourquoi sa disparition me semble un très mauvais signe. Cependant, j'espère encore qu'il communiquera à sa manière. Elle avait souri en prononçant ces derniers mots.

— Certes, remarqua Tony, après une légère hésitation, vous savez mener votre partie, j'ai des raisons de le croire. Tout de même, il faut être prudent!

— Je vois ce que vous voulez dire, fit-elle. Dans les romans, les belles héroïnes se laissent facilement attirer dans des pièges. Mais, Tommy et moi, nous avons nos petits trucs à nous... Pénélope!

— Vous dites?

— Je dis « Pénélope ». C'est une signature dont nous usons, lui comme moi...

— Ingénieux.

— N'est-ce pas?

L'entretien prenait fin.

— Encore une fois, dit Tony, je ne voudrais pas être indiscret, mais si je puis vous êtes utile de quelque façon...

Elle le regarda longuement et répondit :

— Merci. Il n'est pas impossible que je me serve de vous...

CHAPITRE XII

I

Tommy, peu à peu, revenait à lui.

Il découvrit d'abord que sa tête était comme une boule de feu. Elle lui faisait horriblement mal.

Puis il eut conscience que ses membres étaient glacés et courbatus, qu'il avait faim et qu'il ne pouvait remuer les lèvres.

Sa tête reposait sur quelque chose de dur.

Comme sur de la pierre.

Certes, les lits de Mrs Perenna n'étaient pas d'un moelleux excessif. Pourtant, il n'était pas possible...

Et la mémoire lui revint. Haydock... L'émetteur de radio... Le domestique allemand... Son retour à « San-Souci »...

Quelqu'un lui avait par derrière assené sur le sommet du crâne un coup formidable. Cette douleur qu'il ressentait dans la tête s'expliquait.

Et dire qu'il s'imaginait avoir joué Haydock! L'autre n'était pas si sot qu'il affectait de l'être.

Mais comment avait-il manœuvré ? Tommy l'avait vu rentrer chez lui et fermer sa porte. Comment s'y était-il pris pour aller attendre Tommy dans le jardin de « Sans-Souci » ? Il y avait là une impossibilité.

Le domestique, alors ? Haydock aurait pu l'envoyer

en avant. Mais il ne l'avait pas fait. Tommy, passant dans le hall, avait par une porte entrebâillée aperçu Appledore. Peut-être avait-il seulement *cru* le voir... Ce devait être ça...

Au surplus, tout cela présentait peu d'intérêt. L'important était de savoir où il se trouvait maintenant.

Ses yeux, habitués à l'obscurité, distinguèrent un petit rectangle faiblement éclairé. Une lucarne ou un soupirail. L'air était humide et nauséabond. Il devait être couché dans une cave. Ses mains et ses pieds étaient attachés avec des cordes solides et on lui avait soigneusement assujetti un bâillon.

« On dirait, remarqua-t-il, que cette fois je n'y coupe pas! »

Il essayait doucement de remuer bras et jambes et constatait que ses efforts demeuraient vains quand un faible grincement l'avertit qu'une porte s'ouvrait derrière lui. Un homme entra, porteur d'une bougie qu'il posa sur le sol. Tommy reconnut Appledore, qui sortit pour revenir tout aussitôt avec un plateau sur lequel il y avait une cruche d'eau, un verre, du pain et du fromage.

Appledore se baissa pour vérifier les liens du prisonnier, puis il dit, d'une voix posée :

— Je vais vous enlever votre bâillon pour que vous puissiez boire et manger. Si vous essayez de crier, si vous faites le moindre bruit, je le remets!

Tommy, incapable de bouger la tête, battit des paupières pour donner son accord et Appledore le débarrassa du bâillon. Sa bouche libérée, Tommy remua sa mâchoire endolorie. Appledore, approchant le verre d'eau de ses lèvres, le fit boire. La première gorgée passa difficilement. Désaltéré, Tommy se sentit mieux.

— Je ne suis plus aussi jeune que j'étais, dit-il, mais ça peut revenir! Et, maintenant, le solide, Fritz!... A moins que ce ne soit Franz...

Très calme, l'homme rectifia :

— Ici, je m'appelle Appledore.

Il présentait à Tommy une tartine dans laquelle celui-ci mordit à belles dents. Un verre d'eau termina le repas.

— Et ensuite, qu'est-ce qu'il se passe? demanda Tommy.

Comme Appledore, pour toute réponse, ramassait le bâillon, il se hâta d'ajouter qu'il désirait voir le commandant Haydock. L'homme fit signe que la requête serait transmise, remit le bâillon en place et sortit.

Resté seul dans l'obscurité, Tommy reprit sa méditation. Il était à demi assoupi quand la porte s'ouvrit de nouveau, livrant passage à Haydock, suivi d'Appledore, qui délivra le prisonnier de son bâillon et desserra quelque peu ses liens, afin de lui permettre de s'asseoir, le dos appuyé au mur.

Haydock tenait à la main un revolver automatique.

Sans grande confiance dans le résultat qu'il était susceptible d'obtenir, Tommy se mit à jouer son rôle.

Avec une belle indignation, il interpella Haydock :

— Dites-moi, Haydock, que signifie cette plaisanterie?... On m'assomme, on m'enlève, on me séquestre...

Hochant le chef, le commandant dit doucement :

— Ne gaspillez pas votre salive. Vous perdez votre temps!

Tommy n'en poursuivait pas moins sur le même ton :

— Le fait d'appartenir à l'Intelligence Service ne vous autorise pas...

Toujours très calme, Haydock lui coupa la parole.

— Non, non, Meadowes! Vous n'avez pas cru un mot de cette histoire. Inutile d'insister!

Tommy cependant ne renonçait pas. Haydock ne pouvait pas être sûr de ce qu'il avançait. Il restait donc dans son personnage.

— Enfin, s'écriait-il, pour qui diable vous prenez-vous? Si grands que soient vos pouvoirs, vous n'avez pas le droit de me traiter comme vous le faites! Je suis parfaitement capable de tenir ma langue et de garder un secret, si important soit-il!

— Vous êtes un excellent comédien, répliqua froidement Haydock, mais je puis vous dire qu'il m'est totalement indifférent que vous soyez, vous, de l'Intelligence Service ou que vous ne soyez qu'un amateur passablement cafouilleux...

— Mais sacré nom de...

— Ça va bien, Meadowes!

— Puisque je vous dis...

Le visage de Haydock avait pris une étonnante expression de férocité.

— Silence! lança-t-il. Il y a quelque temps, il aurait peut-être été intéressant de rechercher qui vous êtes et qui vous a envoyé. Mais, aujourd'hui, ces choses-là n'ont plus d'importance. Le temps presse et l'essentiel est que vous n'ayez pas eu le temps de faire un rapport sur ce que vous avez découvert!

— La police essaiera de savoir ce que je suis devenu aussitôt que ma disparition aura été signalée.

Un rictus découvrit les dents éclatantes du commandant.

— La police est venue chez moi ce soir, expliqua-t-il. De braves types, qui sont de mes amis. Ils m'ont demandé de leur dire tout ce que je savais. Très affecté de la disparition de Meadowes, je leur ai raconté comment il m'avait paru au cours de la soirée, ce qu'il avait dit, etc., etc. Et pas une seconde il ne leur est venu à l'idée que celui dont nous parlions était pratiquement sous leurs pieds. Comprenez bien qu'il est établi que vous avez quitté cette maison vivant et en bonne santé ! Ils n'ont même pas pensé qu'ils pouvaient vous chercher ici...

— Vous ne pouvez pas me garder ici éternellement !

La véhémence de Tommy ne fit aucune impression sur Haydock qui, reprenant une allure très britannique, répondit :

— Croyez, mon cher ami, que ce ne sera pas nécessaire. Vous ne resterez ici que jusqu'à demain soir. J'attends un bateau qui doit venir mouiller dans ma petite crique et nous méditons de vous faire faire un petit voyage de santé. Je crois d'ailleurs que vous ne serez pas vivant, ni même à bord, quand on arrivera à destination.

— Je me demande pourquoi vous ne m'avez pas tué purement et simplement !

— Uniquement, mon bon Meadowes, parce qu'il fait très chaud et qu'il se trouve que nos communications maritimes sont interrompues pour le moment... Cette situation peut se prolonger... et un cadavre a des façons à lui de signaler sa présence.

— Je vois, fit Tommy.

Il ne pouvait guère faire autrement. Ce qui allait se passer était parfaitement clair. On le garderait vivant jusqu'à l'arrivée du bateau. Puis on le tuerait — ou on le droguerait — et son corps serait jeté en mer. Le retrouverait-on qu'on n'imaginerait jamais qu'une tragédie s'était déroulée au « Repos du Contrebandier ».

— Je ne suis venu vous voir, reprit Haydock, parlant de la façon la plus naturelle, que pour vous demander s'il est quelque chose que je puisse faire pour vous... après ?

Tommy prit le temps de réfléchir avant de répondre.

— Je vous remercie, dit-il enfin,, mais je ne vous demanderai pas de faire parvenir une boucle de mes cheveux à certaine petite dame de Saint Joh'ns Wood. Je lui manquerai à la fin du mois, mais j'ai lieu de croire qu'elle me trouvera vite un successeur.

A tout prix, il entendait donner à Haydock l'impression qu'il avait travaillé en solitaire. Jusqu'alors, rien n'indiquait que le moindre soupçon pesât sur Tuppence. Il ne serait plus là pour la jouer, mais la partie pouvait encore être gagnée.

— Il en sera comme il vous plaira, répondit Haydock. Toutefois, si vous tenez à envoyer un message à ... votre amie, nous veillerons à ce qu'il lui soit remis.

Ainsi, tout compte fait, Haydock restait très désireux d'obtenir quelques renseignements sur le mystérieux Mr Meadowes. Fort bien ! Tommy le laisserait chercher.

— Ça n'a rien à faire ! dit-il.

— C'est comme vous voulez !

Sur ces mots, prononcés sur un ton de parfait détachement, Haydock fit un signe à Appledore, qui assura de nouveau liens et bâillon. Puis la porte se referma sur les deux hommes.

Abandonné à ses réflexions, Tommy dut convenir que la situation n'avait rien d'enthousiasmant. Non seulement il était promis à une mort prochaine, mais il n'avait aucun moyen de laisser derrière lui la moindre indication relative à ce qu'il avait découvert.

Physiquement, il était paralysé, impuissant. Quant à son cerveau, il semblait fonctionner au ralenti. Aurait-il pu, acceptant la proposition de Haydock, envoyer un message? S'il avait eu l'esprit plus lucide, peut-être... Mais il n'avait positivement aucune idée!

Bien sûr, il restait Tuppence! Mais que pourrait-elle faire? Comme Haydock l'avait souligné avec raison, jamais on ne penserait qu'il soit pour quelque chose dans la disparition de Tommy. C'est bien en vie qu'il avait quitté la villa, deux témoins étaient là pour s'en porter garants. Tuppence suspecterait peut-être bien des gens, mais certainement pas Haydock. Des soupçons, d'ailleurs, en aurait-elle? Ne se dirait-elle pas tout simplement qu'il était en train de suivre une piste?

Mais, aussi, pourquoi diable ne s'était-il pas tenu sur ses gardes?

Un filet de lumière très discret entrait dans la cave, filtrant à travers un petit soupirail. Sans ce bâillon qui lui meurtrissait la bouche, il aurait pu appeler au secours. Peut-être quelqu'un l'aurait-il entendu! Hypothèse, du reste, peu vraisemblable.

Pendant une bonne demi-heure, il essaya de distendre les cordes qui l'enserraient et de mordre dans son bâillon. Tout cela en vain. Les gens qui l'avaient ligoté connaissaient leur affaire.

Il devait être assez tard dans l'après-midi et, n'entendant aucun bruit au-dessus de sa tête, il présumait que Haydock était sorti. La fripouille! Il devait être en train de jouer au golf ou de disserter au pavillon du club sur ce qu'il avait pu arriver à

Meadowes! Il l'entendait! « Nous avons dîné ensemble avant-hier soir! Il avait l'air tout à fait normal. Et, pfuitt, il se volatilise! »

Tommy bouillait de rage. Ce Haydock, avec ses manières cordiales! Le cœur sur la main! L'Anglais « cent pour cent ». Tout le monde était donc aveugle? Personne ne remarquerait donc jamais qu'il avait le crâne carré des Prussiens? Lui-même ne s'en était pas aperçu! On imagine mal ce qu'un bon acteur peut faire passer!

Oui, pour une faillite, c'était une belle faillite! Il était là, troussé comme un poulet! Et personne ne devinerait jamais où il se trouvait!

Ah! si seulement Tuppence avait le don de double vue! Malheureusement...

Il tendit l'oreille.

Ce bruit, qu'est-ce que c'était?

Oui... C'était quelqu'un qui fredonnait une chanson...

Et impossible de faire un bruit quelconque pour attirer son attention!

La chanson se rapprochait. L'homme chantait faux. Terriblement...

L'air, massacré, restait pourtant reconnaissable. Il datait de la dernière guerre et on l'avait remis à la mode pour celle-ci...

S'il n'était qu'une fille au monde, toi,
Et qu'un seul garçon et que ce fût moi...

Ce refrain, l'avait-il assez chanté en 1917!

Mais ce type était impossible! Pourquoi ne chantait-il pas juste?

Et, soudain, Tommy ressentit comme un choc. Ce « couac » qu'il venait d'entendre, il le reconnaissait. Il lui était étrangement familier. Il n'y avait qu'un homme au monde pour détonner de cette façon-là exactement à cet endroit, et cet homme, c'était Albert !

Albert rôdait autour de la villa ! Albert était tout près, à portée de sa main, pour ainsi dire ! Et il était là, lui, ficelé, saucissonné, dans l'impossibilité de bouger ou de faire entendre un son !

A moins que...

Mais oui, il y avait un son qu'il pouvait émettre... Difficilement, à cause de ce maudit bâillon appliqué sur sa bouche, mais il devait cependant être audible...

Tommy, désespérément, se mit à ronfler. Il fermait les yeux, prêt à feindre un sommeil profond si Appledore venait à descendre.

Il ronflait...

Avec application et méthode.

Un ronflement court... Un ronflement court... Un ronflement court... Une pause... Un ronflement long... Un ronflement long... Un ronflement long... Une pause... Un ronflement court... Un ronflement court... Un ronflement court... Une pause...

II

Après le départ de Tuppence, Albert avait continué à réfléchir.

Il était terriblement ennuyé. Avec les années, il était devenu un homme qui prenait son temps pour raisonner, mais qui ne changeait pas facilement d'idées.

Le monde, ce jour-là, lui paraissait bien mal fichu !

Il y avait, d'abord, cette guerre, qui allait plutôt mal.

Il pensait aux Allemands sans haine, mais avec tristesse. C'étaient des gens qui saluaient Hitler le bras tendu, qui défilaient au pas de l'oie et qui, en plus, prétendaient régir la terre entière avec leurs canons, leurs bombes et leurs mitrailleuses ! Des êtres insupportables qui voulaient tout dévorer ! Il fallait les arrêter et il n'y avait pas deux façons de le faire. Seulement, jusqu'à présent on n'avait pas l'air de les arrêter beaucoup !

Après, il y avait Mrs Beresford. Une femme si charmante, plongée jusqu'au cou dans les empoisonnements et qui en réclamait encore. Celle-là aussi, il aurait fallu l'arrêter ! Il aurait bien voulu le faire. Mais comment ? Elle était aux prises avec les traîtres de la « cinquième colonne », un ramassis d'ordures, dans lequel se trouvaient — quelle honte — des Anglais authentiques ! Et le patron, le seul homme à avoir de l'influence sur elle, avait disparu !

Cette disparition, elle sentait l'Allemand à plein nez ! Ce qui ne facilitait rien.

Albert n'avait pas le goût des raisonnements profonds, mais les idées s'imposaient à lui avec tant de force qu'au bout d'un certain temps elles finissaient par devenir très claires. Il avait décidé qu'il fallait retrouver le capitaine. Sans plus tergiverser, il entra en campagne.

Simplement. Il cherchait son maître comme eût fait un bon chien...

Il ne tira pas de plans et procéda comme il avait l'habitude de faire chez lui lorsqu'il se mettait à la recherche de ses lunettes égarées ou du sac à main de sa femme. Ses investigations commençaient toujours à l'endroit où l'objet disparu avait été vu pour la dernière fois. C'est à cette méthode qu'il allait se tenir.

Le capitaine avait dîné avec le commandant Haydock au « Repos du Contrebandier » et était ensuite rentré à pied à « Sans-Souci ». On l'avait vu pour la dernière fois alors que, la grille franchie, il s'engageait dans la grande allée du jardin.

En conséquence, c'est devant la grille de « Sans-Souci » qu'Albert commença son enquête. Il la considéra pendant cinq bonnes minutes, ouvrant grand les yeux et concentrant sa pensée. L'inspiration ne venant pas le visiter, il poussa un soupir et à pas lents entreprit de monter la côte menant au « Repos du Contrebandier ».

Albert avait passé une soirée au Grand Cinéma et l'intrigue du *Ménestrel de la Reine* l'avait vivement impressionné. Il ne pouvait s'empêcher de penser qu'il se trouvait à peu près dans la même situation que le héros — joué par Garry Cooper — de cette histoire si merveilleusement romanesque. Comme le fidèle Blondel, il avait autrefois combattu au côté de ce maître bien-aimé. Le maître vaincu, victime de ses vassaux félons, le loyal Blondel se mettait en tête de le délivrer et finalement le ramenait aux bras aimants de la douce reine Bérengère!

Il se rémémorait avec attendrissement les tendres accents de *Richard, ô mon Roi!* la mélodie que le trouvère allait chanter, de toute son âme fidèle, au pied de tous les donjons où son seigneur était susceptible d'être retenu prisonnier. Quel dommage qu'il fût, lui, incapable de se souvenir d'un air! Il se calomniait. A la longue, tout de même, il y arriva. Pour se le prouver, il arrondit les lèvres pour siffloter.

Il sourit en songeant qu'on venait de se remettre à chanter les vieux refrains de l'autre guerre. Comme celui-ci :

S'il n'était qu'une fille au monde, toi,
Et qu'un garçon et que ce fût moi...

Il arrivait devant la grille blanche, fraîchement repeinte, du « Repos du Contrebandier ». Cette villa, où le capitaine était venu dîner.

Il la regarda un instant, puis, quittant la route, escalada un petit sentier et gagna les dunes.

De là on ne voyait que l'herbe, du sable et des moutons...

Un bruit de moteur lui fit tourner la tête. Une voiture sortait du « Repos du Contrebandier ». L'homme qui tenait le volant était en complet sport et on apercevait, dépassant de leur étui, les fers de ses clubs. Albert se dit que ce ne pouvait être que le commandant Haydock.

Il redescendit sur la route et de nouveau contempla le « Repos du Contrebandier ». C'était décidément une jolie villa. Bien située. Avec un beau jardin.

Il continuait de fredonner :

Je te dirais les plus beaux mots du monde...

Un homme sortit de la maison par une porte latérale. Une houe à la main, il franchit une petite porte et disparut.

Intéressé, Albert — qui dans son jardinet faisait pousser quelques pieds de laitue à l'ombre de ses capucines — avança de quelques pas. La grille était restée ouverte. Il la passa sans presque s'en apercevoir. Le jardin était bien tenu.

Il contourna la maison. En contrebas, sur une espèce de plate-forme à laquelle on accédait par un escalier de ciment, il y avait un petit potager. L'homme s'activait au milieu des plants. Albert l'observa avec intérêt pendant quelques minutes, puis se retourna pour regarder la maison.

Une fois encore, il se répéta que c'était une jolie villa. La demeure rêvée, vraiment, pour un officier de marine en retraite. C'était là que le capitaine avait dîné l'avant-veille...

Albert fit plusieurs fois le tour de la maison. Comme tout à l'heure devant la grille de « Sans-Souci », il espérait. Ces pierres allaient peut-être lui dire quelque chose...

Tout en marchant, Blondel moderne en quête de son maître, il fredonnait :

Nous ferions des choses merveilleuses...

Il s'interrompit. Il devait se tromper. Ce vers-là appartenait à l'autre couplet...

Une sorte de grognement qu'il venait d'entendre le fit sourire. Le commandant élevait des cochons? Ça, c'était drôle!... Et, ce qui était drôle aussi, c'est que ces grognements semblaient venir du sous-sol. Un curieux endroit pour installer une porcherie!

Mais non, il ne s'agissait pas de cochons! C'était quelqu'un qui piquait un somme! Bien au frais, dans la cave...

Évidemment, c'était bien une journée à faire la sieste. Mais aller ronfler dans la cave, une idée pas banale.

Car il ronflait, l'animal!

Comme un bourdon...

Le bruit montait par le soupirail. Albert s'approcha.

Le bonhomme ronflait ferme. Et de façon bizarre! Il tendit l'oreille. C'était quand même une drôle de manière de ronfler. Et qui lui rappelait quelque chose. Quoi donc?

« Sapristi! se dit-il soudain. C'est un S. O. S.! Point, point, point... Trait, trait, trait... Point, point, point! Pas de doute! »

Il jeta un coup d'œil autour de lui.

Puis, mettant un genou en terre, il frappa doucement un message sur la grille de fer du soupirail.

CHAPITRE XIII

I

Le moral de Tuppence, excellent à son coucher, avait sérieusement baissé aux petites heures du jour, alors qu'elle réfléchissait dans son lit à la situation. Mais il remonta en flèche quand, s'asseyant à table pour le petit déjeuner, elle vit dans son assiette à côté d'une carte postale représentant l'ours Bonzo, une lettre dont l'adresse était tracée d'une écriture loborieusement déguisée. Cette lettre ne relevait pas de ce courrier fantaisiste qu'elle recevait régulièrement et qui lui apportait des nouvelles de ses fils imaginaires, Douglas, Raymond et Cyril.

Elle lut la carte d'abord — deux lignes de griffonnages, disant : « *Regrette de n'avoir pas écrit plus tôt. Tout va bien, Maundie.* » — puis passa à la lettre :

Ma chère Patricia,

La tante Gracie est aujourd'hui plus mal qu'elle n'a jamais été. Les médecins ne disent pas que c'est la fin, mais je suis très, très inquiète. Si tu veux la revoir, je crois qu'il faut que tu viennes aujourd'hui. Prends dix heures vingt-deux et descends à Yarrow. Un ami t'attendra avec une voiture.

Je serai bien heureuse de te voir, encore que les circonstances soient bien tristes.

Je t'embrasse.

PÉNÉLOPE.

Tuppence eut toutes les peines du monde à cacher sa joie.

Cette chère Pénélope!

Elle se composa un visage affligé et, avec un soupir ostentatoire, posa la lettre sur la nappe.

Deux personnes étaient là, prêtes à l'écouter avec sympathie, Mrs O'Rourke et miss Minton. Elle leur apprit la nouvelle et s'étendit complaisamment sur l'admirable personnalité de la tante Gracie. Cette femme, au courage indomptable, qui se riait du danger en général et des raids aériens en particulier, la maladie allait l'emporter. Miss Minton demanda des précisions sur la nature exacte des maux qui accablaient la tante Gracie, à seule fin de les comparer avec ceux de sa cousine Selina. Tuppence, qui hésitait entre l'hydropisie et le diabète, décida par manière de compromis qu'il s'agissait d'une maladie des reins « avec complications ». Mrs O'Rourke était surtout curieuse de savoir si Tuppence profiterait pécuniairement du décès de la vieille dame. Elle apprit avec intérêt que Cyril était son petit-neveu préféré en même temps que son filleul.

Au sortir de table, Tuppence téléphona à sa couturière pour décommander un essayage prévu pour l'après-midi, puis elle se mit en quête de Mrs Perenna pour l'informer qu'elle allait s'absenter vingt-quatre ou quarante-huit heures. Mrs Perenna dit les mots convenables sur un ton de circonstance. Elle avait l'air fatigué et paraissait inquiète.

— Nous sommes toujours sans nouvelles de

Mr Meadowes, remarqua-t-elle. C'est vraiment très bizarre, n'est-ce pas ?

Mrs Blenkensop soupira discrètement.

— Je suis absolument convaincue qu'il a été victime d'un accident. C'est ce que j'ai dit dès le début...

— Mais, madame Blenkensop, il y a longtemps qu'on nous aurait prévenues !

— Alors, demanda Tuppence, que croyez-vous ?

Mrs Perenna hocha la tête.

— A vrai dire, je ne sais pas trop. Je ne pense pas qu'il soit parti de son plein gré. A l'heure qu'il est, j'aurais reçu un mot...

Mrs Blenkensop approuva chaleureusement.

— J'ai toujours considéré cette idée d'une fugue comme insultante, déclara-t-elle. C'est cette mauvaise langue de major Bletchley qui l'a lancée et c'est odieux de sa part ! Non, il ne s'agit pas d'un accident, c'est vraisemblablement un cas d'amnésie. Il y en a beaucoup plus qu'on ne croit, surtout dans des périodes comme celle que nous traversons !

Mrs Perenna pinça les lèvres d'un air sceptique.

— Vous rendez-vous compte, madame Blenkensop, que *nous ne savons pas grand-chose de* Mr Meadowes ?

Mrs Blenkensop réagit avec une certaine violence.

— Qu'est-ce que vous insinuez là ?

Mrs Perenna l'apaisa d'un geste de la main.

— Je vous en prie, madame Blenkensop, ne vous en prenez pas à moi !... D'abord, *moi*, je ne le crois pas !.. Pas une seconde !

— Qu'est-ce que vous ne croyez pas ?

— Le bruit qui court...

— Quel bruit ?... Je ne suis pas au courant.

— C'est sans doute... qu'on n'aura pas voulu vous en parler. Exactement, cette histoire, je ne sais pas d'où elle est partie ! Il me semble que c'est Mr Cayley qui a été le premier à y faire allusion. Il est assez méfiant, Mr Cayley...

Tuppence se contenait, mais sa patience était à rude épreuve.

— Enfin, fit-elle, de quoi s'agit-il ?

— Eh bien ! on chuchote que Mr Meadowes pourrait bien être un agent de l'ennemi, un membre de la « cinquième colonne ».

Mrs Blenkensop éclata de toute l'indignation de Tuppence.

— Je n'ai jamais rien entendu d'aussi absurde, s'écria-t-elle.

— Personnellement, s'empressait d'ajouter Mrs Perenna, j'estime que c'est une supposition stupide. Mais on a beaucoup vu Mr Meadowes avec ce jeune Allemand et c'est pour ça, je crois, que les gens se sont imaginés qu'ils travaillaient ensemble.

— Sur Carl, dit Mrs Blenkensop, vous devez, *vous*, savoir à quoi vous en tenir !

Une ombre passa sur le visage de Mrs Perenna.

— Je voudrais pouvoir penser qu'il n'a rien fait !

— Pauvre Sheila ! murmura Tuppence.

Une flamme s'alluma dans les yeux de Mrs Perenna.

— La pauvre enfant a le cœur brisé. Pourquoi faut-il qu'elle soit justement tombée amoureuse de ce garçon-là ? Il y en a tant d'autres !

— C'est ça, la vie ! dit Tuppence.

— C'est vrai, constata amèrement Mrs Perenna. Elle se charge de vous meurtrir et de vous déchirer. Avec son cortège de tristesses et d'horreurs, elle a un goût de poussière et de cendres...

Sa voix s'enflait tandis qu'elle poursuivait :

— La cruauté de ce monde, son injustice, me révoltent ! Je voudrais pouvoir l'écraser, l'anéantir... Et après, la vie recommencerait ! Nous repartirions, tout près de la terre et délivrés de ces lois mauvaises qui nous oppressent, délivrés de la tyrannie que certaines nations font peser sur les autres! Je voudrais...

Quelqu'un toussa dans le vestibule. Mrs Perenna se tut brusquement et se retourna. Mrs O'Rourke s'arrêtait au seuil de la pièce, sa haute et massive silhouette bouchant toute la porte.

Mrs Perenna changea de visage. L'expression ardente qui animait sa physionomie quelques secondes plus tôt disparut comme par enchantement. Ses traits redevinrent ceux d'une simple propriétaire de pension de famille à qui ses pensionnaires causent du tracas.

— Je ne vous dérange pas? demanda Mrs O'Rourke

— Du tout, répondit Mrs Perenna. Entrez donc!... Nous parlions de Mr Meadowes et nous nous demandions ce qu'il a bien pu devenir. Il est tout de même stupéfiant que la police n'ait pas retrouvé sa trace!

— La police! fit Mrs O'Rourke avec mépris. Vous comptez encore sur elle? Une affaire comme celle-là, est au-dessus de ses capacités! Elle n'est bonne qu'à coller des amendes aux automobilistes et aux vieilles demoiselles qui ont oublié de passer un collier à leur chien!

— Que pensez-vous de la disparition de Mr Meadowes! demanda Tuppence.

— Vous êtes au courant de ce qu'on raconte?

— Oui. Il serait un fasciste et un agent de l'Allemagne. Alors?

— La chose, dit Mrs O'Rourke, ne me paraît nullement impossible. Il m'a intrigué dès le premier jour et je l'ai quelque peu surveillé. Je me suis convaincue que ce n'était pas là un simple petit rentier, un homme ne sachant que faire de ses journées. Si je m'en fiais à mon jugement, je dirais qu'il est venu ici dans un dessein bien déterminé...

Elle souriait, de ce sourire étrange et inquiétant que Tuppence connaissait bien.

— Et, d'après vous, il aurait disparu quand la police aurait commencé à s'occuper de lui ?

— C'est possible. Votre avis, madame Perenna ?

Mrs Perenna soupira.

— Je n'en ai pas. C'est une affaire bien fâcheuse, voilà ce que je sais ! Ça fait trop parler !

— Bah ! s'exclama Mrs O'Rourke. Ce qu'on dit ne peut vous faire de mal ! Regardez-les sur la terrasse ! Ils potinent, ils construisent des hypothèses, ils sont heureux. Quand ils auront fini, ils seront tous d'accord pour conclure que Mr Meadowes, qui avait l'air si doux, si inoffensif, ne se proposait rien de moins que de nous faire sauter tous !

— Vous ne nous avez toujours pas donné votre avis, remarqua Tuppence.

Le sourire d'ogresse reparut sur le visage de Mrs O'Rourke.

— Pour moi, répondit-elle, l'homme est bien tranquille quelque part...

Tuppence monta pour se préparer. Dans le couloir elle rencontra Betty, qui sortait de la chambre des Cayley. Elle avait l'air malin et satisfait des enfants qui viennent de faire quelque chose de mal.

— Qu'est-ce que tu as fabriqué, petit monstre ? lui demanda gentiment Tuppence.

Betty éclata de rire et se mit à chantonner :

— Petit jars, petite oie...

— Jusqu'où irez-vous donc ? acheva Tuppence.

Elle prit l'enfant aux épaules et l'éleva au-dessus de sa tête.

— En haut !... En bas !...

Elle la reposait sur le sol quand Mrs Sprot parut. Elle cherchait Betty pour l'habiller pour la promenade.

— Coucou ! dit l'enfant.

Mrs Sprot l'entraîna en déclarant avec fermeté que ce n'était pas le moment de jouer.

Tuppence passa dans sa chambre et ouvrit l'armoire pour prendre un chapeau. Ça ne l'amusait pas, mais il lui fallait en mettre un ! Tuppence Beresford allait toujours nu-tête, mais une dame comme Patricia Blenkensop portait nécessairement un chapeau.

Elle remarqua qu'on avait touché à ses chapeaux. Ce qui laissait supposer qu'on avait fouillé sa chambre. Elle sourit. On pouvait perquisitionner chez elle, on ne trouverait rien qui pût jeter la suspicion sur l'honorable Mrs Blenkensop.

Elle sortit, non sans avoir artistement déposé sur la table la lettre de Pénélope.

A dix heures, elle franchissait la grille de « Sans-Souci ». Elle avait du temps devant elle. Elle regarda le ciel et mit le pied dans une large flaque d'eau. Elle ne s'en aperçut même pas.

Son cœur bondissait joyeusement dans sa poitrine. Le succès était en vue.

Le succès...

II

Le petit village de Yarrow était assez loin de la halte où Tuppence descendit du train.

Une automobile attendait devant la gare. Son conducteur, un jeune homme d'assez bonne mine, porta la main à sa casquette lorsqu'il aperçut Tuppence. Elle crut remarquer que son geste manquait de naturel.

Elle donna de la pointe de son soulier un coup de pied dans un des pneus arrière.

— Ça ne m'a pas l'air très gonflé, dit-elle.

L'homme répondit qu'on n'allait pas loin et s'installa au volant. Tuppence monta à côté de lui.

On partit, non pas en direction du village, mais vers les dunes. Après une longue côte, la voiture s'engagea sur une route étroite qui plongeait dans une sorte de petite vallée. Bientôt, elle s'arrêtait près d'un bouquet d'arbres. Antony Marsdon était là, qui attendait. Tuppence descendit et alla à sa rencontre.

— Beresford est en bonne santé, dit-il tout de suite. Depuis hier, nous savons où il est. Ils ont réussi à lui mettre la main dessus et il est prisonnier. Pour une douzaine d'heures encore, il est entendu qu'il ne bouge pas. La raison en est que les autres attendent en un certain point l'arrivée d'un bateau et que nous tenons à confisquer ledit bateau. C'est pourquoi Beresford fait le mort. Nous attendrons le dernier moment pour nous manifester. Vous saisissez ?

— Bien sûr ! fit Tuppence.

— En tout cas, Beresford est en excellente santé.

Tuppence eut un mouvement d'impatience.

— Vous l'avez déjà dit, lança-t-elle, et il n'est pas indispensable de me parler comme à un enfant de deux ans ! Nous connaissons, lui et moi, les risques du métier...

Désignant du doigt un amas de toile qu'elle venait d'apercevoir, à demi caché derrière les arbres, elle demanda :

— Qu'est-ce que c'est que ça ?

La question paraissait embarrasser le jeune homme.

— Ça ? fit-il. Eh bien ! voilà... J'ai reçu l'ordre de vous faire une certaine proposition. Mais, à franchement parler, ça m'ennuie beaucoup !... Vous comprenez...

Elle posa sur lui un regard glacé.

— Ça vous ennuie?... Pourquoi?

— Mon Dieu, puisque vous voulez le savoir, ça m'ennuie parce que vous êtes la mère de Deborah!... Je me demande ce que dirait Deb, si elle savait que...

— Que ça s'est terminé pour moi par une balle dans la nuque? Ne vous inquiétez donc pas! Vous n'avez qu'à ne pas lui en parler, ça arrange tout! Le type qui a dit qu'on avait toujours tort de donner des explications avait cent fois raison!

Avec un sourire, elle poursuivit :

— Mon cher enfant, je sais exactement ce que vous pensez. Vous vous dites que prendre des risques, c'est très bien pour des jeunes gens tels que Deborah et vous, mais qu'il n'en va pas de même avec... les aînés. C'est un raisonnement qui ne tient pas debout. Si quelqu'un doit se faire descendre, il est préférable que ce soit un ancien, quelqu'un qui a ses beaux jours derrière lui, et non devant. Je vous demande donc de ne plus voir en moi cet objet sacré, la mère de Deborah, et de me dire bien gentiment en quoi consiste cette mission désagréable et dangereuse qui m'est offerte...

— Savez-vous, fit-il, que vous êtes tout simplement merveilleuse?

— Rengainez vos compliments! J'ai pour moi-même beaucoup d'admiration et il est inutile de faire chorus. Alors?

— Ces morceaux de toile, répondit-il, sont ce qu'il reste d'un parachute...

— Ah! ah! fit Tuppence, intéressée.

— Il s'agissait, poursuivit Marsdon, d'un parachutage isolé. Par bonheur, les volontaires locaux du secteur sont des gars très bien, la descente a été repérée et ils ont pu s'emparer d'elle.

— *D'elle?*

— Oui, d'elle. C'était une femme en costume d'infirmière.

Tuppence prit un air navré.

— Dommage, dit-elle, que ce n'ait pas été une bonne sœur! J'aime tant l'histoire de la religieuse trahie dans l'autobus par l'exubérance de son système pileux!

— Quoi qu'il en soit, ce n'était ni une sœur ni un homme, mais une femme d'une quarantaine d'années, de taille moyenne, brune et assez frêle.

— En somme, pas tellement différente de moi?

— Vous l'avez dit!

— Ensuite?

— Le reste vous regarde, dit Marsdon.

— Eh bien! fit Tuppence, toute souriante, c'est d'accord. Où vais-je et que dois-je faire?

— Vraiment, madame Beresford, vous êtes étonnante et j'admire votre cran!

— Où vais-je et que dois-je faire? répéta-t-elle, avec un peu d'impatience dans la voix.

Il répondit que les instructions trouvées sur l'espionne étaient malheureusement assez maigres.

— Elle n'avait sur elle, précisa-t-il, qu'une simple feuille de papier sur laquelle ses ordres étaient notés en allemand. Ils disaient : « Aller à Leatherbarrow, plein est, en partant du calvaire de pierre, 14, Saint Asalph's Road. Dr. Binion. »

Tuppence regarda vers le haut de la colline et aperçut le calvaire.

— C'est certainement de ce calvaire-là qu'il s'agit, dit Tony. Les poteaux indicateurs ont été enlevés, naturellement, mais Leatherbarrow est un gros bourg et, en marchant plein est, on est forcé d'y arriver.

— C'est loin?

— Six à sept kilomètres.

Tuppence fit la grimace.

— Enfin, dit-elle, c'est une bonne chose que de prendre de l'exercice avant les repas. J'espère que le docteur Binion me retiendra à déjeuner.

— Vous parlez allemand ?

— Juste assez pour me débrouiller à l'hôtel. J'insisterai pour parler anglais, en prétendant que ce sont les ordres.

— C'est un gros risque.

— Nullement ! Qui pourrait supposer qu'il y a eu substitution !... A moins que tout le monde, à vingt kilomètres à la ronde, n'ait été informé du parachutage !

— Les deux bonshommes qui ont fait l'arrestation sont consignés au commissariat. Comme ça, ils ne seront pas tentés de se vanter de leur exploit auprès de leurs copains !

— Mais on a pu les voir...

— Ma chère madame Beresford, répondit Tony, il ne se passe pas de jour qu'on ne raconte que deux, trois, quatre, dix, cent parachutistes ont été aperçus dans le voisinage...

— C'est vrai. Alors, allons-y.

— L'équipement est là, avec une assistante de police qui vous maquillera. Venez !

Une cabane de planches délabrée se dissimulait parmi les arbres. Elle l'y suivit. A l'intérieur, une femme d'un certain âge attendait, qui fit asseoir Tuppence sur une mallette retournée avant de lui donner ses soins. L'opération terminée, elle recula de deux pas, examina son œuvre et dit :

— Voilà. Je crois que ce n'est pas trop mal réussi. Qu'en pensez-vous, monsieur ?

— Ça me paraît parfait, décida Tony.

Tuppence se regarda dans le miroir que la femme

lui présentait et ne put retenir un petit cri de surprise.

L'arc de ses sourcils, adroitement modifié, donnait à son visage une expression toute nouvelle. Appliquées derrière ses oreilles et cachées par ses boucles brunes, de petites bandes de toile adhésive tendaient la peau des joues, faisant saillir les pommettes. La forme même du nez, maintenant en bec d'aigle, paraissait changée et les coins de la bouche tombaient. Le maquillage gratifiait Tuppence de quelques bonnes années supplémentaires.

— C'est tout à fait remarquable, conclut-elle.

— Croyez-vous, demanda la femme, que vous pourrez conserver ceci sur vos gencives ?

C'étaient deux fines lamelles de caoutchouc.

— Il faudra bien que j'essaie, dit Tuppence sans enthousiasme.

Elle les mit en place et fit jouer ses mâchoires. Elle convint que c'était supportable et, Tony s'étant discrètement retiré, revêtit le costume d'infirmière. Un peu juste des épaules, il était pour le reste à sa taille. Le bonnet bleu et le voile mirent la touche finale à sa nouvelle personnalité. Elle refusa les larges souliers à bout carré.

— J'ai plusieurs kilomètres à faire, dit-elle. Je préfère garder mes chaussures.

Celles-ci, d'ailleurs très classiques, ne juraient pas avec l'uniforme.

Tuppence inventoria le contenu du sac à main réglementaire qui compléterait sa physionomie : de la poudre, deux livres et quelques shillings, un mouchoir et une carte d'identité, au nom de Freda Elton, 4, Manchester Road, Sheffield. Elle ajouta au tout sa propre boîte de poudre et son rouge à lèvres, puis se leva, prête à se mettre en route.

Tony Marsdon détourna la tête et dit, d'un air maussade :

— Ça me dégoûte de vous laisser faire ça!

Tuppence sourit.

— Je sais exactement ce que vous ressentez, fit-elle.

— Certes, reprit-il, il s'agit de quelque chose qui peut être considéré comme essentiel, il est pour nous d'une importance capitale de savoir où et quand l'attaque aura lieu, mais...

Elle lui donna de petites tapes sur l'avant-bras.

— Ne vous tourmentez pas, mon garçon! Croyez-le ou ne le croyez pas, en ce moment-ci, je m'amuse!

Elle était sincère.

Une fois encore, il répéta qu'il la trouvait simplement admirable.

III

Un peu lasse, Tuppence s'arrêta devant le 14, Saint Asalph's Road. La plaque du docteur Binion lui apprit qu'elle aurait affaire, non pas à un médecin, mais à un dentiste.

Elle aperçut Tony, au volant d'une voiture qui ressemblait à un engin de course, arrêtée un peu plus loin dans la rue.

Elle était venue à pied, comme ses instructions l'ordonnaient, une arrivée en automobile étant susceptible d'être remarquée. Deux avions ennemis, survolant les dunes, étaient descendus assez bas avant de s'éloigner et sans doute avaient-ils repéré l'infirmière qui cheminait solitaire à travers la campagne. Tony, accompagné de l'assistante de police, était parti dans la direction opposée et avait fait un grand circuit pour rallier Leatherbarrow, où il venait de s'installer au point convenu. Maintenant, tout était prêt.

« Les portes de l'arène vont s'écarter, pensa Tuppence, pour livrer passage à la chrétienne promise aux lions... Enfin!... On ne dira pas que ma vie manque de piment! »

Elle sonna, tout en se demandant quels étaient les sentiments exacts de Deborah pour le jeune Marsdon. Une femme aux allures paysannes vint ouvrir. Assez âgée déjà, elle n'avait pas l'air d'une Anglaise.

— Le docteur Binion? demanda Tuppence.

La femme la toisa des pieds à la tête.

— Vous êtes sans doute miss Elton, l'infirmière?

— Oui.

— Alors, entrez! Le docteur vous recevra dans son cabinet.

Elle s'effaça et la porte se ferma sur Tuppence, qui se trouva dans un étroit vestibule, au sol couvert de linoléum. La servante, montrant le chemin, la conduisit au premier étage, ouvrit une porte et dit :

— Vous voudrez bien attendre ici. Le docteur va venir.

Elle disparut.

Tuppence était dans un cabinet de dentiste parfaitement banal. Le matériel paraissait vieillot et assez mal entretenu. Elle examina le fauteuil et sourit à la pensée qu'aujourd'hui elle n'avait rien à redouter de lui. Sans doute, elle n'était guère plus rassurée que lorsqu'elle entrait chez son dentiste, mais c'était pour d'autres raisons qu'à l'ordinaire.

Bientôt, le docteur arriverait. Comment serait-il? Serait-ce un étranger? Quelqu'un qu'elle avait déjà vu? Si c'était celui qu'elle escomptait...

La porte s'ouvrit.

Un homme entra qui n'était pas celui qu'elle attendait, qui n'avait même jamais figuré sur la liste de ses suspects.

C'était le commandant Haydock.

CHAPITRE XIV

I

Un flot d'hypothèses sur le rôle qu'avait pu jouer Haydock dans la disparition de Tommy déferla dans l'esprit de Tuppence, mais elle l'écarta résolument. Ce n'était pas le moment de se laisser distraire!

Et d'abord — première question, et d'un intérêt majeur — la reconnaîtrait-il oui ou non?

Elle s'était si fermement préparée à demeurer calme, quoi qu'il arrivât, à ne montrer aucun étonnement devant celui qui entrerait, quel qu'il fût, qu'elle était à peu près sûre de n'avoir rien trahi de sa surprise.

Elle se leva et se tint debout, dans une attitude respectueuse, celle qui convenait à une simple petite Allemande mise en présence d'un « seigneur ».

— Ainsi, dit-il, vous êtes arrivée?

Il s'exprimait en anglais et il était tel qu'à son habitude.

— Oui, fit-elle.

Elle ajouta, comme présentant ses lettres de créance :

— Miss Elton, infirmière.

Il sourit comme à une bonne plaisanterie.

— Miss Elton?... Bravo!

Il la considéra un instant.

— Il n'y a rien à reprendre, conclut-il sur le mode aimable. Vous êtes parfaite.

Elle se taisait, préférant lui laisser l'initiative.

— Je suppose, dit-il après l'avoir invitée à s'asseoir, que vous savez ce que vous avez à faire ?

— Je dois recevoir de vous des instructions détaillées, répondit-elle d'une voix assurée.

— Très bien !

Il y avait dans le ton un soupçon d'ironie.

— Vous savez le jour ? demanda-t-il.

— Le 4.

Haydock, manifestement surpris, fronça ses sourcils et murmura :

— Ainsi, vous savez ça...

Un silence suivit.

— Je pense, dit-elle, que vous me direz ce que j'ai à faire...

Il leva la main.

— Chaque chose en son temps, ma chère.

Il y eut un nouveau silence. Ce fut lui, cette fois, qui le rompit.

— Avez-vous entendu parler de « Sans-Souci » ?

— Non.

— Pas du tout ?

— Pas du tout !

Elle avait parlé très fermement, curieuse de savoir comment il allait réagir.

— Ainsi, reprit-il avec un sourire ambigu, vous n'avez jamais entendu parler de « Sans-Souci » ! Cela m'étonne quelque peu, car *je m'imaginais que vous y habitiez depuis un mois...*

Il marqua une pause et ajouta :

— Qu'est-ce que vous dites de ça, madame Blenkensop ?

— Je ne comprends pas, docteur. J'ai été parachutée en Angleterre ce matin.

Il sourit.

— Quelques mètres de toile jetés dans un buisson, dit-il, font magnifiquement la blague. Je ne suis pas le docteur Binion. A ne vous rien cacher, chère madame, Binion est mon dentiste et il a l'amabilité de mettre de temps à autre son cabinet à ma disposition.

— Vraiment ?

— Mais oui, miss Elton. A moins que vous ne me permettiez de vous appeler par votre nom véritable, madame Beresford...

Un silence lourd de menaces pesa sur la pièce. Tuppence soupira doucement.

— Comme vous le voyez, chère madame, poursuivit-il, la farce est jouée ! « Vous êtes entrée dans mon antichambre », dit l'araignée à la mouche...

Elle entendit un petit déclic. Un revolver apparaissait dans la main de Haydock, qui continua :

— Je ne vous conseillerais pas de faire du bruit ou d'essayer d'ameuter les voisins. Vous seriez morte avant d'avoir pu pousser un cri. Et hurleriez-vous que vous n'attireriez l'attention de personne ! On crie souvent chez les dentistes...

— Je vois, dit Tuppence avec calme, que vous avez pensé à tout. Mais avez-vous songé que j'ai des amis qui savent où je suis ?

— Ah ! ah ! On joue du noble chevalier aux grands yeux bleus, lequel en la circonstance aurait plutôt les yeux bruns !... Le jeune Antony Marsdon, je suis au regret de vous l'apprendre, est dans ce pays un de nos plus vigoureux partisans. Comme je vous l'ai signalé, il suffit de quelques mètres de toile blanche pour faire illusion et vous avez gobé très facilement notre histoire de parachute...

— Je ne saisis pas.

— Pas possible ! Comprenez que nous ne tenons pas tellement à ce que vos amis retrouvent aisément votre trace. Votre piste, *s'ils la suivent*, les conduira à Yarrow, où vous avez rencontré un homme en automobile. Le fait qu'une infirmière dont le visage n'a rien de commun avec le vôtre, est arrivée à Leatherbarrow entre une heure et deux a peu de chances d'être rapproché de votre disparition.

— Très astucieux.

— Je ne vous cacherai pas que j'admire votre sang-froid. Très sincèrement. Je suis désolé de vous contraindre, mais il faut absolument que nous sachions de façon très exacte ce que vous avez découvert pendant votre séjour à « Sans-Souci ».

Tuppence se taisait.

— Je vous recommanderais de parler, reprit Haydock. Le fauteuil d'un dentiste et ses instruments présentent des... possibilités variées.

Elle le regarda avec mépris.

— Vous avez du cran, dit-il tranquillement. Les femmes de votre espèce en ont souvent. Mais je peux assombrir l'autre partie du tableau...

— Je ne comprends pas.

— Je fais allusion à Thomas Beresford, votre mari, qui résidait à « Sans-Souci » sous le nom de Meadowes et qui, pour le présent, très gentiment ficelé, habite les caves de ma villa.

— Je ne vous crois pas !

— A cause de la lettre Pénélope ?... Vous ne vous rendez pas compte que c'est là un travail assez réussi à porter au crédit du jeune Antony ? Vous avez joué dans sa main quand vous lui avez parlé de votre petit code personnel...

— Alors, Tommy?... Tommy...

La voix de Tuppence tremblait.

— Tommy reprit Haydock, n'a pas bougé de l'endroit où il se trouve depuis sa disparition. Il est en mon pouvoir et tout dépend de vous. Ou vous répondez à mes questions de façon satisfaisante et il lui reste une chance, ou vous n'en faites rien et je m'en tiens à mon plan primitif. On l'assommera, on l'emmènera en mer et on le jettera par-dessus bord.

Tuppence demeura muette un long moment.

— Que voulez-vous savoir? demanda-t-elle enfin.

— Je veux savoir qui vous employait, comment vous communiquiez avec cette personne, ce que vous lui avez appris jusqu'à présent et très exactement ce que vous avez découvert.

Tuppence haussa les épaules.

— Je pourrais vous raconter n'importe quels mensonges.

— Non. Parce qu'il va sans dire que je ferai procéder à des vérifications.

Il approcha sa chaise de celle de Tuppence et c'est avec une certaine douceur dans la voix qu'il poursuivit.

— Chère madame, dit-il, je comprends très bien vos sentiments et vous pouvez me croire quand je déclare que j'ai beaucoup d'admiration pour vous aussi bien que pour votre mari. Vous avez, tous deux, de l'énergie et du courage à revendre. Nous aurons besoin de gens comme vous dans le nouvel État, celui que nous créerons dans ce pays, quand aura sombré, dans la honte de la défaite, le stupide gouvernement actuel. Nous souhaitons que nos ennemis d'aujourd'hui deviennent nos amis. Non pas tous, mais ceux qui valent la peine. S'il me faut donner l'ordre d'exécuter votre mari, je le ferai. C'est mon devoir. Mais je serai très sincèrement désolé d'avoir à le faire. C'est un homme de valeur, calme, adroit et d'une rare modestie. Je voudrais vous faire comprendre ce que tant de gens dans ce pays paraissent incapables de comprendre, que notre Führer n'a nullement l'intention de conquérir l'Angleterre de la façon que vous imaginez, qu'il veut seulement créer une Angleterre nouvelle, forte de sa propre puissance et *gouvernée, non pas par des Allemands, mais par des Anglais*, et par les meilleurs d'entre eux, des Anglais de bonne race, intelligents, ardents et sachant ce qu'ils veulent.

Il se pencha plus avant vers Tuppence.

— Nous voulons, poursuivit-il, en finir avec le désordre et la gabegie, avec la corruption et les pots-de-vin. Et, *dans cet ordre nouveau, il nous faut des gens comme votre mari et vous*, des gens qui, après avoir été pour nous de loyaux ennemis, deviendront les plus sincères de nos amis. Dans ce pays et dans d'autres, nos idées font leur chemin. De partout, les sympathies viennent à nous. Demain, tous ensemble, nous construirons l'Europe nouvelle, une Europe pacifique et heureuse. Cette vérité, essayez de l'admettre, parce que je puis vous en donner l'absolue certitude, *c'est la Vérité !*

Il y avait dans sa voix un étonnant accent de persuasion et jamais il n'avait mieux personnifié, en apparence du moins, l'honnête marin britannique que chacun voyait en lui.

Tuppence le regardait et cherchait quelque chose de cinglant à lui dire. Elle ne trouva rien.

Alors, faute de mieux, elle chantonna :

— *Petit jars, petite oie...*

II

L'effet fut si inattendu qu'elle en demeura stupide. Haydock s'était levé d'un bond. Le visage pourpre de colère, les yeux exorbités, il ne ressemblait plus au flegmatique officier anglais de tout à l'heure. Tuppence avait devant elle le Prussien furieux que Tommy avait vu avant elle.

Il sacra en allemand à plusieurs reprises, puis, revenant à l'anglais, s'écria :

— Pauvre idiote! Vous ne comprenez pas que vous venez de vous vendre? Que maintenant vous êtes perdue? Vous et votre précieux mari!

Il appela :

— Anna!

La femme qui avait introduit Tuppence accourut. Il lui remit son revolver.

— Surveille-la!... Et tire si c'est nécessaire!

Il quitta la pièce comme un ouragan.

Tuppence tournait des regards suppliants vers Anna, qui se tenait devant elle, le visage impassible.

— Tout de même, dit-elle, vous ne voudriez pas tirer sur moi?

La femme répondit d'un ton tranquille :

— Inutile d'essayer de m'attendrir! A la dernière guerre, ils ont tué mon fils, mon Otto. J'avais trente-huit ans. J'en ai soixante-deux, mais je n'ai pas oublié...

Cette femme, avec sa large figure placide, Tuppence la considérait. Elle lui rappelait Wanda Polonska. Non qu'elle lui ressemblât, mais parce qu'on retrouvait sur ses traits la même froide résolution. Comme l'autre, c'était une mère. Implacable, elle ne pardonnerait jamais. Un peu partout, en Angleterre, il y avait des Mrs Jones, des Mrs Smith, qui, elles non plus, ne pardonneraient jamais. Inutile d'insister. On ne discute pas avec « la femelle de l'espèce », la mère à qui l'on a ravi son petit.

Ces réflexions réveillaient en Tuppence un obscur souvenir, une idée très vague qu'elle eut un jour et qu'elle n'avait jamais été capable de préciser. Il s'agissait de Salomon. Mais qu'était-ce donc?

La porte s'ouvrit. Le commandant revenait.

Sa colère n'était pas tombée.

C'est en hurlant qu'il s'adressa à Tuppence.

— Où est-il? Où l'avez-vous caché?

Elle n'avait rien pris, rien caché. Elle le dit.

Il congédia Anna, qui s'esquiva rapidement après lui avoir rendu son revolver, s'assit dans un fauteuil et, faisant pour se dominer un effort visible, reprit d'une voix un peu plus calme.

— Il faut bien vous dire que vous ne vous en tirerez pas comme ça! Je vous tiens et j'ai différents moyens de faire parler les gens. Ils ne sont pas très jolis, mais ils sont efficaces et, au bout du compte, vous céderez. Cela posé, *qu'en avez-vous fait ?*

Tuppence n'avait pas été longue à se rendre compte qu'il y avait là pour elle à tout le moins la possibilité d'un marchandage. L'ennui était qu'elle ne savait pas ce qu'elle était censée avoir en sa possession.

Prudente, elle demanda :

— Comment savez-vous que je l'ai?

— Par ce que vous avez dit, pauvre imbécile! Vous ne l'avez pas sur vous, puisque vous avez changé de vêtements. Alors?

— Peut-être l'ai-je envoyé à quelqu'un par la poste...

— Ne dites pas de bêtises! Tout ce que vous avez mis à la boîte depuis hier est passé par nos mains et vous ne l'avez donc pas expédié. La seule chose que *vous pourriez* avoir faite, c'est de l'avoir caché à « Sans-Souci » ce matin, avant de vous en aller. Je vous donne trois minutes pour me révéler cette cachette.

Il posa sa montre sur la table et répéta :

— *Trois minutes, madame Beresford !*

Tuppence pour la première fois, remarqua le tic-tac de la pendule qui se trouvait sur la cheminée.

Elle restait assise sur sa chaise, toute droite, le visage d'une pâleur mortelle, mais impénétrable. Rien ne se lisait sur ses traits, cependant que dans son esprit ses pensées défilaient à une allure vertigineuse. Car, tout à coup, elle comprenait. Toute l'affaire lui apparaissait limpide, d'une clarté aveuglante. Elle voyait maintenant qui était le centre et le pivot de l'organisation...

La voix de Haydock la rappela à la réalité.

— *Encore dix secondes...*

Elle le regardait fixement, comme dans un rêve. Le revolver braqué, il se mit à compter :

— *Un, deux, trois, quatre, cinq...*

Il était arrivé à *huit*, quand le coup partit. Il s'écroula, tombant de son siège, la face en avant, une expression de stupeur sur sa grosse figure rougeaude. Il surveillait sa future victime avec une attention si exclusive qu'il ne s'était pas aperçu que, dans son dos, la porte s'ouvrait doucement.

Tuppence sauta sur ses pieds, courut à la porte et, bousculant les agents qui se pressaient à l'entrée, saisissait le bras qui avait tiré.

— *Monsieur Grant !*

Il riait.

— Comme on se rencontre, hein ?... Tout va bien et vous avez été admirable !

— *Dépêchons-nous!* Il n'y a pas une minute à perdre. Vous avez une voiture?

— Oui.

— Rapide?

— Oui.

— Alors, filons! Il faut aller à « Sans-Souci » *tout de suite.* Pourvu que nous arrivions à temps! Il faut que nous y soyons avant qu'ils n'aient eu le temps de téléphoner ici, où l'on ne leur répondrai pas...

Il la suivit, très surpris, et, deux minutes plus tard, la voiture se frayait un chemin à travers les petites rues de Leatherbarrow, gagnant bientôt la campagne. L'aiguille de l'indicateur de vitesse monta rapidement.

Mr Grant ne posait pas de question. Il attendait. Le chauffeur, qui avait reçu des ordres, demandait à sa voiture tout ce qu'elle pouvait donner.

Tuppence, dont les yeux ne quittaient pas l'indicateur de vitesse, ne parla qu'une fois.

— Tommy? dit-elle.

— Sain et sauf, répondit Grant. Délivré il y a une demi-heure.

Leahampton traversé à toute allure et la côte terminale gravie en trombe, la voiture s'arrêta devant la grille de « Sans-Souci ». Tuppence sauta à terre et, suivie de Grant, courut vers la maison. La porte d'entrée était ouverte, comme d'habitude. Ils escaladèrent le perron, traversèrent le hall désert et grimpèrent au premier étage.

Au passage, Tuppence jeta un coup d'œil dans sa chambre. Elle était dans le plus grand désordre : le lit défait, les tiroirs de la commode ouverts. Elle referma la porte et, suivant le couloir, gagna la chambre des Cayley.

Une légère odeur de pharmacie flottait dans l'air. Tuppence alla directement au lit. Elle tira les couvertures, qui tombèrent par terre, et glissa sa main sous le matelas. Bientôt elle se redressait et tendait triomphalement à Mrs Grant un livre d'images en fort piteux état.

— Tenez! lui dit-elle. Tout est là-dedans!

— Que diable...

Ils se retournèrent. Mrs Sprot, de la porte, les regardait avec une sorte de stupeur.

— Et maintenant, monsieur Grant, s'écria Tuppence, *permettez-moi de vous présenter M.!* Oui, *M.*, *c'est Mrs Sprot.* Il y a longtemps que je devrais le savoir!

La détente vint peu après, avec l'arrivée de Mrs Cayley, qui, considérant le lit bouleversé de son époux, s'exclama.

— Mon Dieu! Qu'est-ce que Mr Cayley va penser de ça?

CHAPITRE XV

I

— J'aurais dû comprendre beaucoup plus tôt ! déclara Tuppence.

Elle se remettait de ses émotions en dégustant à petites gorgées un grand verre de vieux cognac, souriant tantôt à Tommy, tantôt à Mr Grant, tantôt à Albert, installé, le visage épanoui, devant une pinte de bière.

Tommy pressa Tuppence de raconter son histoire.

— Non, fit-elle. Toi, d'abord.

— Si tu veux, dit-il, encore qu'il n'y ait pas grand-chose à raconter. J'ai découvert par le plus grand des hasards le secret de l'émetteur de radio. J'espérais avoir donné le change à Haydock, mais il devait se montrer plus fort que moi.

Tuppence intervint.

— Il a téléphoné à Mrs Sprot, qui est allée t'attendre dans l'allée avec un marteau. Elle n'a pas quitté la table de bridge plus de trois minutes. J'avais bien remarqué qu'*elle était revenue un peu essoufflée*, mais pas un instant je ne l'ai soupçonnée !

— Après, reprit Tommy, c'est à Albert que doivent aller les félicitations. Il était venu fureter autour de la villa. J'ai eu l'idée de « ronfler en morse » et il a pigé le truc tout de suite. Il est allé porter les nouvelles à Mr Grant et ils sont revenus tous deux au milieu de la nuit. Je me suis remis à ronfler. En conclusion, j'acceptais de rester là afin qu'il fût possible de « coiffer » le bateau lorsqu'il arriverait.

— J'ajoute, dit Grant, que ce matin, après le départ de Haydock, nous avons occupé la villa. Le bateau a été saisi ce soir.

— Et maintenant, Tuppence, fit Tommy, on t'écoute !

— Eh bien ! commença-t-elle, la première chose à dire, c'est que je me suis comportée d'un bout à l'autre comme la dernière des imbéciles ! J'ai suspecté tout le monde dans la maison, sauf Mrs Sprot ! Une fois, j'ai eu l'impression très nette que j'étais menacée, que je me trouvais en danger. C'était après avoir surpris ce coup de téléphone où il était parlé de ce mystérieux « quatrième ». Il y avait là trois personnes. Mes craintes, je me suis dit qu'elles se justifiaient par la présence de Mrs Perenna ou par celle de Mrs O'Rourke. Je n'ai pas pensé une seconde que c'était Mrs Sprot, l'insignifiante Mrs Sprot, que je devais redouter !

« Comme Tommy le sait, j'ai « nagé » jusqu'à sa disparition. J'étais en train de cuisiner un plan de campagne avec Albert quand, tout à coup, Antony Marsdon nous est tombé du ciel. A première vue, il ne m'a pas fait mauvaise impression. C'était exactement le genre de jeune homme que Deb a l'habitude de traîner en remorque. Mais deux choses devaient me donner à penser. D'abord, plus nous parlions, plus j'étais sûre que *je ne l'avais jamais vu* et qu'il n'était jamais venu à la maison. Ensuite, bien qu'il parût être au courant de ce que je faisais à Leahampton, *il croyait que Tommy était en Écosse.* Cela ne collait pas. S'il devait savoir quelque chose de l'un de nous deux, c'était de Tommy, puisque ma mission à moi était plus ou moins officielle, et plutôt moins que plus. Ça me semblait donc assez bizarre...

« Mr Grant m'avait dit que la « cinquième colonne » était partout, même dans les endroits les plus inattendus. Rien ne s'opposait à ce qu'elle fût représentée dans les services où travaillait Deborah. Hypothèse, bien sûr, mais à laquelle je croyais assez pour me décider à tendre un piège à mon lascar. Je lui racontai que, Tommy et moi, nous avions un moyen secret d'identifier nos messages. Ce moyen, il existe bien : nous correspondons sur des cartes postales représentant l'ours Bonzo. Mais je lui fis croire que, lui, comme moi, nous signions nos messages « Pénélope ». Comme je l'espérais, il marcha à fond et, ce matin, je recevais la lettre par laquelle il se trahissait. Nos dispositions étaient prises. Je n'avais qu'à téléphoner à ma couturière pour décommander un essayage. Une façon comme une autre d'informer Albert que le poisson avait mordu...

— Pas besoin de vous dire, fit Albert, que ça n'a pas traîné! Je me suis fringué en livreur et, avec une poussette de boulanger, j'ai été m'arrêter devant la grille de « Sans-Souci », juste le temps de verser dans une flaque le contenu d'une bouteille. Un truc qui sentait l'anis à plein nez.

— En quittant la villa, reprit Tuppence, je pris bien soin de patauger dans la flaque des deux pieds. Évidemment, il était facile au livreur de me suivre et, à la gare, de se glisser derrière moi pour m'entendre demander un billet pour Yarrow. Où les choses pouvaient devenir difficiles, c'est après...

— Les chiens, dit Grant, ont flairé la piste sans aucune peine. Ils l'ont prise à la gare de Yarrow, d'après l'odeur laissée par votre soulier sur le pneu, et l'ont suivie. Elle nous a menés d'abord à la cabane où vous vous êtes arrêtée, puis au calvaire et enfin, par les dunes, à Leatherbarrow. L'ennemi ne se doutait guère, en s'éloignant, que nous étions déjà sur vos traces.

— Malgré ça, remarqua Albert, ça m'a fait une drôle d'impression de vous savoir dans cette maison sans avoir la moindre idée de ce qu'il s'y passait ! On est entré par une fenêtre de derrière et on a coincé la bonne femme juste comme elle arrivait en bas de l'escalier. On s'est amené juste à temps, ça, on peut le dire !

— Je savais que vous viendriez, reprit Tuppence. C'est pourquoi je m'appliquais à faire traîner les choses en longueur. J'allais me mettre à lui raconter des histoires quand j'ai vu la porte qui commençait à s'ouvrir...

Après un court silence, elle ajouta :

— Le plus curieux, c'est la façon dont d'un seul coup j'ai compris toute l'affaire, tout en me rendant compte de ma stupidité !

— Mais, cette révélation, comment t'est-elle venue ? demanda Tommy.

— C'est tout de suite après avoir dit : « Petit jars ! Petite oie ! » expliqua Tuppence. Haydock est devenu livide et ce n'était pas, je m'en suis rendu compte immédiatement, parce que j'avais l'air de me moquer de lui ou parce que ma réponse, si c'en était une, n'était rien de moins qu'une insulte. Non, c'était parce que *ce que je venais de dire avait pour lui un sens que j'ignorais*. En même temps, je me souvins du visage de cette femme, Anna... Elle m'avait rappelé la Polonaise. Alors, naturellement, j'ai pensé à Salomon et la lumière s'est faite ! J'ai compris.

Tommy poussa une exclamation exaspérée.

— Tuppence, dit-il, si tu ne te décides pas à parler,

c'est moi qui vais te descendre! Tu as compris quoi? Et qu'est-ce que Salomon vient faire là dedans?

— Tu ne te souviens pas, répondit Tuppence dans un sourire, de ces deux mères qui vinrent trouver Salomon avec un bébé dont toutes deux prétendaient qu'il était à elle. « Très bien! dit-il. Qu'on le coupe en deux! » La fausse mère n'y voyait pas d'inconvénient, mais la vraie s'écria : « Non! Qu'on le donne à l'autre. » Elle ne pouvait pas laisser tuer son enfant. Eh bien! le soir où Mrs Sprot tira sur la Polonaise, vous avez tous crié au miracle et remarqué qu'elle aurait très bien pu tuer sa fille. A ce moment-là, nous aurions dû comprendre! Si cette enfant avait été à elle, *elle n'aurait jamais eu le courage de tirer*, au risque de la tuer! Elle ne l'a fait que parce que Betty ne lui appartenait pas, et c'est justement parce qu'elle ne lui appartenait pas qu'elle était obligée d'abattre l'autre femme.

— Pourquoi?

— Parce que *la véritable mère, c'était Wanda Polonska!*

Elle ajouta, d'une voix empreinte de tristesse :

— Pauvre femme!... C'était un être traqué... Venue en Angleterre comme réfugiée, sans argent, elle avait été heureuse de laisser Mrs Sprot se charger de son enfant. Ce qu'elle n'aura pas osé dire à Mrs Calfont. Ceci explique aussi ce qui nous semblait bizarre dans le langage de Betty.

— Mais, cette enfant, pourquoi Mrs Sprot l'aurait-elle prise avec elle?

— Camouflage, simplement. Camouflage psychologique, si j'ose dire, et d'une suprême habileté. On n'imagine pas un espion emmenant son enfant dans ses aventures! Et c'est bien pour ça, c'est bien parce qu'elle avait sa fille avec elle, que je n'ai jamais soupçonné Mrs Sprot. Seulement, Betty manquait à sa vraie maman. S'étant procuré l'adresse de Mrs Sprot, Wanda Polonska vint ici, rôdant autour de la villa, guettant l'occasion de reprendre sa petite fille et de s'enfuir avec elle. L'enlèvement réussi, Mrs Sprot affolée — c'est dans son rôle —, mais résolue à éviter à tout prix l'intervention de la police, écrit le petit mot qu'elle prétend avoir trouvé dans sa chambre et alerte Haydock. La fugitive retrouvée, décidée à ne courir aucun risque, elle l'abat. Au passage, il faut noter que, bien loin de ne pas savoir manier une arme, elle est une tireuse de première force. Cette malheureuse femme, elle l'a tuée froidement, en pleine conscience de ce qu'elle faisait, et c'est pourquoi aujourd'hui je ne saurais la plaindre...

Elle se tut, réfléchissant.

— Autre chose, reprit-elle, qui aurait dû me mettre sur la voie : la ressemblance entre Wanda Polonska et Betty. *C'est à Betty que le visage de la Polonaise me faisait songer*. Seulement, je ne m'en doutais pas! Quant au jeu saugrenu que l'enfant avait imaginé avec mes lacets de souliers, je croyais que c'était Carl von Deinim qui lui en avait donné l'idée. En réalité c'est sa mère — sa fausse mère — qu'elle imitait. Ce jour-là, devinant le danger, Mrs Sprot s'empressa de disposer dans la chambre de Carl des indices que nous devions nécessairement trouver en même temps qu'un lacet baignant dans un verre d'eau.

— Je suis très content, dit Tommy, que Carl ne soit pas coupable. C'est un garçon qui me plaît...

— On n'a rien à lui reprocher, déclara Grant. En fait, de ce côté-là, je vous réserve une surprise.

— Ça me fait plaisir pour Sheila, dit Tuppence. Quand je pense que nous avons été assez bêtes pour soupçonner Mrs Perenna!

— Elle a travaillé pour l'Association pour l'Irlande

libre, remarqua Grant. Rien d'autre et rien de grave!

— J'ai un peu soupçonné Mrs O'Rourke... Un peu soupçonné les Cayley...

— Tandis que moi, ajouta Tommy, je m'en prenais à ce brave Bletchley!

— Mais Mrs Sprot restait à mes yeux une créature insignifiante, la maman de Betty, sans plus!

— En réalité, dit Grant, une femme extrêmement dangereuse et une comédienne de grand talent. Et, je suis navré de le dire, une Anglaise authentique.

— Alors, fit Tuppence, je ne puis avoir pour elle ni admiration ni pitié. Ce n'est pas pour son pays qu'elle travaillait!

Se tournant vers Grant elle demanda :

— Au fait, avez-vous trouvé ce que vous cherchiez?

— Absolument tout!... Tout se trouvait dans ces vieux livres d'images fripés!

— Ceux dont Betty disait qu'ils étaient « vilains »!

— Ils l'étaient!... *Le petit Jack Horner* contenait le plan détaillé de notre dispositif naval. *Johnny-le-Distrait*, tous les renseignements possibles sur notre armée de l'Air, et tout ce qui concernait les usines d'armement se trouvait dans *Le petit homme tout habillé de gris.*

— Et *Le petit Jars et la petite Oie?*

— Traité avec le réactif approprié, le livre nous a révélé, écrite à l'encre sympathique, une liste complète des principaux personnages qui se sont engagés à assister l'Allemand dans ses projets d'invasion. Il y a dans le nombre deux hauts fonctionnaires de la police, des commandants de Volontaires locaux, des militaires et des marins de différents grades — menu fretin — et même quelques agents de l'Intelligence Service.

Tommy et Tuppence ouvraient de grands yeux.

— Incroyable! dit Tommy.

— Mais vrai! Vous n'imaginez pas l'habileté des services allemands de propagande. Ils ont su exploiter ce goût de l'autorité qui est au cœur de la plupart des hommes. Il y a des quantités de gens qui sont prêts à trahir leur pays, non pas pour de l'argent, mais parce qu'ils estiment qu'on ne rend pas justice à leurs mérites, parce qu'ils ont besoin d'être « quelque chose ». Il faut qu'on les voie, qu'ils soient au premier plan.

Il haussa les épaules et conclut :

— Vous vous rendez compte qu'avec de tels personnages pour créer le désordre et la confusion au bon moment, l'invasion projetée aurait eu toutes les chances de réussir ?

— Et maintenant ?

Il sourit.

— Maintenant ?... *Ils peuvent venir ! On les attend !*

CHAPITRE XVI

— Sais-tu, ma chère maman, dit Deborah, que j'ai bien cru qu'il t'était arrivé des catastrophes ?

Tuppence s'étonna.

— Et quand ça ?

— Quand tu as cinglé sur l'Écosse pour rejoindre papa, alors que je te croyais toujours avec la tante Gracie. Il s'en est fallu de rien que je ne m'imagine que tu avais filé avec un amoureux !

— Oh ! Deborah !

— Je plaisante, bien sûr !... A ton âge, ces choses-là ne se font plus et je sais bien que, papa et toi, vous vous adorez ! Mais un jeune idiot du nom de Tony Marsdon m'avait fourré cette idée dans la tête ! Figure-toi que, peu après, on a découvert qu'il appartenait à la « cinquième colonne » ! C'est un type qui m'avait souvent paru assez bizarre. Il racontait volontiers que les choses n'iraient pas plus mal, qu'elles iraient peut-être même mieux, en cas de victoire de Hitler...

— Et tu... tu avais de la sympathie pour lui ?

— Pour Tony ?... Dis que je le trouvais insupportable, tu seras plus près de la vérité !... Et excuse-moi ! Celle-ci, il faut que je la danse...

Deborah s'éloigna, entraînée dans une valse par un

blond jeune homme, pour lequel son regard se faisait très doux. Tuppence suivit le couple des yeux un instant. Elle sourit ensuite à un jeune aviateur qui dansait avec une ravissante jeune fille.

Elle se tourna vers Tommy.

— J'ai vraiment l'impression, dit-elle, que nous avons de beaux enfants !

Il acquiesça d'un clin d'œil et se leva pour accueillir Sheila, qui s'approchait de leur table. Elle était très jolie, dans une robe verte qui mettait sa beauté brune en valeur, mais avait l'air assez maussade.

— Je suis venue, dit-elle, parce que je vous l'avais promis, mais je ne vois pas pourquoi vous m'avez invitée.

— Mais, répondit Tommy, simplement parce que nous vous aimons bien !

— Vraiment ?... Moi qui me suis si mal conduite avec vous ?

Elle ajouta, plus bas :

— Ce qui n'empêche, vous savez, que je vous suis très reconnaissante...

Tuppence l'interrompit :

— Ne parlons pas de ça ! Nous allons vous trouver un gentil cavalier.

Elle protesta :

— Je vous remercie, mais je n'ai pas envie de danser. Je ne suis venue que pour vous deux...

— Je suis sûre, dit Tuppence avec un sourire, que le garçon que j'ai invité à votre intention vous plaira.

— Je...

Elle n'alla pas plus loin. Stupéfaite, elle regardait Carl von Deinim, qui venait d'entrer dans la salle.

Il s'inclina devant Tuppence, serra la main de Tommy, puis celle de Sheila.

— Vous ? fit-elle.

— Moi-même. En chair et en os!

Il semblait qu'il y eût dans sa personne quelque chose de nouveau. Elle le regardait, heureuse et un peu perplexe.

Rougissant un peu, elle dit d'une haleine :

— Je savais qu'on avait reconnu votre innocence, mais je pensais qu'on vous aurait gardé dans un camp...

Il sourit.

— Il n'y a aucune raison de m'interner.

Il hésita et ajouta :

— Vous me pardonnerez, Sheila, de vous avoir trompée. Je ne suis pas Carl von Deinim. Ce nom, je ne l'ai pris que pour des raisons personnelles... et temporaires.

Du regard, il interrogeait Tuppence.

— Allez-y! fit-elle. Dites-lui...

— Carl von Deinim, expliqua-t-il, était mon ami. Je l'avais connu en Angleterre il y a quelques années et nous nous étions revus juste avant la guerre en Allemagne, où je me trouvais... en mission spéciale.

— Vous étiez de l'Intelligence Service? demanda Sheila.

— Oui. Tandis que j'étais là-bas, des événements assez singuliers se produisirent et, une fois ou deux, j'échappai à la mort de justesse. On était au courant de mes projets là où on n'aurait pas dû les connaître et je me rendais compte que quelque chose n'allait pas et que j'étais bel et bien trahi par certains de ceux qui travaillaient avec moi. Carl et moi, nous nous ressemblions vaguement. Une de mes grand-mères était Allemande et c'est un peu pour cela que j'étais assez qualifié pour une mission en Allemagne. Carl n'était pas nazi. Une seule chose au monde l'intéressait : son travail, un travail avec lequel j'étais moi-même assez familier : les recherches chimiques. Peu avant la guerre, son père et ses frères ayant été envoyés dans des camps de concentration, il décida de gagner l'Angleterre. Il pensait se heurter à la mauvaise volonté de l'administration, mais il n'en fut rien : comme par enchantement, toutes les difficultés s'aplanissaient sans peine et on semblait tout faire pour faciliter le départ de cet homme dont on connaissait pourtant les sympathies antinazies. Le fait m'intrigua, et j'en conclus que, pour une raison que je ne soupçonnais pas, on souhaitait le voir en Angleterre. Nous habitions dans la même maison. Un matin, j'eus le chagrin de le trouver mort dans son lit. Dans une crise de neurasthénie, il s'était suicidé.

« Ma position personnelle étant à l'époque devenue très difficile, je décidai de me substituer à lui. Je désirais quitter l'Allemagne et j'étais curieux de savoir pourquoi on désirait le voir, lui, passer en Angleterre. Je transportai le corps dans mon lit. Le pauvre Carl était défiguré — il s'était tiré une balle dans la bouche — ma logeuse était à moitié aveugle et mon plan réussit parfaitement. Avec les papiers de Carl, je rentrai en Angleterre et j'allai m'installer où on lui avait recommandé de le faire, c'est-à-dire à « Sans-Souci ».

« Là, sans me relâcher une minute, je fus Carl von Deinim. Des arrangements avaient été pris pour me faire travailler à l'usine de produits chimiques. Au début, je pensai que les nazis allaient me contraindre à leur donner des renseignements. Je m'aperçus bientôt qu'on n'attendait de moi rien de tel et que le rôle assigné à mon pauvre ami était tout autre : il devait simplement servir de bouc émissaire...

« Quand on m'arrêta, sur des preuves truquées, je gardai le silence. J'entendais retarder le plus possible la révélation de ma véritable identité. Il fallait voir ce qu'il allait se passer... et c'est seulement il y a quelques jours que je fus reconnu par mes chefs et que la vérité éclata.

Sheila leva vers lui des yeux chargés de reproches.

— Vous auriez dû me dire tout ça!

Il eut un sourire un peu triste et Sheila comprit.

Son regard s'adoucit et elle ajouta :

— Sans doute n'était-ce pas possible...

Il murmura :

— Chérie...

Puis, d'un ton décidé, il dit :

— Venez danser...

Tuppence regarda le couple qui s'éloignait et soupira.

— Pourquoi ce soupir? demanda Tommy.

— Je voudrais être sûre, répondit Tuppence, que Sheila continuera à l'aimer, maintenant qu'elle sait qu'il n'est pas un hors-la-loi...

— Elle n'a pas l'air de le détester!

— Je sais. Mais ces Irlandais sont tellement bizarres! Sheila a la révolte dans le sang...

— Au fait, dit Tommy, pourquoi Carl a-t-il perquisitionné dans ta chambre?

— Probablement, répondit-elle, parce qu'il s'était dit que cette Mrs Blenkensop avait des côtés bien étranges. Au vrai, tandis que nous le suspections, il nous suspectait...

Derek Beresford et sa jolie partenaire passaient près de leur table.

— Alors, lança-t-il, vous ne dansez pas?

Tuppence lui retourna son sourire et échangea un regard avec son mari.

— On a des enfants gentils, fit-elle à mi-voix.

Une fois encore, Tommy acquiesça d'un clin d'œil.

La danse finie, les deux jumeaux, escortés de leurs partenaires, revinrent près de leurs parents.

— Ça me fait rudement plaisir, dit Derek, s'adressant à son père, que tu sois content de ce qu'ils t'ont donné à faire. C'est intéressant tout de même?

Tommy fit la moue.

— C'est toujours un peu la même chose...

— Ça ne fait rien, répliqua Derek. L'essentiel, c'est de faire quelque chose...

— Et je suis bien contente, dit Deborah, que maman ait été autorisée à travailler avec papa. Elle a l'air tellement plus heureuse depuis... Ce n'est pas trop rasoir, ton truc, maman?

— Je n'ai pas trouvé...

— Tant mieux! poursuivit Deborah. Après la guerre, je vous parlerai de ce que je fais. C'est passionnant, mais terriblement secret...

— Ce doit être épatant, dit Tuppence.

— C'est le mot. Évidemment, c'est moins épatant que voler...

Deborah regarda son frère avec envie.

— Au fait, ajouta-t-elle, vous savez qu'il vient d'être proposé pour...

Son frère lui coupa la parole :

— Veux-tu te taire?

— Première nouvelle, dit Tommy. Qu'est-ce que tu as fait de sensationnel?

Derek rougit, comme un gosse pris en faute.

— Pas grand-chose, fit-il. Ce que nous faisons tous... Je ne sais pas pourquoi c'est moi qu'ils ont choisi...

Il se leva, immédiatement imité par la jeune fille rousse assise auprès de lui.

— Ne laissons pas passer cette danse! Ma permission finit ce soir.

Deborah tirait son danseur par la main.

— Venez, Charles...

Les deux couples se remirent à danser.

Tuppence, qui les regardait, murmura :

— Faites, mon Dieu, qu'il ne leur arrive rien !

Tommy s'éclaircit la gorge et dit :

— A propos, Tuppence, pour cette petite, qu'est-ce qu'on décide ?

Elle se tourna vers lui. La joie se lisait dans ses yeux.

— Pour Betty ?... Oh ! Tommy, que je suis heureuse que tu y aies pensé aussi ! Tu parles sérieusement ?

— Bien sûr ! Pourquoi ne l'adopterions-nous pas ? Elle a eu un sale départ... Et, pour nous, ce sera amusant de la voir grandir.

Elle lui prit la main et la pressa dans la sienne. Elle le regarda dans les yeux et dit :

— C'est tout de même merveilleux, Tommy ! Nous voulons toujours les mêmes choses !

Sur la piste, Deborah passait près de Derek. D'un mouvement du menton, la jeune fille désigna le couple à son frère, puis elle dit :

— Regarde-moi ces deux-là, qui se tiennent la main ! Avoue qu'ils sont adorables ! Il faut nous arranger pour être gentils avec eux... La guerre, pour eux, c'est tellement terne !

FIN

Liste alphabétique complète des

Romans d'Agatha Christie

(Masque et Club des Masques)

	Masque	Club des masques
A.B.C. contre Poirot	263	296
L'affaire Prothéro	114	36
A l'hôtel Bertram	951	104
Allô ! Hercule Poirot ?	1175	284
Associés contre le crime	1219	244
Le bal de la victoire	1655	561
Cartes sur table	274	364
Le chat et les pigeons	684	26
Le cheval à bascule	1509	514
Le cheval pâle	774	64
Christmas Pudding (Dans le Masque : Le retour d'Hercule Poirot)		42
Cinq heures vingt-cinq	190	168
Cinq petits cochons	346	66
Le club du mardi continue	938	48
Le couteau sur la nuque	197	135
Le crime de l'Orient-Express	169	337
Le crime du golf	118	265
Le crime est notre affaire	1221	228
La dernière énigme	1591	530
Destination inconnue	526	58
Dix brèves rencontres	1723	578
Dix petits nègres	299	402
Drame en trois actes	366	192
Les écuries d'Augias	913	72
Les enquêtes d'Hercule Poirot	1014	96
La fête du potiron	1151	174
Le flambeau	1882	584
Le flux et le reflux	385	235
L'heure zéro	349	439
L'homme au complet marron	69	124
Les indiscrétions d'Hercule Poirot	475	142
Je ne suis pas coupable	328	22
Jeux de glaces	442	78
La maison biscornue	394	16
La maison du péril	157	152
Le major parlait trop	889	108
Marple, Poirot, Pyne et les autres	1832	583
Meurtre au champagne	342	449
Le meurtre de Roger Ackroyd	1	415
Meurtre en Mésopotamie	283	28
Le miroir du mort (dans le Masque : Poirot résout trois énigmes)		94

	Masque	Club des masques
Le miroir se brisa	815	3
Miss Marple au club du mardi	937	46
Mon petit doigt m'a dit	1115	201
La mort dans les nuages	218	128
La mort n'est pas une fin	511	90
Mort sur le Nil	329	82
Mr Brown	100	68
Mr Parker Pyne	977	117
Mr Quinn en voyage	1051	144
Mrs Mac Ginty est morte	458	24
Le mystère de Listerdale	807	60
La mystérieuse affaire de Styles	106	100
Le mystérieux Mr Quinn	1045	138
N ou M?	353	32
Némésis	1249	253
Le Noël d'Hercule Poirot	334	308
La nuit qui ne finit pas	1094	161
Passager pour Francfort	1321	483
Les pendules	853	50
Pension Vanilos	555	62
La plume empoisonnée	371	34
Poirot joue le jeu	579	184
Poirot quitte la scène	1561	504
Poirot résout trois énigmes	714	
(Dans le Club : Le miroir du mort)		
Pourquoi pas Evans?	241	9
Les quatre	134	30
Rendez-vous à Bagdad	430	11
Rendez-vous avec la mort	420	52
Le retour d'Hercule Poirot	745	
(Dans le Club : Christmas Pudding)		
Le secret de Chimneys	126	218
Les sept cadrans	44	56
Témoin à charge	1084	210
Témoin indésirable	651	2
Témoin muet	377	54
Le train bleu	122	4
Le train de 16 h 50	628	44
Les travaux d'Hercule	912	70
Trois souris...	1786	582
La troisième fille	1000	112
Un cadavre dans la bibliothèque	337	38
Un deux trois	359	1
Une mémoire d'éléphant	1420	469
Un meurtre est-il facile?	564	13
Un meurtre sera commis le...	400	86
Une poignée de seigle	500	40
Le vallon	361	374
Les vacances d'Hercule Poirot	351	275

LE MASQUE

AMELIN Michel
1952 Les jardins du casino
(Prix du Festival de Cognac 1989)

BACHELLERIE
1791 L'île aux muettes
(Prix du roman d'Aventures 1985)
1795 Pas de quoi noyer un chat
(Prix du Festival de Cognac 1985)
1796 Il court, il court, le cadavre
1800 La rue des Bons-Apôtres

BRETT Simon
1787 Le théâtre du crime
1813 Les coulisses de la mort
1972 Les gens de Smithy's

BURLEY W.J.
1762 On vous mène en bateau

CHRISTIE Agatha
(86 titres parus, voir catalogue général)

COLLINS Max Allan
1966 Un week-end tuant
2017 Pas de pitié pour ceux qu'on aime

EXBRAYAT
(96 titres parus, voir catalogue général)

GRISOLIA Michel
1846 L'homme aux yeux tristes
1847 La madone noire
1874 La promenade des anglaises
1890 650 calories pour mourir
1930 Question de bruit ou de mort

HALTER Paul
1878 La quatrième porte
(Prix du Festival de Cognac 1987)
1922 Le brouillard rouge
(Prix du roman d'Aventures 1988)
1931 La mort vous invite
2002 La chambre du fou
2035 La tête du tigre *(janv. 91)*

HAUSER Thomas
1853 Agathe et ses hommes

JONES Cleo
1879 Les saints ne sont pas des anges

LECAYE Alexis
1963 Un week-end à tuer
2047 Chronique d'un juge ordinaire
(avril 91)

POSLANIEC Christian
1998 Les fous de Scarron
(Prix du Festival de Cognac 1990)

SALVA Pierre
1739 Quand le diable ricane
1828 Le diable au paradis perdu

TAYLOR Elizabeth A.
1810 Funiculaire pour la morgue

TERREL Alexandre
1733 Rendez-vous sur ma tombe
1749 Le témoin est à la noce
(Prix du Roman d'Aventures 1984)
1757 La morte à la fenêtre
1777 L'homme qui ne voulait pas tuer
1792 Le croque-mort de ma vie
1822 Le croque-mort et les morts vivants
1867 Le croque-mort et sa veuve
1925 Le croque-mort a croqué la pomme
1997 Le croque-mort s'en mord les doigts

UNDERWOOD Michaël
1817 Trop mort pour être honnête
1842 A ne pas tuer avec des pincettes

VARGAS Fred
1827 Les jeux de l'amour et de la mort
(Prix du Festival de Cognac 1986)

IMPRIMÉ EN FRANCE PAR BRODARD ET TAUPIN
Usine de La Flèche (Sarthe).
ISBN : 2 - 7024 - 1862 - 7
ISSN : 0768 - 1070

H 52/0065/4